일상의
내면을
그립니다

한 뼘 종이 속 그림으로
내 진짜 감정을 마주하다

일상의
내면을
그립니다

한 뼘 종이 속 그림으로
내 진짜 감정을 마주하다

홍유미 지음

저자소개

'어디서 그림을 그려요?'
설거지하면서
마음을 비우고
식탁에서
그립니다.

일상을 드로잉으로 말하다.
미술심리치유스터디

-온라인 미니작업실을 운영하는 그림 작가, 홍유미

"어디서 그림을 그려요?"

-시작은 미미했다. 주방 식탁에서 자가 치유로 시작해 현재 온라인 '미니작업실'을 운영하며 각자 종이 펼칠 수 있는 공간이면 되는 각자의 작은 작업실에서 그림으로 마음을 치유하는 과정을 나누고 있다. 미술을 전혀 하지 않았던 사람들도 그림을 통해 감정을 대면하게 되었다. 마음의 평정을 위해 명상을 해도 눈을 감으면 생각과 이미지가 더 많이 떠오르는 사람들 또한 미술이라는 좋은 도구를 활용할 수 있다. 그렇게 자신을 치유하며 자신을 사랑하는 방법을 배웠고 필요한 사람들과 나누고 있다.

언택트[언택트(Untact)란 '콘택트(contact: 접촉하다)'에서 부정의 의미인 '언(un-)'을 합성한 말로, 기술의 발전을 통해 점원과의 접촉 없이 물건을 구매하는 등의 새로운 소비 경향을 의미한다.] 시대가 온 지금 홀로 자신의 감정을 처리해야 하는 사람들에게 작게나마 해소점을 찾아주고 싶다. 부정적인 감정이 쌓이면 배출구가 필요하고 기쁨이 쌓이면 나누고 싶은 저장고가 필요했다. 그 역할을 해주는 게 바로 '손 그림'이다.

그렇게 **'내 마음을 읽어주는 그림'**, **'이야기를 들어주는 그림'**으로 시작했다.

"나는 왜 이렇게 대화를 못할까?"
"왜 자꾸 주도권을 빼앗기고 뒤늦게야 알아채고 속상해할까?"
"내 가족이 불행해서일까?"
"내가 어떤 부분이 부족해서일까?"
"내 말투가 이상한 게 아닐까?"

외적인 질문을 끊임없이 나에게 묻는다. 나의 외부적인 것에만 매달린 것이다. 안목을 갖추지 않은 채 계속해서 사들이는 쇼핑중독처럼 인간관계도 많은 관계의 허용이 나를 이롭게 할 거라 생각하고 무조건적으로 수용을 했다.

전업주부로 일을 쉬고 있었을 때 점점 인간관계가 좁아지고 오로지 나와 아이, 아이 엄마가 전부가 되자 마음을 딱히 털어둘 데가 없었다. 각자 나름대로 힘든 거 너무 잘 아니까. 남편과의 생각 차이, 육아에 대한 육체적인 힘듦과 심적인 책임감, 그리고 자꾸 올라오는 무기력감, 우울감 등이 꼬리에 꼬리를 물고 더 이상 이렇게는 살 수 없다고 생각했을 때, 드로잉 북을 꺼내고 답답함을 그리기 시작했다. 하소연하고 싶은 그 처절한 마음을 종이는 너무 담담하게 잘 들어주었다. 나의 잡다한 고민을 한 번도 비웃지 않고 다른 곳에 말을 옮겨 웃음거리로 만들지도 않았으며 너무나 묵묵히 침묵으로 받아주었다. 그러면서 이 좁은 인간관계에서 강한 의문이 들었다. 이 피해의식은 뭐지? 가해자가 없는데 왜 나는 억울한 피해망상에 빠지는 거지?

"나를 가장 많이 속이는 사람은 누구일까?"

프롤로그

나보다 우리를 위해서, 누구보다 성실히 살았다고 자부했던 나, '나만 참으면 돼'를 내려놓게 되었다. 착한 사람 콤플렉스를 내려놓고자 '그림 그리는 나'를 다시 꺼내 쓰기로 결심했다. 내 감정을 오롯이 받아주는 그림을 통해 나의 심리 대면여행이 시작되었다.

오로지 내 가정에는 기쁨과 행복, 평화만을 가득 채우고 싶은 단꿈을 꾸었다. 설거지를 하면서 마음을 비웠고 쓰레기를 비우면서 모았던 한숨을 쉬었다.

막연히 열정은 넘쳤지만 어린이집에 아이를 맡긴다고 해도 기존의 직장에 갈 수 없는 시간대의 함정과 아이 양육과정에서 엄마 역할에만 집중된 중요성에 좌절하게 되었다.

어린이집 대기를 기다리다 코로나 사태가 터졌다. 그렇게 한차례 더 고립되기 시작했다.

80년대 세대, 여러모로 혜택을 많이 받아 크게 어려움 없이 자라났지만 우리에게는 수많은 욕구 중에 식욕, 성욕, 수면욕만 있는 게 아니었음을 발견하게 되었다.

우리에게는 정서적 공감의 욕구, 긍정적으로 지지받고 싶은 욕구, 형제와 평등한 사랑을 받고 싶은 욕구, 나아가 나로 살고 싶은 욕구가 있음을 발견하게 되었다.

우리는 그저 생계를 위해 돈을 벌기에도 의식이 성장해 있고 꿈만을 좇자니 주변에서 후레자식 소리 듣는 그런 시대에 살고 있다. 이렇게 위태로운 시대(전 세계적으로 코로나 사태가 번졌다.)에 "가장 안전하게 생계를 책임지면서 창의적인 방법이 뭐가 있을까?" 엄마로서 아내로서 재취업을 위해 책을 읽으며 어떤 직업을 해야 오래 살아갈 수 있나 고민하고 있을 즘, 가정의 핵심 지대가 흔들리고 있었다. 엄마인 '내가 정서적으로 무너지고 있었다.' 더 솔직히 남편으로부터 무너지고 있었다. 사회적으로 불안이 높아지면서 회사를 다녀온 남편은 점점 불씨가 꺼져만 갔다. 내가 우울증이라기에는 살고 싶은 의지가 강했다. 그것도 잘! 다만 이 기분 나쁜 음울한 터널에서 '어떻게' 빠져나갈까? 방법을 찾고 싶었다.

겉핥기식으로만 배웠던 진짜 마음공부와 심리, 영성, 육아 서적을 통해 예술적 삶과 어떻게 융화시켜야 하는지를 스스로 독학해 배우게 되었다.

남편의 흔들림과 상관없이 나만의 정신적 중심을 잡고 싶었고 흔들리지 않고 딸아이를 키우고 싶었다. 그때 나만의 돈벌이가 없었고 그렇다고 스펙이 화려해서 이 아이가 저절로 나만 생각해도 든든한 입장도 아니었다. 그리고 아이가 아직 어려서 어느 정도 키워야 했기에 고민을 해봤다. 생계적인 돈은 어디든 나가 벌 자신이 있었다. 그런데 코로나 사태가 벌어지면서 그마저도 불안한 시대가 되었다.

그럼에도 생계와 더불어 그림을 하는 엄마인 나를 적극 활용해보고 싶었다. 가장 나답게 행복하게 살고 있는 모습을 보여주면 그게 생계도 자아실현도 하는 엄마의 모습으로 각인되지 않을까? '나의 창작력을 지금 시대에 맞게 어떻게 활용할 수 있을까?' 고민을 했다. 아이에게도 어깨너머 교육이고 일종의 유산이 될 거라 생각했다. 그래서 나만이 할 수 있는 엄마이자 가장 나답게 오래 보여줄 수 있는 여성으로의 모습을 설정했다. 처음으로 나를 기준으로 일상에 가장 중요한 것을 모았다. 뚜렷한 목표를 설정한 것이 아니라 **어떤 자세로 살아야 하는지를 수정하고 설정했다.** 그렇게 나는 그림을 그리고 글도 쓰고 치유도 하는 그런 자세를 삶으로 가져오게 됐다. 처음엔 결혼 자체를 후회했다. 또 이런 시국을 탓했다. 그런 불평은 더 이상 그만하고 싶었다. 그런다고 역주행이 되지 않았다. 인생은 영화가 아니다. 재촬영이 안 된다. 그런데 어느 지점이 되니 후회할 필요가 없다는 자각이 일었다. 나는 좀 감자, 고구마 같은 삶을 도돌이표 찍듯이 계속 살아왔던 것 같다. 그때 나를 살리는 말이 있고 나를 죽이는 말이 있다는 걸 알았다. 나의 신념을 들여다봐야 했다.

'나를 가장 많이 속이는 사람이 누구일까?'

Drawing therapy의 그림 모티브 안내
-삽입된 그림에 대한 설명: 지금 시대에는 심리 서적이 넘쳐나는 시대지만 2003년 처음으로 심리에 대한 수업과 상담에 대한 정보를 들었다. 그때 교양에서 심리상담 수업으로 들었던 작은 지식들이 굉장히 오랫동안 나의 그림에 모티브가 되었다. 심리 상담 기법 중 하나인 H.T.P.(집-나무-사람) 그림 중에 '집, 나무(자연)'라는 상징에 가장 초점을 맞춰 작업을 하게 되었다.

나로부터 시작해 미술심리치유 스터디를 개설했다.

'일상의 내면을 그립니다 project'의 시작

나의 '일상의 내면을 그립니다 project'를 시작한 1차 동기는 '소통'이었다.

시국이 이런 만큼 원활한 소통은 아니어도 내가 지금 있는 이곳에서 할 수 있는 최소한의 소통이 필요해서이다. 사람이 침을 맞고 마사지를 받는 것도 통하려고 하는 것인데 우리가 지금 처한 시국도 상황도 모두 불통의 시대이다. 그래서 더더욱 정서적으로 소통을 해야 한다고 믿는다. 타인과의 소통도 중요하지만 특히 자신과의 소통이 되어야 건강하다고 확신한다.

요즘 유행하는 '명상'도 육신의 호흡으로 시작해 온 생각의 망상을 넘어 텅 빈 본성에 내맡기는 소통의 한 장르라고 생각한다. 내향인인 나조차도 타인과의 소통이 너무 그립다. 10여 년 넘게 일하며 지겨워했던 미술학원도 가고 싶고 아이들이 그린 그림을 다듬으면서 속닥속닥 얘기 나눴던 시간들이 그립다. 그렇게 아쉬운 마음으로 시작한 게 글과 그림의 오픈이었다.

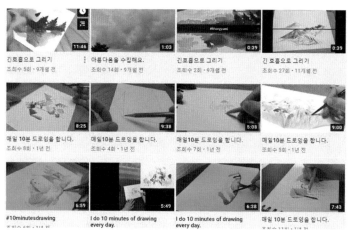

그렇게 시작한 오픈 공간인 유튜브 – '매일 10분 드로잉'

(아직 조회수는 미미하지만 앞으로 어떻게 전개될지는 그 누구도 모른다. 다들 주식투자 하듯 자신의 가능성에 투자를 하고 있다.)

2018년 소통 창구(유튜브, 블로그, SNS)를 마련해서 소통하기 시작했다. 그때는 코로나 전이었지만 코로나 시대만큼이나 고립된 시간이었다. 그렇게 나부터 그림을 그리고 나를 살려냈다. 돈을 벌기 위해 그림을 선택한 게 아니라 진짜 내 정신 줄을 잡고자 그림을 그렸다. 화지에 달려갔다. 스스로 먼저 해보고 살아나기 시작했고 그 과정을 세밀히 기록하기 위해 글을 썼다. 그렇게 그림을 그렸던 동기는 나를 사랑하는 마음에서였고 글을 썼던 동기는 이 과정을 공유하고 싶은 마음에서 시작되었다. 그래서 이 글은 자기 계발을 하기 전 동기부여를 위한 전초작업에 가깝다. 내 감정의 불편한 가지치기를 했던 그 과정이 적혀 있다. 나를 사랑하려고 부단히 애썼던 건강한 자기애를 위한 전투에 가깝다.

이 소통의 부재로 답답한 심정을 알고 있으니 조금씩 나를 알아가는 시간을 가져보자고 제안한다. 세상을 모두 둥글게 살아야 한다고 배웠다. 그렇게 둥글둥글 살다가 어느 날 호되게 불편한 감정으로 다가왔다. 나의 둥근 모습에서 원래 드러냈어야 할 뾰족함을 찾기 위해 애썼다. 좀 시간이 걸리겠지만 분명 그 뾰족함으로 그 세심한 과정으로부터 편안해지고 자유로운 기분을 안내하고 싶었다.

10여 년 생계로 입시미술학원에서 일을 했는데 매일 평가를 받고 잘 보여야 하는 그림을 그리면서 몸적으로도 힘들었지만 생각보다 아이들이 마음의 문제가 많다는 걸 발견했다. 마음이 아프니까 공부가 안 된다. 미술을 하고 싶어서 온 거면 다행인데 이런 친구늘은 공부가 안 돼서 엄마에게 이끌려 오거나 스스로 살고 싶어서 무의식적으로 미술학원을 찾았다.

입시 그림을 그리자고 하면 계속해서 자신의 가족문제를 늘어놓는 아이 때문에 진도가 안 나갔다. 입시의 결과를 내야 하는 선생님 입장에서는 이런 친구들에게 시간을 할애하는 건 제한이 많았다. 그렇다고 그 애들을 다 내려놓자니 학급 분위기는 더 안 좋아졌다. 우울한 에너지는 전염이 정말 강하기 때문이다. 성격이 좀 센 애들은 자신의 온몸으로 화를 분출하는데 그 분노가 그림에도 표출된다. 그 화의 흐름은 비교적 조용한 친구들에게도 피해가 갔다.

자신만의 기준이 있어서 더 잘할 의지로 성장통으로 힘든 거랑 자신이 어떤 상태인지 모르면서 힘든 채로 방황하는 거랑 다르다는 걸 경험으로 알게 되었다.

아르바이트 선생님일 때부터 반을 전담하는 전임 선생님이 될 때까지 끊임없이 아이들의 심리문제를 다룰 수밖에 없었다. 그림 기술만 가르치고 싶지만 안 됐다. 학부모님과 상담하느라 학생들 수업을 아예 못 하셨던 선생님들도 많았다. 부모님들도 애들만큼 불안했었다. 그렇게 감정 대응을 하신 선생님들도 사람인지라 좋은 그림을 가르치기보다 지치고 날카로운 태도로 어두운 분위기로 안내할 수밖에 없었다. 사람이라 감정이 요동치는 걸 아무리 이성적인 선생님이라도 그건 너무 힘든 일이었다. 그때 알았다. 감정을 다루는 일에 지친 사람이 가장 잔인해질 수 있다는 걸. 알면서도 무시해야 되고 억압해야 하니까. 그때가 가장 괴로웠던 거 같다.

그리고 애들 본심을 계속 느끼게 됐다. 자신을 그리고 싶은데 입시를 그리자고 하니 싫었던 거였다. 그래서 미술을 마음대로 그리는 줄 알고 시작했다가 겁에 질려 나가는 애들이 많았다. '기술'을 요하는 거니까. '기술'은 숙련의 시간을 견뎌야 가질 수 있다. 그 끈기의 동력은 평온한 마음을 기반으로 자신을 사랑하는 마음에서 나온다. 그 마음을 저절로 불러내려면 얼마나 많은 응원과 좋은 에너지가 필요할까?

2018년부터 생계형 그림에서 '생존'형 그림을 그리게 됐다. 나를 살리려고! 나 스스로 경력이 단절되고 독점 육아, 남편이 주말에만 오는 주말부부 생활, 장거리 주말부부 등 이런 단절의 시간을 지내면서 마음이 망가지는 걸 느꼈다. 거기에 욕심은 많아서 생활비도 많이 줄여나갔다. 그래서였을까? 도저히 살 수가 없을 때, 애들한테 했던 것처럼 내 감정에도 관심을 주고 사랑으로 들어주었다. 그런데 정말 내가 살아나고 점점 밝아졌다. 감성이 살아나니까 내가 살 것 같았다. 그리고 일상이 조금씩 변했다.

목 차

프롤로그 _ 8

| Part 1 | -inner social frame
사회의 용서를 그립니다

훔쳐진 일기장 / 25

마음이 편치만은 않았다 / 29

가장 작은 공간, 가장 적은 재료에서의 시작 / 33

편견 넘어 선입견 넘어 현실 / 39

나 서울에 가야겠어! / 45

너무 맑은 영혼 / 49

아무에게나 착해서 너무 힘들었던 당신에게 / 53

나쁜 연애, 나쁜 배역을 배정받게 되었을 때 / 56

미술학원, 미술대학, 창의성, 예술 / 60

미술학원에서 만난 나 / 65

교수님의 비웃음 / 68

미술 전공을 선택했지만 힘들었던 당신에게 / 72

스카이 캐슬? 자존감 캐슬 1 / 78

스카이 캐슬? 자존감 캐슬 2 / 81

내가 느낀 허영과 사치 / 85

수다스러운 글쓰기 / 88

내 안의 공작부인 / 91

순수미술의 속사정 / 95

내 안의 비판자 내보내기 1 - 시기, 질투 out / 99

내 안의 사장님 내보내기 2 / 103

경계에서 내 모습을 발견하기 - 경쟁모드에서 빠지기 / 107

질투? NO! 선망은 나의 힘! - 질투모드에서 빠지기 / 112

감사한 인연들 / 116

쓰레기를 줍지 않는 우등생 / 119

자부심 위에 만난 허무함 / 123

Part 2 ▶ -inner child frame
가족의 용서를 그립니다

사기와 용서 / 129

우리 엄마, 우리 아빠 / 134

내 안의 신데렐라 / 137

신데렐라의 속사정 그리고 독립만세! / 141

내 안의 모든 불편한 기준들 1 - 부모의 열등감을 발견하기 / 149

내 안의 모든 불편한 기준들 2 - 내가 배운 여성성, 남성성 내려놓기 / 152

내 안의 프로 생각러 / 157

애기 아빠라는 멀미 / 160

불행의 프레임 벗기 / 167

너무 착한 딸은 너무 사랑 고픈 딸이었음을 / 170

내면의 엄마를 안아주기 / 174

깊은 우울을 헤쳐 나오다 / 177

내 안의 변화들 / 180

부모의 불화와 분리하기 / 183

가족의 불화와 분리하기 / 187

내 가족을 새로 보게 되다 1 / 190

내 가족을 새로 보게 되다 2 / 193

시기, 질투하는 대물림 / 196

시기, 질투의 파도타기 / 200

나를 믿어준 사람들에 대한 고마움 / 204

부모님과 건강하게 독립하기 / 207

-inner diamond frame

Part 3 일상의 내면을 그립니다

세상의 모든 점, 선, 면 / 213

inner-diamond (내 안의 다이아몬드를 찾기) / 217

나의 비겁함을 내려놓다 / 221

마음으로 보는 유기농 풍경 / 224

소울, 이미지, 텔링 / 226

새로 보이는 세계 / 229

나를 바로 세우기 / 233

새로운 내 직업을 찾기 / 237

나만의 기준으로 행복하기 / 241

시지 않은 행복감 / 244

내면에 아름다움을 심는다는 것 / 247

나만의 리듬, 속도를 체크하기 / 250

일상의 내면을 그립니다 / 254

Part 1. 사회의 용서를 그립니다

훔쳐진 일기장

초등학교 6학년 때 집단따돌림을 당했다. 그것은 전체 따돌림이 아니었고 주도적인 일부 학생들에 의한 일방적인 괴롭힘이었다. **내가 그림을 그리게 된 건 고상한 행위로 감정의 본심을 드러낼 수 있는 통로였기 때문이다.** 그 발단이 된 것은 '일기장'이었다. 일기 쓰기를 좋아했고 그 일기에 선생님이 본다는 의식이 없이 정말 있는 그대로 기분을 썼다. 게으름을 쓰기도 했고, 지금 보면 이불 킥할 만한, 사춘기가 시작될 즈음 어른 아이 같은 글도 쓰기 시작했다. 여느 때와 같이 일기장에 모든 솔직한 심정을 적었다. 반장 아이에 대한 차별을 부러워했고 특별히 학교에 많은 투자를 하시는 어머님을 가진 그런 아이들을 부러워했다. 확실히 학교는 그런 아이들에 의해 꽃으로 장식되고 반질반질해졌다. 그러한 남다르고 세심한 딸에 대한 배려가 배가 아프고 시기심이 올라왔다. 그때쯤이었던 것 같다. 그런 솔직한 마음의 표현이 이만큼의 파장을 줄지는 몰랐기 때무이다. 그때 당시 담임선생님은 일기장의 특정 글을 보고 일부 학생이 나를 따돌린다고 생각했다. 나는 그런 것에 둔한 편이라서 그랬을 수도 있고 아닐 수도 있는데 그것을 나에게 묻지 않고 일방적으로 그 학생들을 불러다가 야단을 쳤던 게 화근이 되었다. 그렇게 야단맞은 학생들의 분개로 이어진 따돌림이었다. 그 당사자가 아닌 똘마니 역할을 자처한 학생이 내 가방 속 일기장을 훔쳐 모든 학생들이 돌려 보게 되었다.

"잘 봤어~." "내 얘기는 없던데?" 그렇게 내 일기장은 던져졌다.

나는 소심한 편에다 열받거나 화가 나면 화가 바로 나가는 게 아니라 속에서 용암처럼 이글거리며 몸이 굳는 편이다. 행동으로 바로 발산했다가는 내가 먼저 녹아버리는 경험을 많이 했기 때문이다. 그때부터 나는 그 순간으로부터 벗어나기 위해 위장을 했다. 엄마의 도움이 있었다. "일기장에는 철저히 네 감정을 빼고 즐거웠던 일, 객관적인 일에 대해서만 써라." 일기장에서부터 시작된 나의 진짜 감정은 감추고 사회적으로 허용된 감정으로 바뀌었다. 특히 부정적인 감정은 배출구가 없었다. 그런 지침은 바로 좋은 결과로 이어져서 그 아이들에 대한 집중이 아닌 내 발전에만 집중했다. 물론 그런 과정은 너무 고통스러웠다. 그렇게 나에게 집중하는 시간을 통해서 그 악몽 같던 시간을 지나왔다. 가해 학생들은 선생님 앞에서 순한 양 연기를 하다가 틈만 나면 저주의 말들을 했고 수업을 하고 있을 때, 밥 먹을 때마다 은밀히 욕설 가득한 쪽지가 전해졌다. "넌 왜 그렇게 밥맛이니?" "넌 재수가 없구나!" 초등학생들이 할 수 있는 모든 욕지거리와 신상을 헐뜯는 얘기가 가득이어서 어느 순간 그 쪽지를 찢어버리고 읽지도 않았다. 그때 내게 괴롭힘을 주도했던 아이들은 선생님에게 잘 보이고 싶어 하고 누구보다 예쁨 받고 싶어 하는 그냥 철부지 아이들이었다. 그 철부지 아이들이 선생님에게 잘 보이고 싶었던 마음이 좌절되자 이유 모를 분노의 힘이 커졌던 것이다. 어렸지만 너무나 날것이라 그 부정적인 사건이 훗날 나에게 도무지 일어설 수 없게 하는 깊은 상처가 된 게 분명하다. 그때 다행히 내 학업 성적들은 좋게 나왔고 그림 대회, 공모전에 나가 최고상을 받는 등 그 아이들을 긁는 상황이 계속되었다. 나는 그냥 그 상황을 밀고 나가기로 했다. '그 애들에게 아무리 설득해봐야 뭐가 남을까.' 나에게만 집중했다. 나는 학교용 일기장은 따로 두고 나만의 '비밀일기장'을 쓰기 시작했다. 그 일기장을 쓰고도 풀리지 않는 답답함은 '그림'을 통해 풀었다. 그렇지만 인간관계에서의 피해의식, 내 성공에 대해 그저 욕먹고 질투 받았던 기억, 슬픔과 두려움을 가득 안고서 학창 시절을 보내고 어른이 되었다. 그렇게 한참 시간이 지나 다시 서울에서 이 동네에 와야 했을 때, 기분이 몹시 힘들었다.

모두가 지켜보는 것 같은 망상과 풀리지 않았던 지난날의 아픔이 올라왔다. 가정생활을 꾸리면서 아이 엄마들 중 나와 같은 학교 출신이기만 해도 움찔거리고 나의 아픔들이 자꾸 올라왔을 때, 그때 그 아픔의 일기장이 생각났다. 훔쳐진 일기장, "어차피 강제적으로 까발려진 일기장이라면 자의적으로 솔직해져 보자. 내가 내 뜻으로 솔직해져 보자."

그렇게 서른 중반의 전업주부인 나는 감정과 생각을 토로하는 SNS 계정을 만들고 글, 그림을 공유하기 시작했다.

Drawing Therapy Time
[주인 없는 집 2018. 4]

당신을 초라하게 만들고 움츠러들게 하는 사건이 있다면 그 감정을 공개적으로 드러내보
세요. 그 감정이 그 사건의 전체인지 글로 써보세요. 철저히 자기중심적이어야 돼요. 자
기 자신부터 자기편이 되어 자신을 인정해주세요.
사이버 공공장소(SNS, 블로그 등등)에 안전하게 풀어놓으세요. 소통하세요. 양지에서 함
께 나눠요. 흉보는 사람보다 위로하고 공감해주는 사람이 더 많아요.

마음이 편치만은 않았다

처음부터 밝혔듯이 나는 따돌림을 당한 기억이 있다. 그 기억 속의 인물 중에 유독 나를 열심히 괴롭혔던 애가 있었다. 그 아이의 특별한 미움은 내 마음에 오랫동안 구정물이 되었다. 지금 보면 마냥 정의감에 불타는 친구이자 정의를 구현하는 어린아이였다. 그 아이는 그 분위기에 휩싸여 나를 미워했던 거였다. 마음껏 미워할 수 있는 대상이 생기니 얼마나 재밌었을까? 그 일기장의 일과 아무 상관없었던 그 아이는 가장 날선 감정으로 집요하게 괴롭혔다. 그렇게 시간이 한참이나 지났다. 나는 첫 아파트를 마련하고 입주 청소 도우미 아주머니를 불렀다.

"오호호, 친정이 어디예요?"
"이 지역 사람인데 다른 동네예요~."
"아하하, 우린 A라는 동네에 사는데~~."
"A요? 저희 친정도 그 지역이에요~."
"우리는 여기 토박이예요. 우리 딸은 N초등학교 나왔

는데~."

"아, 정말요? 저도 N초등학교 나왔어요."

"오호호, 정말요? 우리 딸 M고등학교도 갔는데 혹시 J라고 알아요?"

"J라고요? 아~~ 잘 모르겠어요."

"아휴, 우리 딸도 빨리 시집을 갔으면 좋겠는데~ 아직 갈 생각을 안 해요~."

혹시 동년배면 소개시켜 줄 남자가 없는지 물으시며 대화를 흐지부지 흐렸다.

나는 모른다고 말했지만 정확하게 알았다. 그 친구의 어머니셨다. 나를 특별히 열성적으로 괴롭혔던 그 아이. 그 이름이 그 아주머니 입에서 나오는 순간 나도 모르게 얼어붙었다. 불쾌감과 함께 그때의 암울했던 기억이 몰려왔다. 이름을 듣자마자 그 친구의 엄마라는 것도 놀랐고 그 엄마가 하필 수많은 청소 할 곳 중 우리 집에 와 있다는 것에 더 놀랐다. 그리고 솔직히 이런 상황이 씁쓸했다.

'J는 이 광경을 과연 알기나 할까?'

그리고 음료수도 넉넉히 챙겨드렸다. 분명 적이었고 한때 너무나 날 괴롭혀서 몹시 싫었는데 이런 식의 방식은 참 신기하고 편치만은 않았다.

또 내 일기장을 같이 봤으면서도 유독 착한 척했던 반장 친구가 있었다. 그 친구가 가진 이중적인 면에 참 복잡한 마음이었다. 그 친구는 항상 유복해 보였고 항상 선생님으로부터 지지 받았다. 그 친구의 어머님으로부터 우리 반은 항상 반질반질 장식되었다. 어머님이 유독 아끼셨다. 어린 마음에는 그게 그렇게 배가 아프고 질투가 났다. 그런데 그 친구도 가정불화의 아픔이 있었다고 다른 분께 듣게 되었다. 그러자 갑자기 내가 가르쳤던 학생 어머님 중 유독 단체로 음식을 많이 베푸는 분이 계셨는데 그분도 가정불화의 아픔이 있다는 걸 학생과의 상담을 통해 알게 됐다. 엄마로서 딸이 자신으로 인해 부족해 보일까 봐 혹시 흠 잡힐까 봐 더 감싼 모습이셨다. 내가 괴롭히려고 억지로 알아낸 게 아니었다. 시간이 10여 년이나 지나서 내 귀에 전혀 다른 사람이 전해줘서 알게 된 거였다. 그러면서 **어린 시절 느낀 그 감정이 사건의 전부가 되어서는 안 되겠다는 자각이 일었다.** 그리고 그 밉던 친구가 좀 짠했다. 지금의 시대에서는 그게 뭐 흠 잡힐 것인가? 생각하지만 그때만 해도 가정불화는 쉬쉬하는 분위기였고 무조건 덮고 괜찮은 척하던 시대였기 때문에 더 그랬다.

절대 만만하지만은 않은 이곳에서는 너무도 정확히 인과법으로 세상이 돌아가고 있었다. 많이 산 것도 아니지만 세상이 이런 식으로 한 치의 오차 없이 돌아가는 걸 몸소 느낀 적이 많다. 특히나 내가 어릴 때 느꼈던 불합리하고 억울했던 일이 나중에 해소되기도 해서 그 기분에 역시 세상은 살 만하다고 여기기도 한다. 그런데 그 해소되는 방식이 생각보다 무섭고 너무나 정확해 마음이 편치만은 않았다. 그런 정황을 알게 되면서 새삼 인생이 무서워졌다

Drawing Therapy Time
[관계의 거미줄 2018. 4]

과거의 힘든 감정에 선한 의지를 냈던 것도 아니에요. 적어도 휘둘리지는 말자고만 생각
하며 시간을 보냈던 것 같아요. 인과법은 너무나 정확해서 소름 돋은 적이 많아요. 다만
자신을 너무 부끄럽게 여겨 가만히 있는 것은 좋은 방향이 아니에요. 자신이 가야 할 길
로 계획했던 수많은 다른 길로 계속 가보세요. 내가 집중해야 할 곳에 집중을 하다 보면
어느새 새로운 그림이 자신을 맞이합니다. 내가 선하려고 노력하지 않아도 다만 '불편함'
을 놓아주기만 해도 너무 멋진 태피스트리(tapestry: 여러 가지 색깔의 위사를 사용하여
손으로 짠 회화적인 무늬를 나타낸 미술적 가치가 높은 직물)가 너무나 정확한 방향으로
펼쳐질 거예요.

가장 작은 공간,
가장 적은 재료에서의 시작

　사람들과 관계 맺기는 좋아했지만 사춘기 진입 시절 또래 관계 형성 시기에 생겼던 집단 따돌림의 기억이 무의식에 깔려 있었다. 감정에 대해 스스로 검열을 오래 했고 억압하는 습관, 방어적인 태도로 수많은 부정적인 감정에 갇혀 괴로워만 했다. 계속 '함께 만나면 쟤도 즐겁고 나도 웃고 있는데 왜 이렇게 공허하지?' 의문을 가졌었다. 스스로 내 편을 잘 들지 못한다는 사실을 결혼하고서 서른 중반쯤 돼서야 알았고 그런 이유 모를 '억울함'이 내내 짓눌려 있었다. 거의 강박적으로 타인 중심적 사고를 하고 있었다. 좋게 말해 이타적인 것이지만 그 이타적인 배려에 항상 나는 빠져 있었다. 그것은 상대방도 불편했고 자신도 행복하지 않은 이상한 구조를 가졌다. 앞에서는 어설픈 사회성으로 강한 척, 노련한 척 연기하지만 체질상 그렇게 할 수 없고 누군가를 만난 후 내내 그 사람의 고민이 내 것이 되어 힘들어했다.

"나는 왜 이렇게 대화를 못할까?"

"왜 하필 나에게 제일 중요한 자료만 알려준 걸까? 나도 힘들게 알아낸 건데…."

"왜 내 일도 아닌데 나서서 변명해주고 다 뒤집어쓰기를 반복하지?"

"속에 있는 말을 꺼내고 나면 속이 시원하지 않고 걱정만 되지?"

"내 말투가 이상한 게 아닐까?"

"내가 좀 더 강하게 어필해야 할까?"

외적인 질문을 끊임없이 나에게 묻는다. 통제할 수 없는 외부적인 것에만 매달린 것이다. 안목을 갖추지 않은 채 계속해서 사들이는 쇼핑중독처럼 인간관계도 많은 관계가 이롭게 할 거라 생각하고 무조건적으로 수용했다. 다른 사람의 의도를 알아채지 못하고 그저 '좋게~!' 받아들였다. 그때는 내 편이 생기면 달라질 거라 생각했다. 내가 누구를 만나도 잘 살 거라며 맞춰줄 준비가 되어 있다고 생각했다. 결혼도 하고 가족의 큰 루틴을 잡아가야 했을 때였다. 늘 함께했던 우리는 주말부부가 되었다. 그로 인해 일상이 변했고 남편의 이직으로 인해 따라온 마흔 춘기의 우울증, 독박육아 등등 큰 과업이 전해져 왔다.

전업주부로 있으면서 남편과의 생각 차이, 육아로 인한 육체적인 피로, 책임감, 그리고 자꾸 올라오는 무기력감이 꼬리에 꼬리를 물고 괴롭혔다. 더 이상 이렇게는 살 수 없다고 생각했을 때, 드로잉북을 꺼내고 답답함을 그리기 시작했다.

처음 드로잉 하던 '미니작업실'

참으면 복이 오고 참을 인 세 번이면 살인도 면한다는데 나에게 돌아온 건 건설적인 쌍방의 희생이 아니었다. 일방적인 희생, 부당함, 막 대함, 가스라이팅[가스라이팅은 학대의 일종이다. 정신적 학대(emotional abuse)의 한 유형이다.] 같은 온갖 지적, 불평, 불만이었다.

"뭔가 잘못되었어!"

하소연하고 싶은 그 처절한 마음을 종이는 너무 담담하게 잘 들어주었다. 나의 잡다한 고민을 한 번도 비웃지 않고 다른 곳에 말을 옮겨 웃음거리로 만들지도 않았으며 너무나 묵묵히 침묵으로 받아주있나.

"내가 너무 공격적이지 않을까?"
"내가 너무 부정적이면 어떡하지?"

그런 올라오는 생각을 무시하고 모든 감정을 그저 그리게 되었다. 당장 프린트를 할 수도 없고 당장 컴퓨터나 카메라 사진을 참고할 수 없는 조건, 그리고 그렇게 큰 종이를 펼칠 수 없고 여유 시간은 10분 남짓, 그냥 '그리고 싶은' 충동이 들었다. 뭔가를 표현하고 토해내고 싶은 강한 간절함이 올라왔다. 화, 슬픔, 회한 등이 모두 끓어올라 도무지 무슨 말을 하고 싶었는지 몰랐지만 결국 그 많은 감정들은 그림을 그리라고 이끌어주었다.

"그림을 십수 년간 가르치고 이미지를 그렇게나 보고 그리면서 내가 그냥 그릴 수도 있는 거였잖아~." 내가 그냥 그릴 수 있다는 생각조차 잊고 있었다. 테크닉을 위해 학생들을 가르치고 몰아붙였던 나는 정작 그런 능력이 있음을 몰랐다. 나는 그리기를 좋아하는 사람이다. 집중해서 낙서 그리기를 매우 좋아했다. 그런 낙서를 하기 가장 좋은 시간은 의외로 회의 시간, 수업 시간처럼 지루하거나 마땅히 할 게 없을 때이다. 교과서 귀퉁이, 흰 면마다 그날의 지루함이나 온갖 잡념을 그려놓기도 했다. 그런 가벼운 행위에서 가장 보통의 그림이 시작된다고 생각한다. 특별히 끼가 있어서 시작한 게 아니었다.

입시 그림을 본격적으로 배운 것은 중학교 3학년 때부터였다. 그렇게 시작한 그림으로 먹고살려니 생각보다 쉽지 않았다. 작은 아르바이트로 입시 미술을 가르쳤다. 그렇게 '나를 먹여 살린 고마운 손이었다.' 그때의 노력으로 이제는 그냥 덤덤히 그릴 수 있었다. 그게 뭐든 시간만 지나면 금방 적용을 해서 그릴 수 있었다. 관찰에 의한 그림은 나중에 여유가 생길 때 얼마든지 할 수 있지. 지금은 나를 살리기 위해서 나를 위한 그림을 그리자고 스스로에게 소명을 주었다. 그 길에서 남을 도울 수 있는 방법은 얼마든지 있다고 생각했다. 처음으로 온전히 나를 중심으로 생각한 시간이 되었다. **사람은 본성적으로 자기가 아름답고 고귀한 행위를 하고 있다는 믿음이 있을 때 가장 좋은 관점이 나온다고 생각한다.** 내가 걸치고 있는 것이 비교해보면 너무 평범한 것이고, 어쩔 때는 넘칠 수 있고, 또 생김새도 사회적인 순위가 매겨지지만 내가 보는 '관점'은 가장 나만의 것이라 그저 '독특한 것'일 뿐 그게 어떤 모습일지는 시간이 지나 스스로 증명될 거라 믿었다.

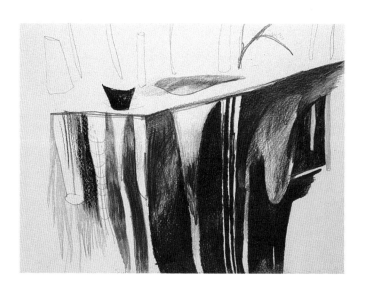

Drawing Therapy Time:
[dark night]

날짜를 기록할 여력이 없고 급한 감정을 그렸어요. 부정적 무의식을 이미지화하는 작업 중 하나였습니다. 나에게 부정당한 감정을 가장 안전하게 해소하는 방법이었습니다. 격하게 그린 연필 질감에 마음의 힘듦이 해소되는 걸 느꼈고 그 감정은 회향[불교에서 자기가 닦은 선근공덕을 다른 사람이나 자기의 불과(佛果: 수행의 결과)로 돌려 함께 하는 일] 한 것처럼 가벼워졌습니다.

편견 넘어 선입견 넘어 현실

일상에서 아름답다고 느끼는 순간들을 모으기 시작했습니다. 자연에 주목했던 이유는 비교와 우열에서 가장 자유로운 소재였고 값으로 따질 수 없는 것이었기 때문입니다.

과거에 미술 시범을 했던 기억을 떠올리면서 즉각적으로 그리면서 촬영을 했습니다. "매일 10분 드로잉을 합니다"로 시작해 "일상의 내면을 그립니다 project"로 이어 계속하고 있습니다.

그림을 하지 않았던 사람들의 편견과 선입견이 있다. 그림은 저절로 물 흐르듯 완성작이 나올 거라 생각하는 것이다. 글쓰기를 해보면 알 것이다. 이미 알고 있는 한글에 내 생각을 담으려면 모든 비판자의 눈이 내 글을 보는 것 같고 이미 주어진 글에다 깨달은 바를 적으려 해도 세상 오글거림이 더 다가온다. 그런데 그림에서 만큼은 그런 생각이 아예 없는 사람들이 많았다. "야~ 너 그림 하지? 내 얼굴 좀 그려줄래?", "야~ 너 그림 하는데 이 정도도 못 그려줘?", "TV에서 보면 후루룩 그리고 몇 억씩 팔던데? 너도 그렇게 되겠네?", "와~ 나 성적이 떨어졌어. 예체능이나 할까?", "넌 좋겠다. 공부 안 해도 되잖아~." 정말 눈물이 나는 친절함이다. 이런 질문들이 내 분야의 선택을 자책하게 만들고 인정욕구를 부추긴다. 미술을 전공하겠다고 입시학원을 찾는 학생이나 부모조차도 앱을 설치하듯이 능력을 다운로드받아서 그림이 입력하면 인쇄하듯이 나온다고 믿었다. 하물며 학부모님들도 한결같이 일주일, 한 달 지나서 "얘가 재능이 있을까요?"를 묻는다. 입시는 그 분야의 전부가 아니기 때문이다. 그리고 적성에 맞는지는 자신이 오랫동안 직접 뛰어봐야 알게 되는 것이다. 미리 짐작하며 알 수 있는 거였다면 아무도 시작조차 하지 않았을 것이다. 현실적으로도 진로에 대한 고민이 많으셨다. 입시설명회 때 직업을 설명하면 그건 예술성이 뛰어난 소수들의 영역이라 힘들 거라 얘기한다. '미술 강사'도 괜찮다고 얘기하면 "선생님, 그건 아니죠!"라고 선을 그었다. 다들 미술 교육이 힘들다는 걸 알고 계셨다. 그리고 이곳의 현실적인 급여를 알고 있었다. 너무 오랫동안 선입견에 발을 담그면서 나도 점점 그렇게 믿게 되었다. 모든 일에는 과정이 있는데 예술성이 발휘될 수 있는 그 과정을 거치지 않고 갈 수 있는 영역이 예술이라고 믿고 계셨다. 또 직업적인 면도 순서 없이 정상에 있는 누군가를 보면서 선택한 다음부터 하지 않으려 했다. 처음에는 다양한 방향성으로 이끌어드렸지만 어느 순간 나도 그런 편견에 주눅 들고 그냥 가라앉아버렸다. 그렇게 '예술적이다'라는 말에 걸려 이상한 환상에 빠져 있을 때가 있었다. 나 또한 뭔가 예술적이라는 말이 대단히 특별한 것이 있다고 믿었다. 그런 환상적인 착각에 빠져 있던 시간은 점 정도의 순간이 아니라 꽤 오래 방황했던 면의 시간이었다. 예술은 발로 뛰어 나오는 것이 아니라 특별히 가만히 있어도 저절로 된다고 여겼다. 영감이 뛰어난 천재들의 전유물로 믿었다. 사실 에디슨과 예술가는 한 끗 차이다. 부유한 사람들의 취미나 무형의 재산 같은 게 아닐까 생각했다. 그 생각이 참 오랫동안 나를 온짝달싹 못 하게 하는 존재였다. 그래서 부유한 사람들이 좇는 그런 쾌락적인 심미안을 좇아가기도 해보고 또 그림의 외모가 아닌 화가의 외모가 중요하단 얘기를 또 어디서 들었는지 그렇게 화려해 보이려고 안달했었다. 본연의 색과 너무 어울리지 않는 것들을 걸치고 곧잘 연기도 했다. 그런 모습을 보고 나 스스로 가장 많이 비웃었던 것 같다. 그렇게 부유함의 상징으로만 예술성을 발휘한다면 아무리 좇아도 목이 말랐다. 사실 기준이 없었다. 그렇게 예술 자체를 매우 회의적이며 극단의 중독적인 것으로 생각했다. 나는 영원히 붙잡을 수 없는 것이었다. 성공하고 주목받고 싶었고 그렇게 성공해야 행복해지는 줄 알았다. 너무나 순간적으로 보이고 마는 것이라 허무하지만 그럼에도 몰입해서 남들에게 인정받아야 했다. 광기 서려 있고 매혹적이다 못해 선정적인 작가가 주목받았다. 혹은 잔혹한 느낌의 작품들을 마주할 때마다 놀라면서도 비슷한 느낌의 작업으로도 시도해보았다. 그렇게 감정을 해소한 작품들은 작품으로서는 얘기할 수 있어도 작품이 곧 내가 되어서 다가가기는 어려운 사람, 어두운 사람이라는 선입견을 갖게 되었다. 이게 내 전부는 아니지만 불편한 감정을 내어놓는 것은 예술계에서도 환영받지는 못한다는 걸 알게 됐다. '이런 감정의 표출은 배출로 인해 자유롭게 할까? 아님 확장을 일으킬까? 이런 게 미술이라면 내가 꾸준히 있을 곳이 맞을까? 나는 내 의견을 목소리 높여 말하기도 어려워하는 사람인데 겉으로 남이 깔아둔 선로에서만 예술을 운운하는 사람인데 내가 그 자리에 낄 수 있을까?' 계속 나에게 행동이 아닌 생각으로만 파고드는 질문만 해댔다. 그런 오류 가득한 망상은 예술 분야에서 적어도 미술 분야에서만큼은 나의 잘못된 편견이었다. 그런 편견을 알아차리고 내가 지금 할 수 있는 행동을 하기로 했다.

"나는 무슨 얘길 하고 싶은 거지?"

"내가 왜 그림을 시작했지?"

"그림을 그저 순수하게 좋아서 시작했고 얼결에 대학까지 왔는데 나는 무슨 그림을 그려야 하고 어떻게 전시를 해야 하지?"

"전시를 하려면 공모를 해보면 되는데 공모조건이 1회 이상 개인 전시를 해야 하는 조건이라면 어떤 루트를 뚫어야 할까?"

"개인전을 하기 위해서는 대학원 진학을 많이 하는데 대학원을 어떻게 가야 하지?"

"대학원을 가면 어느 지역으로 가야 하며 등록금과 그 재료비는 어떻게 마련해야 하지?"

"나는 어떻게 저 비용을 마련할까? 대학원 외에 다른 방법은 없을까?"

"그림은 어디서 그리지? 그림을 그리려면 시간이 필요한데 그 시간은 어떻게 확보하지?"

"나는 어떤 게 아름답다고 끌리지?", "매체가 전부 '웹, 앱'으로 바뀌는 시대인데 내 그림을 어떻게 찍지?"

이렇게 초심으로 돌아가 집요하게 질문을 던졌다. 근데 또 카메라가 걸린다. 대학 시절 사진 수업을 했을 때, 수동 카메라에서 DSLR카메라로 넘어가는 시대를 맞이했다. 그때는 내 소유의 DSLR카메라는커녕 소형 디지털카메라도 없음에 부끄러웠던 기억이 있다. 가까스로 기기를 빌려 수업했고 돈을 벌어 기기를 사니 이미 졸업반이 다가와 있었다. 과거의 열등감의 역사가 훅 올라왔다. 그 당시 수업에서 들었던 조언을 떠올렸다. 사진기자들 중에 아시아인들이 카메라 장비가 가장 좋다는 것이었다. 바쁜 취재를 할 때는 그냥 똑딱이 카메라(이들 카메라의 대부분은 자동 초점 렌즈가 달려 있거나, 초점을 조정할 수 없다.)로 충분하다는 것.

　우선 내 핸드폰으로 당연하게 여겼던 일상의 소소한 '아름다움'부터 수집했다. 적어도 나에게는 미술이라는 분야도 인문학 같은 성향의 한 부분이었다. 앞서 말한 수많은 에피소드처럼 이런 선입견과 현실을 그냥 두기로 했다. 말로 설득하기보다 그냥 나대로 행동했다. 그때 수많은 유튜브를 섭렵해서 보고 있었다. 그때 시작하는 유튜버들이 대부분 처음 시작한 계기를 얘기할 때마다 등장하는 말이 있었다. 모두들 돌림 노래처럼 했던 대사 "저는 특별히 재능이 있는 것도 아니고 그림이나 음악같이 타고난 게 없어서~." 나는 그때 깨달았다. '내가 그림을 선택했다는 것만으로도 특별할 수도 있겠구나.' 현실적인 편견에 짓눌리고 너무 앞서간 거장의 선배님들을 보면 너무나 부족한데 다른 분야에 있는 사람들은 저렇게 생각하는구나. 그럼 내가 평생 몸담고 있는 그림을 계속해보자. 그리고 오픈하고 자유롭게 소통해보자고 마음먹었다. 매일 하루에 한 장씩! 내 마음대로 그려보자! 그 과정을 낱낱이 글도 쓰고 작업일기 쓰듯 아주 작은 그림부터 매일 그리고 노출해보았다. 예술 분야 안에서의 스스로 겪었던 왜곡되고 부정적인 경험을 무시하고 행동 하나를 하기로 마음먹었다.

나 서울에 가야겠어!

　서울대 학생이 직접 문제집을 만들었다며 '이투스'라는 문제집이 광고에 나왔다. 서점에 갔다.

　"언니, 이투스 문제집 있어요?" "이투스? 그게 뭔데?" "TV에 광고하던데요~." 그 문제집은 내가 고3 중간쯤 도착해 있었다. 지금처럼 유통망, 정보의 소통이 원활하지 않았을 때는 그 동네가 세상의 전부요, 그 부모의 정보망이 아이의 성공을 갈랐다. 중요한 정보가 귀한 시대였다. 그리 옛날도 아닌 그때도 서울과 일반 도시와의 정보 차이는 엄청났다. 나는 매우 보수적인 동네이자 큰 공업 도시에서 나고 자랐다. 큰 부자의 시선으로 잘 세팅해둔 공업 도시에서 자랐다. 그 도시 안에서도 가장 핵심 지역에 살았다. 모든 아버지와 어머니들은 얼굴만 다를 뿐 거의 같은 시간에 같은 행동을 했다. 특히 퇴근길 4차로 오토바이 부대는 장관이었다. 그 커다란 둥지 같은 곳의 우리를 신이 본다면 매우 큰 케이지 안에 있는 친환경 동물원 같은 모습이었을 것이다. 우리는 어떤 보이지 않는 흐름 안에서 자유로웠다. 누구나 같은 것을 꿈꿨고 너도나도 비슷한 옷을 입어야 하며 마음속의 의견도 비슷해야 했다. 조금의 다름은 허용될 수 없었다. 허용된 범위는 오직 TV. 그 안에서 나오는 뉴스를 보며 세상 돌아가는 것을 보았고 광고하는 것을 사용했으며 배우들의 음악과 연기에 의해 감정을 표출하고 울고 웃었다. 한 기업의 지역이었으니 그 큰 흐름은 나의 첫 세계였고 그게 당연했다. 그게 매우 독특하다는 것을 알게 된 것은 동네에서 조금만 벗어나도 전혀 다른 흐름이 느껴졌기 때문이다. 그 안에서 나는 매우 섬세한 감성이 자랐다. 한 기업에서 세팅된 도시는 매우 살기 좋은 곳이긴 했지만 회사 안에서의 직급이 사회적 직급이 되었으며 그 직급에서 오는 우월감 섞인 자부심과 패배자의 열등감, 그 대물림은 너무나 당연한 감정이었다. 그래서 아무도 우리에게 계급사회를 가르쳐주지는 않았지만 너무나 뼛속 깊이 그런 계급사회에 대한 인식이 스며들어 있었다. 학교에서도 그 회사의 직급에 따라 선생님의 지도 방식이 달라지는 것은 차별이 아니라 구별이라 생각할 정도로 당연했다. 큰 이데올로기 안에서 소속감, 동질감이라는 분명한 장점도 있다. 그 안에서의 무개성적 요구와 다수의 압박감이 나에게는 너무 힘들었다. 그렇게 회색의 도시에서 빛과 색을 발견한 것은 도서관이었다. 그때 본 미켈란젤로, 레오나르도 다빈치의 그림을 보고 시간 가는지 모르고 빠져 있었다. 대여가 되지 않고 매우 큰 사이즈에 처음으로 컬러 인쇄판을 보게 된 것이다. 동네 미술학원을 다니면서 그림을 보긴 했지만 이런 체계의 그림은 처음이었다. 우리 동네에도 미술 전시를 하긴 했지만 정말 지금 시각에서 보면 작은 취미활동처럼 걸어둔 그림뿐 전시장을 가는 문화는 '전혀' 없는 곳이었다. 중3 말, 그림을 전공하기로 결정하고 버스로 1시간을 타고 가야 나오는 미술학원을 갔다. 그때 처음으로 아빠의 회사원이 아닌 다른 회사원, 가게를 운영하는 사람, 영업을 하는 사람, 공무원의 친구들을 만나게 되었다. 그때 알았다. 세상에는 정말 다양한 사람들이 살고 다양한 직종이 있으며 개별적으로 다른 문화가 있다는 것을. 그때는 인식하지 못했지만 상당히 잘살았던 학생들이었다. 이미 그들만의 엘리트 문화를 갖춘 곳이었다. 나는 전혀 미술에 '미' 자도 꺼낼 수 없었고 그저 미술 교과서에 나오는 지식이 전부였다. 그때 한 친구가 아무렇지 않게 얘기했다. "나 아빠랑 공연 보고 왔는데 너무 감동적이었어!" '명성황후' 공연이었다. 그 공연은 서울에서만 했는데 그때 내 머릿속에 지나간 것은 그 경비였다. "그게 다 얼마야? 그 공연은 또 얼마야? 그걸 주말에 시간을 내서 가족들이 보러 간다니." 우리 부모님뿐 아니라 주변의 친구 부모님들도 한결같이 공부만 열심히 하라는 얘기, 거친 일에서 어쩔 수 없이 나오는 힘든 넋두리, 오로지 '삶'에 대한 얘기가 전부였다. 처음으로 '예술을 보기 위한 관람 문화'가 존재한다는 사실이 내 머리를 스친 사건이다. 처음으로 그런 세상이 있다는 것을 알게 된 거다. 그리고 저 삶을 나도 누리고 내 자식에게도 누리게 하고 싶다는 마음이 들었다. 일반인에 대한 '교양', '문화'에 대한 인식이 전혀 없던 시절이었다. 대화는 서로 의견을 비판하고 우열을 가르고 어쩌다 웃어도 누굴 싸잡아 놀리고, 비교적 약한 대상에게 조롱하고 껄껄 웃는 게 진정한 웃음의 전부인 곳에서 처음으로 부유함에서 오는 안락함, 그 안락함에서 나오는 안정감, 그 사람이 가지게 되는 자신감과 아우라, 그에 따라오는 예술에 대한 문화적 인식. 그 정서의 갈증이 내 마음과 영혼에 훅 새겨졌다. "나 서울에 가야겠어! 저 문화를 나도 가까이에서 보고 느끼고 싶어~." 원하는 게 있어도 바로 갖지 못하는 슬픔, 내가 누려보지 못해서 따라오는 열등감의 아픔, 바로 비교 분별이 올라왔고, 미술을 시작할 때 참 오랫동안 설득해야 했던 우리 집의 형편이 떠올랐다. 예술적인 감성에 대한 갈증, 나에게는 꿈도 못 꿀 사치스러운 발상이 일상이 되는 삶, 그 갈망이 천천히 따라왔다.

Drawing Therapy Time:
[내 마음 쉬는 곳 2018. 6]

곧장 배우지 못하는 억울함, 금전적인 것에 대한 결핍감은 나의 동기를 확인시켜 주는 좋은 도구가 되었다. 그리고 그 일을 오랫동안 할 수 있게 도와주는 마음도 만들어주었다. 꿈을 꾸기도 시작부터 어려운 결핍은 아픔이었던 과거와 다르게 지금은 나에게 엄청 큰 자산이 되어 가치관과 생활력으로 가져다주었다.

나는 체육에 대한 흥미가 전혀 없다. 실내자전거 타기도 억지로 한다. 앞서 나가는 사람이 있어도 부럽지 않았다. 근데 그림은 달랐다. 더 배우고 싶고 앞서 나가는 선배님들이 어떻게 사는지 저절로 궁금했다. 나만이 발견하는 반짝임이 그곳에 있었다. 그곳에서 내 마음이 가장 편히 쉬었고 가장 행복했다

너무 맑은 영혼

　요즘 많이 문제가 되고 있는 이단종교, 사기 영성단체들이 존재
하는 이유는 가까운 가족, 지인과의 문제, 무한 경쟁 시대에서 허기
짐을 느끼지만 딱히 기댈 곳이 없었다는 반증이다. 머릿속에 그려

왔던 이상적인 가족상이 그곳에 있었기 때문이다. 서양 문화가 들어오면서 동양적인 문화, 사고 체계는 너무나 미신적이라고 치부해버렸다. 심리에 대한 책을 일반인들이 봐도 문화 자체가 달라 일시적으로는 만족해도 적용하기가 매우 힘들었다. 가족주의인 동양에서는 남성에게 모든 걸 의존하는 문화적 대물림, 인정욕구로 자리 잡은 효도문화는 오랫동안 학습된 것이다. 배려 깊은 태도가 의무가 되었고 받기 위해 주는 문화로 바뀌었다. 누군가는 주는 게 당연해졌고 다른 누군가는 받는 게 당연시되자 그 모든 당연함에 돈으로 환산되는 문화로 이어졌다. 그사이 마음의 기본, 양심이 힘을 잃어가기 시작했다. 우리 스스로에 대한 각성이 사라졌다. 양심 있는 강자들이 사라졌고 강자가 착한 사람을 이용하기 시작했다. 착하면 바보가 되고 이용당해도 된다는 문화가 스며들었다. 그래서였는지 숨 막히는 문화가 일상생활이 되어버렸다. 어렸을 적부터 스님이 쓰신 산문이나 사상가들의 글이 좋았다. 그런 글이 유일하게 숨을 쉴 수 있게 해주었다. 우리나라에서는 비교적 마이너적인 분야인 영성적인 것들에 대해 오래전부터 호기심이 많았다. 대학 때 처음으로 '시크릿'이란 책이 유행하면서 영성에 대한 공부도 활발히 했다. 그 책의 장단점이 있긴 하지만 처음으로 영성에 대한 관심을 대중으로 이끌기에는 충분했다. 그리고 잠재의식에 대한 질문을 현실로 끌어올 수 있었다. 그렇지만 이런 영성에 대한 대화는 일상생활에서 하면 안 되는 것들이었다. 그렇게 '정신세계', '마인드'를 중점적으로 쓴 책을 보고 있으면 "너 이런 거 좋아하는구나~." 그러면서 아주 걱정스러운 눈으로 날 봤던 친구가 생각이 난다. 영성공부(마음공부)에 대한 수요가 많아지고 나 또한 그런 공부에 대해

흥미를 느꼈지만 그런 나의 성향을 감추고 드러내면 안 된다고 생각했다. '평생 나는 이렇게 숨어 살아야 하는구나'라고 믿었다. 주위에서 추천받았던 책들은 하나같이 힘들고 정신적, 육체적 고통을 받는 처절한 기분, 너무나 에로스적인 사랑에 갈구가 많았다. 다들 좋다고 했던 베스트셀러 소설도 역사를 반영한 글도 나에게는 너무나 예리한 면도날처럼 베는 느낌이었다. 허무한 느낌, 범죄 심리, 전쟁의 아픔 등등 그런 정신적인 공감이 사람들을 이해하게 하는 척도도 되었지만 나를 줄곧 어둡게 만드는 요인이었다. 나의 감정적인 공감이 남들보다 선을 넘고 오래간다는 걸 알긴 했지만 '내향인'에다가 'empath(초공감자)' 성향인 걸 알게 되자 나에 대한 모든 의문이 풀렸다. '초공감자'에 관련한 책들을 찾아보게 되고 나보다 먼저 그 길을 걸었던 인생 선배님이 쓴 책과 관련 자료를 통해 나를 발견하게 되었다. 어두운 길을 공부하는 느낌을 벗어나서 밝고 명확히 설명되었다. 특히 '데이비드 호킨스' 박사의 의식에 대한 글은 내게 많은 영감과 가르침 그리고 위로를 주었다. 그리고 또 하나의 빛은 인문학으로 잘 녹여서 인간의 삶을 설명하는 고미숙 박사님의 강연을 깊이 접하면서였다. 그동안 설명 위주의 '너는 모르지? 나는 아는데~'식의 설명이 아닌 '인간'의 삶을 녹여 설명해주셔서 너무 와 닿았다. 고미숙 선생님처럼 나도 스스로 직업으로 만드는 계기가 되었다. 나는 오랫동안 그림을 공부했던 사람이다. 마음공부, 영성공부에 대한 지식이 있었지만 취미수준이었다. 그것도 굉장히 얇게 공부했다. 감동했다고 다 아는 줄 알았다. 나는 불교공부도 마찬가지고 다른 종교 공부하는 것도 대충, 게을리했다. 그것은 공부라고 인정받거나 권하는 공부가 아니었고 그 일이 나의 일상에 도움이 되는 게 아니라고 생각했기 때문이다. 나의 캐릭터, 내가 누군지 알아보고 '너무 맑은 영혼'인 나를 먼저 분석하고 연구하는 게 다른 공부보다 우선이었다. 그런데 남의 말을 곧잘 믿고 사실 판단하기 싫어하는 작은 귀찮음이 쌓이니 굉장한 무지와 편견으로 지켜내지 못한 꼴이 되었다. 전부 어디서 들은 얘기는 맞는데 돌아서니 그 누구도 책임져주지 않았다. 나 스스로 판단하지 않고 사색을 하지 않았던 그런 버릇을 조금씩 바꿔보았다. '좀 늦더라도 천천히 나를 세워봐야지! 나의 목소리를 찾아봐야지! 내가 느끼는 아름다움을 나부터 인정해줘야지.' 어디서 들었던 관념으로 검열하고 통제했던 수많은 비난을 멈추고 **내가 먼저 물음을 던지고 내가 하고 싶었던 답을 정리하기 시작했다. 그 답을 조금씩 글로 적고 모든 작은 소통의 장을 열고 작은 행동을 시작했다.**

나의 예민한 공감력, 감수성을 매우 긴 시간 동안 부끄럽게 여기고 그 힘듦을 덮어놓았다. 나의 영적으로 맑은 의식을 부끄럽게만 여겼고 그 순수한 성질을 영매의 기질로 오판한 시절이 꽤 길었다. 그 예민하고 섬세한 감정을 무디게 만드는 데만 시간을 썼다. 이제는 그 '예민하고 섬세한 감정'을 마음껏 써보기로 했다. 요즘, 그때의 섬세한 시작점들이 다양하게 연결되고 있음을 느낀다. 수많은 과정의 시간, 내 목소리로 녹이는 이 시간을 갖는 행위, 그런 행위의 모티브가 되는 나의 섬세한 감정에 이제야 참 감사하다.

아무에게나 착해서
너무 힘들었던 당신에게

가족 중에서 유난히 공감능력이 뛰어난 사람이 있다. 그 사람을 염두에 두고 쓴 글이다.

비슷한 세대의 부모님들에게 때로는 사랑도 받았고 때로는 희생받았고 때로는 막 대함을 받았다. 그래서 나에게 그렇게 대하듯 타인에게도 때로는 사랑을 때로는 희생을 하고 때로는 막 대한다. 공감능력이 뛰어난 사람은 자신이 받았던 것 중에 어떤 게 사랑인지 본능적으로 인지한다. 그래서 타인을 만나면 이미 상대방의 태도나 말을 긍정적으로 해석하고 상담해주고 맞춰주고 배려해줄 준비를 해놓고 있다. 좋게 말하면 사회성이 좋다. 그런데 어느 순간 삐걱거릴 때가 있다. 그 공감능력이 한계가 올 때가 있다. 주위 사람들은 본성이 드러났다. 막말하는 사람도 있고 변했다며 돌아서는 사람도 있다. 정서적인 기운이 고갈된 것이다. 충전 없이 일방적인 나눠주는 삶은 사람을 기진맥진하게 만든다. 우리는 일방적인 희생과 무분별한 개입을 모두 사랑이라고 믿은 적도 있지만 부정적인 희생과 막 대함은 부정적인 무의식에서 힘들 때마다 '의무감'이라는 고개를 든다. 당연히 힘들 때 "NO!"를 외쳐야 할 때도 자신을 설득하고 있을 것이다. 내가 마땅히 해야 하는 '도리'를 못 하고 있으면서 스스로 이기적이라며 자책이 올라온다. 유난히 반짝거리는 우리의 영혼은 부정적인 것이 보이면 스스로 나서서 해결해주고픈 충동에 사로잡힌다. 영혼의 방향성이 이러한데 돕지 못하면 자책에 빠져버리는 이타적인 생각은 사실 학습된 것이 많다. 나는 사랑만 주고받고 싶어도 주위에서는 말도 안 되는 일방적인 희생을 가르치고 밀어붙이기식의 교육을 가르치기 때문이다. 사랑의 에너지를 어느 정도는 자신이 발전하는 데 써야 하는데 사랑이 부족한 가족들, 친구들 모두 모두에게 다 나눠준다. 우리는 신의 일부이지 신의 전체가 아니기에 어느 정도 자신의 바운더리를 지켜가며 나눠야 하는데 끊임없이 나눠준다. 이게 거의 반자동적으로 그렇게 된다. 사회에서도 그것이 미덕이라 권하고 본인 스스로도 그렇게 너무나 오랫동안 그것이 마치 오로지 나의 사명, 당연한 도리를 하는 것처럼 산다. 그것이 종교적인 표현으로 복이 되고 덕이 되기도 하지만 정작 고맙다는 말조차 없는 사람들, 그 사랑이 필요할 때만 퍼 가는 사기꾼들의 희생양이 된다. 사회에 나가서 쓸 사랑 에너지를 듬뿍 담아와야 할 명절에 오로지 집안의 대를 잇는 근심, 집안의 권력 다툼, 부모의 넋두리, 친척들의 열등감 섞인 조언들만 담아 와 힘이 더 빠진 당신을 발견했다면 이제는 알아야 합니다. 일방적인 희생 자리에서는 당신마저 사라지게 만든다는 것을. 그렇게 희생해 자신이 사라지는 것은 그 누구에게도 증명 받지 못하며 명예롭지도 정의로운 것도 아니라는 것을. 그리고 그 누구도 고마워하지 않는다는 것을 알아야 합니다. 그리고 그런 태도는 절대 사랑이 아니라는 것도요. 용기를 내어 당신도 마땅히 누려야 할 사랑, 진정한 이타심, 공감능력은 자신에게 가장 먼저 가져야 하는 태도임을 알아야 합니다. 오로지 본인을 위해 쓰는 점, 선, 면의 시간을 틈만 나면 넘치게 가져보길 권해봅니다. 나를 돕고 남도 돕는 길이 가장 균형 잡힌 길임을 서로 인정해주는 삶을 살아야 합니다. 우리 모두를 위해 나도 남도 건강한 그런 건강한 이타심을 응원합니다. 그래야 당신이 숨을 쉬고 살 수 있습니다. 당신이 있기에 저도 우리도 있습니다. 당신을 응원합니다.

-아무에게나 착해서 너무 힘들었던 당신에게

나쁜 연애, 나쁜 배역을
배정받게 되었을 때

　세상은 정말 공평하다. 비교적 다른 사람들의 고민과는 다르게 내 진로나 직업적인 면이 기질이나 사주팔자에 맞게 잘 걸어가고 있다. 뛰어난 성취는 아니어도 어디에 가든 내가 몸담고 싶은 분야에서 일을 할 수 있었다. 그게 한 분야의 길이긴 했지만 재미없었다면 절대 할 수 없었던 분야이다. 투덜거리면서도 계속 묵묵히 그 일을 했다는 것은 나름대로 내 적성에 맞는 길을 가고 있다는 거니까. 그렇지만 이렇게 직업적으로는 매우 편했던 나는 연애에서는 너무 힘들었다. 엄마는 선보고 결혼한 아빠가 첫사랑이자 마지막 사람이었지만 자유연애가 빈번한 우리 세대랑은 너무 달라서 나의 연애에 대해 늘, 언제나 걱정을 많이 하셨다. 그냥 친구로 사귀라고 조언하셨지만 엄마가 잘 몰라서다. 친구라고 생각했는데 관계는 계속 바뀐다는 것이다. 또 우리 시대의 연애라는 것은 항상 환영받기보다 주의하고 조심해야 할 것투성이다. 일부는 맞지만 정말 드라마나 뉴스에 나올 법한 그 불안을 무의식으로 깔고 한 연애는 절대 만만할 리 없었다. 모든 연애를 드라마와 영화, 소설로 배워서 그렇게 꼬이고 뭔가 남자 주인공이 다 알아서 처리해버리는 순종적인 여주인공 스토리를 참 좋아했다. 그게 좋은 패턴의 연애라고 생각했다. 단언하지만 드라마 속 연애 패턴은 인기가 좋다고 해서 좋은 예시만 나오는 게 아니다. 그리고 아이들이 보는 동화책 속의 스토리도 좋은 연애 패턴만 있는 게 아니다. 얼마나 오랫동안 그런 감성적 패턴을 내면화했을까. 그래서였을까. 남자를 보는 눈도 어두웠고 고르지 않은 남자와의 썸도 소문도 여기저기서 자꾸 생겨났다. 단순하게 받아들이면 "그거 자랑이냐?" 물을 수도 있겠지만 사람이란 뭔가에 집중해야 할 시기가 있기 마련이라 돈을 벌고 싶을 뿐이지 연애는 별로 하고 싶지 않을 때가 있고 공부에 집중하고 싶을 때가 있다. 다른 것은 노력을 하거나 포기할 수 있지만 연애만큼은 꼬인다는 표현이 맞을 만큼 나에게는 너무 힘든 고시였다. 나 스스로 '이건 뭔가 아닌데? 왜 상황이 이렇게 흘러가지?' 처음부터 이렇게 하려고 했던 것은 아닌데 어떠한 적극적인 수습으로도 막지 못할 때가 너무 많았다. 19금의 수습 상황이 아니라 원치 않은 연애 접근 방식이었다. 자꾸 사회적으로 주홍 글씨가 새겨질 만한 인연만 찾아오는 거였다. 딱 드라마나 소설처럼 말이다.

내가 좋아하는 사람이 생겨 소개해달라고 하면 당사자와 눈이 맞는다든지. 친구를 이어주려다 그 애가 날 좋아하게 돼서 완전 개념 없는 나쁜 애가 되고, 기껏 마음에 드는 사람이 생기면 결혼할 애인이 있었다. 정말 관계 자체가 피곤한 악순환이었다. 전생에 남자들을 많이 울렸는지 알 수는 없지만 마음대로 연애 서적도 보고 좋은 연애 패턴을 갖기 위해 심리학공부도 해가며 연습을 했지만 소용이 없었다. 내가 말하는 좋은 남자는 다 갖춘 사람이 아니라 내가 점점 발전하고 보다 예뻐지고 더 좋은 생각이 나게 하는 좋은 인연의 남자이다.

나에게는 연애가 고시였다. 죄책감, 수치심의 역사였다. 그때쯤 예전에 봤던 사주 상담이 생각났다. 남편 운은 있지만 연애 운이 없다는 그 말. 사주를 다 믿진 않았지만 정황상 아니라고 반박할 증거가 없었다. 그 말을 기억하고 그냥 20대 중반부터는 연애를 잘 랐다. '내 인생에서 잠시 연애는 접자.' 그 외에 다른 부분에 몰입해보자 생각했다. 그리고 나쁜 연애랑 연관된 모든 꼬인 관계도 의도적으로 다 손절했다. 그리고 정말 비 오는 날에 우산 없이 걷는 심정으로 그 꽃다운 나이에 침묵의 시간을 지나왔다. 사람은 사람과 만나야지 행복해진다고 하지만 없는 복에 매달리지 말고 내게 있는 복에 열매를 맺어보자고 생각했다. 다른 건 몰라도 사람 관계의 일은 개인적인 힘으로만 되는 게 아니라고 몸소 느꼈다. 가끔 운명의 장난처럼 모든 죄가 뒤집어씌워질 때가 있다. 나는 외로움에 지쳐 나쁜 관계에 스스로 매몰될 수도 있었고 주홍 글씨를 계속 단 채로 죄책감 가득한 가해자 마인드를 옹호하며 살 수도 있었다. 초심과 방심은 내 잘못이라고 해도 그 이상의 일은 그 일을 해석하고 떠드는 사람들의 말대로 규정돼 버린다. 그 방식이 비난이든 칭찬이든 말이다. 그렇게 나는 침묵으로 일관했다.

그렇게 일에 집중하면서 커리어도 쌓아갔고 그러면서도 다가올 연애에 대한 꿈도 천천히 계획할 수 있었다. 그리고 그 에너지를 내가 일했던 학원의 학생, 학부모 상담, 그림 연구 등등 다른 쪽으로 쏠았다. 그렇게 일은 잘 되었다. 그러면서도 정말 많은 연애, 결혼에 대한 제대로 된 책과 영화, 부부 관련 다큐를 보며 공부했다. 심리공부를 하면서 스스로 내면을 치유하는 시간을 가졌다. 그리고 나와 가까워지는 시간을 가졌다. 아주 사소하게 하고 싶었던 일탈을 시도했다. 스타일에 대한 것도 그전에는 시험할 수 없었던 연구도 참 많이 했다. 그렇게 남자 친구 없이 몇 년 동안 여러 동호회도 다니고 사진도 찍으러 다녔지만 절대 연애를 하지 않았다. 조금의 틈이 생기면 본능적으로 다 잘랐다. 완전 극단적으로 철벽녀가되었다. 오로지 나에게만 신경 쓴 시간들이었다. 연애했다면 써야할 모든 경비들을 오로지 나에게 쓰게 되자 굉장히 경제적으로도 자유로웠다. 일로 스트레스가 쌓이면 스스로를 위로하기 위해 내게 맞는 시간에 좋아하는 자리에서 영화도 보고 마사지도 받으며 시간을 보냈다. 물론 수많은 연인들을 보면서 아주 짧게 외로울 때도 있었지만 공유, 김수현, 박보검 같은 모든 부분이 착한 배우들을 보면서 전혀 아쉽지 않았다. 정말 정서적으로 편하고 자유로운 시간을 보냈다. 그때 일하는 동료들은 내가 늘 스타일이 바뀌고 싱글벙글 웃으며 다니니까 그 모습을 보고 늘 남자 친구가 생겼냐고 했는데 나는 나랑 잘 지내는 법을 그때 많이 배웠다. 그 시간은 내 20대에 돈으로 살 수 없는 많은 풍요와 나를 온전히 세워주는 치유의 시간으로 바꿔주었다.

미술학원, 미술대학, 창의성, 예술

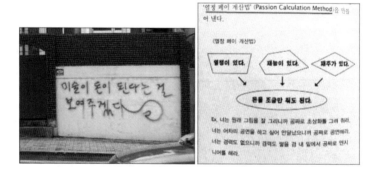

이 사진을 보며 이를 갈았던 미대생이었다. 창의적인 일을 하기 위해 돈을 벌어야
했다. 미대생들 중에 이 사진을 모르는 사람이 없을 것이다. 미대생이었다면 온 마
음으로 기도했을 저 문구!

(출처: http://suyunomo.jinbo.net/?p=10757)

미술학원

미대를 가려면 입시미술학원에 가야 한다. 혼자 스스로도 갈 수 있다. 스스로 대학 종류를 찾아보고 각 대학에서 어떤 그림을 요구하는지 파악해야 한다. 그리고 스스로 단련시켜서 대학 실기 시험을 치른다. 그 결과를 받아들이면 된다. 스스로 잘 안 될 때 선생님을 찾아가 '더 배우고 싶을 때'와 내가 배우기 싫은 마음이 올라와도 '붙잡아주는 역할'을 기대한다. 사실 미술학원은 그림을 그리는 기술적인 부분과 미대 진학을 위한 입시 습관을 배우는 것이지 거기서 '나만의 창의력'은 스스로 관찰하고 계발해야 하는 것이다. 미술학원에서 10년 넘게 일을 하면서 예술 쪽에 활동하고 계시는 분들은 입시미술은 '창의력'을 없애는 역할만 한다고 얘기한다. 그리고 매우 심하게 폄하한다. 면전에서 콧방귀도 맞아봤다. 창의력을 얘기하면서도 곁눈질로 '당신이 뭘 한다고?' 그런 눈빛으로 선생님을 대한다. 그래도 자신의 학생을 맡긴 선생님인데 말이다. 물론 나를 포함해 부족한 선생님들은 너무나도 많다. 학생들을 온전히 돈으로만 보는 원장님들도 많이 봐왔다. 그렇지만 대부분의 가르치는 선생님들은 이 어려운 길에 들어선 친구에게 새 시대가 됐으니 나도 가보지 못했던 그 새로운 길에 도전해보라고 손뼉 치고 응원하는 마음으로 대한다. 공교육에 계신 선생님 중에도 참선생님이 계시고 사교육에 계신 선생님 중에도 참선생님이 계신다. 특히나 예술 쪽의 시장은 공교육의 장이 너무 협소하다. 전국에 예고가 몇 개가 되며 그 예고에 대한 시선은 어떤가. 일반고에서 예고를 가는 길이 얼마나 열려 있을까? 예고에서 다시 일반고를 가는 길은 얼마니 알려져 있니? 이제 편 가르기 싸움은 그만하고 싶다. 순수성을 가르면 누가 더 순수한지 알 수 없다. 그러면서도 자신의 아이가 공부에 도움이 되라고 가르쳤던 그림을 전공하겠다고 했을 때, 갑자기 태도를 바꿔서 오신다. 그마저도 양극단을 오간다. 스스로 부끄럽고 그 길을 전혀 모르니 그 겁나는 마음을 들키고 싶지 않고 으스대고 싶은 마음이 동시에 읽힌다. 이제야 말하자면 지혜로운 부모님들은 오히려 유연하시고 직접 아이와 같이 입시가이드를 읽어보신다. 사고의 폭이 넓으시다. 엄청 정중히 대해주시고 선생님들의 노력을 누구보다 알아주셨다. 그 힘으로 계속 가르쳤는지도 모른다.

미술대학

다양한 학생들을 맞이하면서 최근에 느낀 게 많았다. 각자의 교육 환경, 부모님 세대와 성향에 따라 복잡한 시대에 접어들면서 대학에 지표가 없었다. 어떤 부모님은 최대한 집 가까이가 목표였고 다른 부모님은 최대한 자유롭게 크는 게 목표였다. 부모의 목표가 명확해 정해진 아이, 자유롭게 선택하다가 그만두는 아이가 많았다. 그래서 '대학이 그 사람의 전부는 아니야.' 그 말이 일리는 있는 말이 되었다. 대학을 가는 건 그 아이의 노력과 실행력, 그걸 밀어주는 부모님과 선생님들 몫이다. 그렇지만 이건 매우 아카데믹한 설명이다. 거기에 "우리는 '감정'이 있는 인격체야!" 하는 순간, 가장 쉬워 보이는 길이 가장 어려워진다.

창의성

미술학원을 원망하면서 미술대학은 가고 싶다고 한다. 그것보다는 미술학원에서 배울 수 있는 게 있고 대학에서 배울 수 있는 게 따로 있다. 시절 인연이 있는 것이지 그전 배운 게 모두 쓸모없는 게 아니다. 그 당시에는 뭔지도 모르고 억지로 배운 것들이 여기저기 매우 쓸모 있게 활용될 때가 많다. 난 특별하고 창의적인 전문적인 일을 하려는 것이지 이런 잡다한 일(시작은 뭐든지 잡다한 느낌이 들기 마련이다.)을 하려고 온 게 아니라고 한다. 청소도 하기 싫고 정리도 하기 싫다. 세팅된 공간만 제공받고 싶다고 한다. 그런데 창의력이란 것도 사실 '인간'에서 출발한다는 걸 잊으면 안 된다. '창의력'도 '인간의 한 부분'이지 모두가 신인 곳에는 '인간의 창의력'도 사실은 평범한 것에 불과한 것이다. 대부분 매우 창의적인 발상이라는 것도 그 시절에 꼭 필요했던 '시절 인연'의 기술, 인간에 대한 배려에서 온 접점인 것이다.

예술

예술은 미술관에만 있는 게 아니다. 예술은 일상에서 여행하는 사람처럼 관찰하는 안목, 관점을 얘기한다. 손으로 몸으로 익히는 기술은 그 안목을 가졌을 때 자유롭게 걸림 없이 그려내기 위함이다. 그 기술의 교육도 필요하고 안목에 대한 교육도 필요하다. 그것이 그림일 수도 있고 스타일이 될 수도 있고 영상이 될 수도 있다. 나는 예술가의 한 과정에서 살고 있는 사람으로서 대외적으로는 성공한 작가가 아닐지라도 대학을 많이 보냈고 처음 시작하는 아이들을 많이 맞이하면서 가장 좁은 골목길을 오랫동안 지켜봐 왔다.

예술과 매력의 경계는 매우 기늘지만 방향이 다르다. 예술은 찰

나의 쾌락이 아니다. 진정한 예술은 너무 당연한 일상에서 감사하는 마음으로 관점을 돌리는 것에서 시작한다. 그 관찰한 마음을 시각적으로 펼쳐 보이는 것이다. 오늘 아침, 어머님이 혹은 식당에서 정갈하게 만들어주신 음식을 먹고 배부른 행복감, 그 음식이 주는 그윽한 편안함이 예술이고 그 일상이 예술이다. 이것이 내가 발견한 찐 아름다움이고 찐 예술이라고 생각한다.

미술학원에서 만난 나

미술학원 강사 생활을 할 때 20대 때는 아이들과 더 가까운 나이라 아이들 심리가 훤하게 보였다. 점점 30대가 되어가니 부모님 속이 보이고 다른 선생님의 속이 보이기 시작했다. 그러면서 상담이 점점 어려워졌다. 한쪽 편만 들면서 말할 때가 더 편했다. 이제는 그들이 갖고 있는 모든 면을 파악해서 좋은 방향의 상담을 해야 하니까 말이다. 특히나 입시에 대한 상담이라면 그 아이의 미래를 좌우하기 때문에 신중하기까지 해야 했다. 그런데 내가 나고 자란 분위기에서 점점 판이 바뀌기 시작한 거였다. 내가 알던 부모님들의 획일적이고 일반적인 면이 사라지고 점점 다채로워졌다. 내 나이가 학부모님 나이에 조금 더 가까워지자 그들이 누렸던 경제적인 수준, 아이에 대한 교육관, 부모님의 부부 사이 문제 등등이 다양하게 아이에게 영향을 준다는 걸 저절로 알게 됐다. 내가 배워 왔던 것들은 쓸모가 있었지만 그들을 맞이해야 하는 태도가 달라야 했다. 가치관도 달라야 했다. 그들만의 세계관을 다시 배워야 했다.

예전 부모님들은 아이를 어떻게 가르치든 신경 쓰는 부모가 적었다. 거의 10명에 2명 정도가 많은 편이었다. 이제는 많은 부모님들이 매우 관대하시고 더 이상 권위적인 부모님은 거의 없다. 물론 이상한 부모님도 계셨지만 그런 분 빼고는 대부분 체벌하지 않고 그 아이의 꿈을 존중해주고 꿈이 없어도 되고 대학을 꼭 나오지 않아도 되었다. 좀 다른 선을 넘는 부모님도 계셨다. 아르바이트나 취직이 되어도 부모님이 그 직장에 개입을 하기 시작했다. 아이들에 대한 경계는 느슨하지만 자립은 안 되는 뭔가 알맹이가 빠진 느낌이 들었다. 그들 스스로의 동기에 힘이 없었다. 내가 그림을 할 때는 다 말리고 못 하게 하니까 그런 반항심에 탄력을 받아 더 열심히 했던 기억이 있다. 그림 실력이 잘 안 따라오면 못 하게 할까봐 더 열심히 노력했던 기억이 있다. 그런데 지금의 시대는 그 차이가 좀 극명하고 그 고유성을 살리며 둬야 하는 시대를 맞이했다. 나에게는 괜찮았던 선생님들의 청사진이 있다. 그런데 그 선생님들도 가르치는 기준이 다 있으셨다. 그렇지만 지금 시대는 그 기준이 너무나 다양해져 맞출 길이 없었다. 개인으로서 아무리 역량을 갖춘들 그런 변화에는 열심히 하라고 해야 하는지 경쟁하라고 부추기는 게 맞는 건지 헷갈리기 시작했다. 내 역할이 없어진 것이다. 부모님과 학생들은 늘 전투 중이었고 내 역할은 그들을 진정시키고 서로 이해를 돕는 것이었다. 그런데 이제는 이미 화해는 물론 다 했고 놀고 즐기고 누리는 삶을 살고 있었다. 나의 내면이 바뀌고 시대가 바뀌고 내가 보는 거대한 공간이 바뀌었다.

미술학원에서 그렇게 열심히 일했던 것은 나 같은 아이, 나처럼 힘들게 시작한 아이, 그림을 취미로 할 수 없고 끝장을 봐야 하는 아이, 부모님이 경제적으로 지원은 해주셔도 미대에 정보가 전혀 없어서 내가 좋아하는 분야에 대화가 안 되는 아이, 심리적으로 불안해서 자꾸 포기하고 싶은 자존감이 약한 아이들을 위해서였다. 나의 심리적 투사로 인해 그만큼 절절히 일했던 거였다. 그때 알았다. '입시미술학원에서의 나의 역할은 여기까지구나. 이만큼 나에게 다시 해주고 싶었구나. 재수를 하기도 나에게는 너무 벅차서 그 아쉬운 마음을 아이들에게 다 썼구나. 이만큼 아쉬웠구나. 입시에 대한 후회가 이만큼이나 깊었구나.' 그렇게 수많은 어린 나의 아쉬움을 안아주었다.

"이만큼 했으면 됐어."

"이미 충분해~."

"남 일 같지 않게 열심히 해줬던 너로 인해 많은 학생들이 행복했을 거야."

"10년 넘게 일할 만큼 이만큼 아쉬웠구나."

"사실은 재수를 이렇게나 하고 싶었구나."

"입시에 대한 한이 이만큼이나 깊었구나."

"입시미술학원에서의 나는 여기까지구나. 이만큼 나에게 다시 해주고 싶었구나."

"이제 그 마음에서 졸업해보자~! 그리고 이제는 새로운 시작을 해보자."

교수님의 비웃음

대부분 그때 당시 교수님들은 비교적 경제적 지원을 잘 받고 국내 최고 대학, 국외 대학, 국외 대학원까지 섭렵하고 오신 분들이 많았다. 그래서 그랬을까? 작가가 되려면 이슬만 먹고도 살 수 있어야 한다고 했다. 이슬만 먹고는 살 수 없는 나는 참 많이 허기진 사람이었다. 그리고 그림에 사회적인 메시지를 전달해야 한다고 했다. 그런데 그 사회적 메시지라는 것도 나를 지켜줄 만한 큰 바운더리가 있을 때 배짱이 나온다. 나는 성자는 무슨 현자도 아니어서 늘 위태롭고 지혜롭지 못했다. 사회적 메시지를 함부로 던졌을 때 돌아오는 수많은 총대 멘 전사자를 수없이 봐왔다. 어릴 때 사회적으로 요구되는 도덕적이고 멋진 정의감에 끓어올라 수없이 총대를 메어봤다. 총대를 메기 전에는 그렇게 열렬히 환호하는 사람들은 총대를 메는 순간 차갑게 돌아섰다. 그런 역사는 심심찮게 뉴스에 보도되고 있다. 그래서 나는 물론 수많은 과거의 나 같은 사람에게도 똑같은 잣대를 댔다. 똑같이 통제하고 가두었다. 이게 아닌 걸 알지만 그 방법밖에 없다고 배웠으니까. 대학 수업 시간이 떠오른다. 다들 각자 자유로운 작업을 하고 평가를 피드백 하는 수업이었다. 어떤 학생이 자신이 겪었던 이야기를 하면서 울먹였다.

"전 고등학생 때는 몰랐는데 서울에서 자취를 하면서 너무 자유로웠던 것 같아요~. 그런데 방학이 되니 집에 있어야 했는데 그 시간이 너무너무 힘들었어요. 그전까지는 다 괜찮다고 생각했는데 집이 너무 불편하고 부모님이 너무 불편했어요. 그 감정을 표현한 작품이에요."

자신이 확장되고 커가면서 부모님에 대한 양가감정으로 고통을 호소했던 거였다. 나는 너무 공감이 돼서 그 친구에게 그림을 평가하는 자리에서 위로를 먼저 해주었다. 실제로 얼굴만 알았던 그 친구는 그전과는 전혀 다른 얼굴색을 하고 있었기 때문이다.

"정말 많이 힘드셨나 봐요~. 예전에 엄청 밝았던 것 같았는데…." 눈물을 흘리던 그 친구는 "공감해줘서 고마워요" 하며 자신이 하려던 이야기를 계속했다. 그때 갑자기 교수님이 참을 수 없다는 듯 비웃었다. "와하하 하하…. 깔깔깔…. 너네 뭐 하는 거야? 아, 웃겨!" 그리고 그 교수님의 반응에 다들 놀라다가 그 권위에 복종하듯 일부 학생이 웃었다. 그 공감 맹의 교수님이 스스로를 위해 쌓았던 수많은 시간과 노력, 지적재산이 한꺼번에 날아간 순간이었다. '공감의 대화가 그렇게 코웃음 칠 만한 게 아닌데.' 나는 그때 알았다. 높이 쌓은 학력으로도 없는 공감적 정서는 만들어낼 수 없다는 것을. 그런 사람들은 지위 막론하고 언제 어디서든 만날 수 있다는 걸. 공감 맹의 사람들은 도저히 이해할 수 없는 정서가 있다는 걸. 어쩌면 그들이 쓰는 '세련'이라는 단어에는 '인간적인 면'이 철저히 사라진 개념이 아닐까 생각했다. 물론 수업 자리에서 그

분의 기준에서는 절대 세련되지 못하게 위로를 했더라도 저런 식의 반응은 시간이 지나 해석해도 융통성 운운할 거리가 아니었다.

　부모님의 시대에서의 가장 큰 공동 과제는 전쟁과 가난의 대물림을 벗어나기 위한 거였다. 현재 30, 40대의 방황은 무한 경쟁 시대에 모두 경제적인 것에만 몰두한 나머지 인격적, 정서적 돌봄의 부재라고 본다. 정서적으로 안정되지 못하면 인지적인 발달을 할 수 없는데 그래서 현재는 빈익빈 부익부가 경제적인 면에서 끝나는 게 아니라 정서, 인지 발달의 빈익빈 부익부 현상이 드러나고 있다. 변화되는 사회적 요구와 다르게 '너만 참아, 다수를 생각해야지, 옆사람을 배려해야지'라고 배웠던 30대는 새로운 20대의 후임자를 보면서 막막해진다. 경제적으로 여유롭고 정보의 원활한 개방성에 자유로운 영혼으로 잘 큰 20대에게 30줄부터 이미 꼰대가 된다. 30, 40대는 무한 경쟁을 몸소 겪으며 정신적인 아픔을 공감 받아본 적이 없다. 나의 힘듦과는 비교할 수 없는 더 큰 힘듦을 경쟁하듯 쏟아놓았기 때문에 그에 비해 훨씬 작은 스트레스로도 힘들어하는 나약한 존재가 되었다. 그래서 불편함은 그냥 꾹 참았다. 모든 불편, 힘듦, 아픔을 드러내서 제대로 이해 받아본 적 없는 나는 목소리를 없애고 사회적으로 요구되는 모습으로 만들어갔다. 다만 수많은 정신을 다루는 책으로부터 위로를 받고 스스로 설득하고 억누르는 힘을 강화시킬 뿐이었다. 속으로 약한 마음을 감추려 강해져야했다. 그래서 항상 적대적이었다. 매사에 방어했다. 누군가 나를 때릴 때 그 타인을 때릴 수 있는 사람이 부러웠다. 스스로 방어만 하는 방패형 인간이었기 때문이다. 그 방패로 강한 척은 했지만 뿌리

부터 지켜내지는 못하게 했다. 누구나 불안정했지만 성냥팔이 소녀처럼 그날그날 하루만 버티는 상상을 하며 사는 30, 40대 사춘기가 들이닥쳤고 이유를 알 수 없는 부모 세대가 늘어났다. 스트레스로 정신적인 '힘듦'과 구체적인 이유가 있는 정신질환을 구분하지 못했고 그게 뭐든 싸잡아 약자로 취급하던 시대였다. 법륜 스님의 즉문즉설 상담을 보면서 공감만 할 줄 알았는데 저런 데는 힘든 사람만 가는 곳이라며 친해지면 안 된다는 사람도 있다고 한다. 인생은 길고 앞으로 자신에게 어떤 미래가 올지는 아무도 모르는 건데 무슨 자신감으로 그런 편견을 들이대는지 알 수 없고 참 답답한 마음이 앞선다. 그렇게 배우고 자란 우리는 그런 공감 맹의 잣대로는 새로운 시대에 살 수 없다고 하는 현재를 맞이했다. 4차 산업혁명에 AI로 구현될 수 없는 것은 정신적인 것, 정서적인 공감이라고 한다. 그렇게 비웃고 무시당해서 구겨 던져버렸던 정서를 다시 펴야 하는 시대가 왔다고 했다. 너무 구겨버려 과연 원형은 남아 있을까 싶은 정서를 쓰려니 현실적인 막막함이 있었다. 작은 사건이었지만 약한 마음을 부끄럽게 여기고 숨기는 교수님의 속마음에 오히려 쓴 연민을 느꼈고 반면교사로써 마음에 새겼다.

미술 전공을 선택했지만
힘들었던 당신에게

"와~ 너는 하고 싶은 거, 좋아하는 거 하면서 사니까 좋겠다."

"좋긴 한데…."

모두가 말린 길을 자발적으로 선택해서 간 그 길에 답이 보이지 않을 때 사람은 당연히 정신을 놓는다. 모두가 말리는 미술이라는 걸 선택해서 입시 전쟁에 뛰어들었고 지기는 싫고 자존감은 바닥이었다. 오로지 목표만 보고 달려야 하는 겨울의 연속. 고3일 때 나 자신이 점점 뜨ㄹㅇ가 돼가는 걸 느꼈다. 그런데 고3이 돼서 끝나는 게 아니라 그 후에도 그 입시 후유증은 오래갔다. 특정 코스를 위해 재수, 삼수를 권하는 세상에서 결과를 받아들여야 하는 내가 참 수치스러웠다. 심지어 재수, 삼수를 선택할 수 있는 사람과 말도 꺼내지 못하는 사람들도 있다. 고3 내내 예민하고 아주 기초적인 사회성만 남고 모든 게 이상해졌다. 겨우겨우 사회생활을 하고 시간이 지났다. 그런데 서른이 되면서 또다시 그 과정을 겪었다.

"왜 또 이런 감정이 드는 거지?"

지금 보면 너무나 당연한 상태이고 당연히 이해되는 감정인데. 그때는 그런 우울감을 잘 처리하지 못하는 내가 참 부끄러웠다. 내가 선택해서 벌어진 일은 그에 따른 감정까지도 이해 받지 못한다. 힘들다고 얘기해도 대부분 네가 선택한 거라서 그런 거라고 할 거다. 그런 줄 알고 말린 거 아니냐고, 이제 와서 왜 다른 소리를 하냐고 그럴 것이다. 그런 선택에 따른 결과, 그에 따른 감정은 당연한 거지만 그 패배감에서 나를 온전히 용서하고 이해하기까지는 꽤 오랜 시간이 걸렸다. 미술 분야는 너무 좁아서 서로 흉금을 털어둘 만한 상황이 못 되었다. 그리고 사회생활을 하면서 배운 건 아무리 내가 좋은 뜻에서 한 말도 오해가 붙기 마련인데 남의 얘기는 주워 담을 수 없고 그 말에는 분명 발이 달렸다는 것이다. 그러다 보니 몰래 작업 노트에 비밀 글을 적었다.

처음에는 나를 살리기 위해 아주 조금씩 글을 썼다. 조각 글을 열심히 쓰면서 내가 사실은 이런 의견이었다고 속마음을 쓰기 시작했다. 그런데 이 조각 글 모음이 시간이 지나서 보니 내가 꿈을 이루고 현실에 적용하는 큰 단서가 되었다는 걸 발견했다.

넋두리만 쓴 게 아니라 내가 실제로 하고 싶었던 일, 지금은 이렇게 살지만 그게 해결된다면 이런 걸 너무 하고 싶었다며 그런 걸 적었었다. 그런 소망으로 가득한 작업 노트와 이미지화해 둔 메모를 잊고 있었다. 나는 꽤 오랜 시간 우울감과 무기력에 빠져 있었다. 그런데 10년 넘게 드로잉 북과 일기를 썼던 과거의 글에서 힌트를 얻었다. 짧게 적은 소망들이 모두 이루어져 있었다. 가벼운 소망들도 모두 하나같이 말이다. 그게 부정적인 것이든 긍정적인 것이든.

그 소름 돋는 상황을 보자니 가지치기를 해야 했다. 내 것 아님과 내 것을 구분해야겠다는 다짐을 했다. 가장 먼저 '나는 ( ) 해서 못 해'를 버렸다. 독서, 글쓰기, 심리, 영성공부, 유튜브 개설, 블로그, 개인 카페 개설, 불교 법문, 내가 끌리는 대로 듣기 등등 모든 해보고 싶은 점들을 찍었다. 선을 바라고 선이 되리라 점을 찍지 않았다. 그냥 보이는 대로 느끼는 대로 경험의 점들을 찍었다. 그것이 지금 와서 새로운 여정이 되고 스토리가 되고 있다. 좋은 습관이 되리라고 시작하면 한없이 무거워진다. 그냥 오늘 점 하나 찍자는 마음으로 가볍게 하고 칭찬받고자 하는 마음 없이 해보니 재밌었다. 나의 개성이 나오기 시작한다. 그렇게 10여 년 쓰다가 멈춘 드로잉 북에 그날의 '마음의 그림'을 그리기로 했다. 매일 한 장씩 반드시 그린다는 습관을 가지고 시작했다. 그리면서 떠오르는 다양한 생각이나 느낌을 기록해두었다.

나는 사실 입시 그림만을 하려고 그림을 한 건 아니었는데 그냥 해야 하니까 오래 하게 됐다. 상황에 떠밀리고 생계에 떠밀리고 의무감에 붙잡히고 등등 그때는 너무 시간이 아깝다고 여겼다. 유학 길을 갈 수 있는 친구, 돈을 잘 버는 회사로 간 친구들이 부러웠다. 좋은 회사로 가려면 또 다른 능력을 위한 준비가 필요한데 그 비용을 벌 시간이 부족했다. 취업 준비를 할 '과정'의 시간과 비용이 먼저 생각되었다. 사실 무엇이 필요한지조차 몰랐다. 생계 걱정 없이 학점에만 신경 쓸 수 있는 애들이 부러웠고 그런 대학원을 갈 수 있는 친구도 부러웠다. 사실 대학원을 갈 만한 학점도 부족했지만 갈 등록금과 가서 맞이해야 할 재료비에서 우선 멈췄다. 나만 멈춘 듯 보였다. 계속 비교 분별했다. 입시를 가르치면서 내가 생각했던 미래의 방향성마저도 스스로 비교 분별에 약해졌다. 결혼 후 아이를 가지면서 그만두게 되었고 시간이 훌쩍 지났다. 어느 날 평소처럼 아이를 간신히 재우고 내 마음을 살피며 그림을 그리고 있을 때였다. 그때 문득 알았다. '지금처럼 간절할 때, 누구와도 소통할 수 없을 때, 조건 없이 그릴 수 있게 하려고 손 굳지 않게 계속 20여 년 쭉 그리게 하셨구나. 생각하는 대로 그리고 싶다는 진짜 가벼운 그 꿈이 계속 실현되고 있었구나. 이 사실을 너무 당연하게 생각했구나.' 특별히 드러나게 이룬 게 없어서 아무것도 아니라고 생각했는데 마치 이 시간에 꼭 필요할 거라고 미리 알고 있었던 것처럼 준비해주신 것 같은 느낌이 들었다. 트로피를 받았거나 많은 돈을 받게 되어서 감사한 게 아니라 지금의 모든 주어진 것에 감사했다. 후회하고 우울했던 감정에서 감사함으로 바뀌는 순간 저절로 눈물이 터져버렸다. '나만 여기서 왜 이러고 있지?' 싶었던 게 한 번에 이해된 순간이었다. 아이가 너무 어려서 개인 시간을 낼 수 없고 더 소비를 함으로써 만족감을 느끼는 사회 분위기 속에 더 있는 그대로 위로할 수 있었다. 그리고 있는 그 행위와 몰입의 기쁨이 선물이 되었다.

요즘은 대안교육도 많고 유학도 자유롭지만 그런 선택조차 힘든 입장의 학생들도 많다. 여건이 안 돼서 우선 대학 합격부터 해야 하는 친구들도 있다. 미술을 시작했지만 사회적 여건으로 포기해버린 동기들도 많다. 선택의 폭이 넓지 못한 친구들에게 힘이 되고 싶다. 나는 그런 친구들에게 좋은 회사를 마련해줄 수는 없지만 적어도 단단하게 자존감을 지킬 수 있는 창작하는 자세에 대해서는 제안할 수 있을 것 같다. '나 같은 사람은 할 게 없다'는 생각에서 우선 벗어나자. 자신의 형편, 상황을 먼저 인정하자. 거품이나 어깨에 들어간 힘을 빼보자. 삶이 훨씬 가벼워진다. 그럼에도 계속해서 힘이 들어간다면 그 힘이 언제, 어느 때에 자꾸 들어가는지 살펴보자. 법륜 스님의 즉문즉설 강연, 혜민 스님의 강연과 코끼리 앱, 오은영, 조선미 박사님의 수많은 가족 상담 사례, 최희수 선생님의 내면 아이 극복과 육아과정에 대한 책, 그 외에 숨어 있는 전문가들의 지혜를 공부해보자. 국, 영, 수도 결국은 함께 잘 살기 위한 도구이고 서로 이해를 돕기 위한 소통의 공부이다. 감정을 다루는 법, 마음을 다스리는 것도 반드시 공부해야 한다. 감정을 안정적이게 드러내는 평화적 방법이 널려 있는 시대이다. 심지어 유튜브로 활발히 활동도 해주시고 '클래스 101'처럼 온라인 강의에서도 만날 수 있다. 자신에게 맞는 방법을 선택해 정신적인 부분부터 내면화해 그 후 창작의 기술을 접목하는 방법을 찾아보라고 권해본다. **자신만이 가진 특별한 면이 분명 사회에 도움이 될 만한 자연스러운 것이 된다.** 객기 부리지 않아도 어깨를 억지로 높이지 않아도 너무나 자연스럽게 나다운 면을 발견하게 된다. 자신이 누구의 말씀이 유독 와 닿고 어떤 글에 반응하는지 살펴보고 계속 머무는 마음자리를 살펴보면 좋다. 너무 우울하고 너무 힘든 감정은 예술적인 게 아니다. 너무 자유로운 영혼이라서도 아니다. 자신을 알아가는 시간을 꼭 가져야만 창작의 고통을 스스로 치료해가며 나아갈 수 있다. 그러면 더 이상 예술가로서 너무 외롭지 않게 너무 위태롭지 않게 반항적이지 않아도 사랑받으며 자신만의 색을 가진 작가가 될 거라 생각한다.

스카이 캐슬? 자존감 캐슬 1

입시미술학원에서만 10년 넘게 일을 했다. 처음에 서울에 올라와서 연고 없이 시작한 특혜로 안양의 평촌에서부터 시작해야 했다. 내가 살던 곳은 6호선 제일 윗동네였다. 그때부터 출퇴근만 두 시간씩 왕복 4시간의 아르바이트가 시작되었다. 받을 수 있는 돈은 정말 적었지만 그 시작을 계기로 강북 노원에서도 일을 할 수 있었고, 또 그다음은 방배동, 그다음은 신사동에서 일을 하게 되었다. 앞에서는 포기했다고 했던 대학원을 그때는 계속 다녀볼 생각으로 등록금을 벌어보고자 국내 최고 미대 근처로 집을 얻었다. 그 과정은 이렇게 간단하게 설명하지만 치열하고 바쁘고 힘들었다. 그래도 그때는 20대의 성공에 대한 총기로 힘들지 않고 결핍감에서 나오는 동력이 있었다. 그렇게 수많은 학원 원장님들과 선생님들을 보고 다양한 학벌의 사람들을 만났다. 그리고 학부모님들과 그의 가장 소중한 아들, 딸들을 보게 되었다. 그리고 최고의 경쟁 라인 지점에서 전투를 벌이는 최전방에서 곳곳을 돌아다니며 10여 년을 봐왔다. 내가 살던 곳은 대학교가 오직 하나였다. 그래서 서울 쪽으로 가려고 하거나 대구, 부산 쪽으로 나눠졌었다. 대학이 제일 많은 이 동네에서는 이 안에서 벗어나지 않으려 경쟁이 이루어졌다. 그리고 재수, 삼수에 대한 학부모님들의 개념부터가 달랐다. 비교적 대학이 많은 곳일수록 재수, 삼수에 대한 관점이 관대했다. 그리고 좀 힘들게 사는 학생일수록 그 경제적인 허덕임을 몸으로 느꼈던 애들이라 재수하기가 매우 어렵다. 그 재수를 할 때 집안 분위기도 매우 살벌하다. 재수는 절대 안 되는 가풍의 집도 있었다. 그 이상을 꿈꾸면 아이들의 욕심으로 생각하는 부모님이 많았다. 또 집안에서 금전적으로 풍족해서 학벌을 유지해야 하는 집안도 있었다. 거의 다 전문 직종 부모님들이거나 대표분들이거나 의사 선생님들도 꽤 많았다. 그런 분들은 오직 한곳을 짚어서 가야 하는 경우였다. 삼수를 해도 되니 그곳을 붙여달라는 부모님도 계셨다. 입시설명을 하면서 취업관련 좋은 과를 설명할 때, 자신의 딸은 취업을 안 해도 되고 그냥 대학 캠퍼스 분위기만 즐기면 된다는 부모님도 계셨고 좋은 학교보다는 자기 딸이 멀리 가는 게 싫다며 집에서 가장 가까운 대학에 지원시키는 부모님도 계셨다. 열심히 대학을 보냈더니 한 달 만에 그만두게 하시고 유학길에 보낸 경우도 보게 되고 또 다른 부모님들은 어떤 학교에 가서 그 특정 과를 가서 무슨 과목을 주로 듣고 어떻게 취업을 해야 하는지 이미 알고 계신 분들도 많았다. 그런 분들은 모르는 정보를 알기 위해 온 상담이 아니라 이미 짜인 계획을 선생님 입장에서 보고받기 위한 상담이라고 보면 된다. 직업의 타이틀을 먼저 정하고 오거나 우리나라에서 가장 선망하는 교직에 대한 길도 계산해두고 계셨다. 교직 이수가 되는 전공을 미리 알고 지원시키는 분들을 보면서 저절로 힘이 빠졌다.

어쩌면 우리 부모님은 세상이 만만치 않은 것은 알아도 이렇게 교묘하고 철저하게 계산되고 있다는 것을 모르셨을 것이다. 대부분 농사일을 도우며 자라시고 공고에서 제조 기술을 배워 큰 기업에 갔다. 대부분 작은 공장에 있다가 흡수되면서 대기업으로 가게 된 경우가 많았다. 교육과정에서 얻은 취업의 결과물들이 사실은 누군가의 큰 계획이라는 것은 몰랐을 것이다. 그리고 그 계획 아래에 움직이는 것을 알지만 딱히 무엇을 할 수 있었을까. 그냥 이만큼이나마 먹고 단순하게 사는 것이 가장 행복했을 거였다. 그리고 예전 세대의 사람들은 크게 부자 집안이 아닌 다음 대부분 그 가족 구성원 중에 장남이 대표로 대학을 가게 된다. 심지어 학비를 나머지 자녀 세대가 돈을 벌어다 그 한 명에게 투자하기도 하고 그 집안의 자존심을 대표하는 아들을 위해 나머지 자녀들은 선택권 없이 여전히 부모의 옆에서 같이 농장 일을 하거나 자영업을 해야 했다. 또 아들만 따로 그렇게 교육을 시키기도 한다. 지금은 누구나 대학을 가는 시기라 그게 뭐 별거냐 생각하겠지만 아버지, 어머니 세대만 해도 대학 가는 인원이 적었고 꿈의 대학을 가서 성공한 형제들을 보면서 청사진을 마음에 품었을 것이다. '나는 못 하더라도 내 자식만큼은 저 대학을 보내줘야지. 그리고 성공시켜야지!' 그런데 그 대학을 보내는 길에서부터 이미 뭔가를 알고 있는 사람들은 선로부터 새롭게 깔고 있었다는 걸 알게 되자, 대학의 우열은 이미 짜인 각본 아래에서 학생의 협조에 따라 결정된다는 것을 알게 되었다. 그것을 알고 나자 내가 오랫동안 가졌던 학벌 콤플렉스에 대해 다르게 생각하게 되었다. 그다음에 내가 할 일에 대해서만 통제하면 된다는 생각을 하니 오히려 마음이 가벼웠다.

스카이 캐슬? 자존감 캐슬 2

행복이 삶의 기준이라면 그 기준의 조건은 무엇이어야 할까. 비교적 잘사는 상류층 가족들을 많이 보게 되었다. 배울 점도 정말 많았고 또 의외의 면도 많았다. 그리고 의외로 사회적인 역차별로 인해 보호받기 위해 스스로 많이 드러내지 않으셨다. 직업 특성상 학생들마다 집안 환경을 알 수밖에 없는데 오히려 재산이 훨씬 더 많다고 알려지신 분들은 겉으로는 더 티가 나지 않아서 경제적으로 맞지 않는 상담도 해드린 적도 많았다. 그럼에도 한 번도 나무라거나 이상하게 생각하지 않으시고 엄청 진지하게 새겨듣고 예우도 철저하셨다.

그런데 그렇게 부유한 사람들은 의외로 진짜 속마음은 털어둘 곳이 없으셨는지 자식에 대한 넋두리를 하시면서 그렇게 많이들 우셨다. 자신은 아이를 편하게 키우고 싶고 원하는 대로 해주고 싶지만 그럴 수 없는 분위기라고 하셨다. 그리고 잊을 만하면 가족 소환을 해서 가족들끼리 대놓은 차별을 하신다는 것이다. 최고 대학을 나

오신 분이라고 해도 그 집에서는 아이비리그를 나와야 인정받는 분위기라고 하셨다. 그래서 국내 대학은 적어도 어디라는 기준이 명확하셨고, 최고 대학으로 입학원서를 써야 했다. 거기서 떨어져서 아이에게 좌절감을 준다고 해도 다른 곳은 원서조차 쓸 수 없다는 것이었다. 차라리 최고 대학을 준비하다가 떨어진 게 덜 부끄럽게 여긴다는 것이다. 혹은 두 아이를 키우더라도 한 명은 성공적으로 잘 컸지만 다른 한 명이 마음처럼 되지 않아 그 아이의 방황에도 또 한참을 아파하셨다. 하필 그 부모님은 쌍둥이의 부모님이셨는데 처음 뵙는 그분이 내게 그런 고민을 털어두시면서 눈물을 훔쳤을 때, 참 마음이 짠했다. 딱히 뭐라고 상담 드릴 말이 없어서 울면서 앉아 있다 가시기를 몇 번 하셨다.

어머님들만 우셨을까? 아이들은 더 많이 울었다. 외동딸이었고 아쉬움 없이 자랐지만 정서적으로 보살핌이 부족했던 아이는 계속 방황하고 있었다. 그 와중에 부모님의 사업이 문제가 생겼다. 경제적으로 천천히 기울어진 게 아니라 전혀 예상하지 못한 부분에서 들어와야 할 목돈이 안 들어와서 갑자기 길거리에 나앉게 된 것이다. 이렇게 사업하시던 집의 학생이 고3이 돼서 갑자기 짐을 싸는 경우는 흔히 있었다. 부모님이 죽음을 암시하는 편지를 써두고 출장 가시는 아이도 만났다. 고3 막바지에 부모님이 이혼하게 된 경우도 많았고, 정말 부부싸움 한번 없이 행복하게 잘 지내다가 스무살이 되어서 부모님의 이혼을 통보받은 학생도 있었다. 우리나라는 19살까지 지식 교육만 받아야 하는 상황인데 이렇게 화초처럼 자란 친구들은 어떻게 사회에서 적응을 해야 할까. 이 아이들은 그때 당시 20, 30억대 기본 자산을 가진 친구들이었다. 그런 수많은 가족과 아이들을 보면서 꼭 금전적인 면이 풍족하다고 해서 행복을 늘 유지하고 있는 것은 아니었다는 사실이다. 그리고 그 금전적인 행복은 항상 유동적이었다. 아이들은 부모님과 상관없이 자신이 쥐어야 할 것을 쥐는 아이와 그 과정에서 놓아버리고 방황하는 아이가 있었다. 학원 내에서 선생님들도 천차만별의 경제적, 집안의 사정을 가지고 있었다. 갈등이나 대처 방법, 평소 대화를 봤을 때 특정 단어나 그 상황마다 부딪히는 면을 보고 감정에 대응하는 일정한 패턴이 있는 걸 발견했다. 경쟁이 치열한 상황에서도 중심을 잡고 우위에 서시는 분들은 대부분 솔직하고 경쟁을 즐겼고 지는 상황이라도 별로 상관하지 않았다. 그런데 그에 감정적 대응만 하시는 분들은 대부분 부모님과의 관계가 안 좋으셨다. 그리고 계속 주변, 사회 불평을 더 많이 하셨다. 똑같은 회의에 참석해도 해석이 너무 달랐다. 한쪽은 계속 방법을 찾고 계획하고 다른 시도를 도전하는데 다른 쪽은 계속 부정적인 대화를 더 많이 했고 비효율적으로 일을 처리했다. 그리고 출발선부터 다른 정서가 있다는 것을 모른 채로 회의를 하니 실질적인 일의 결과가 좋지 않았다. 그게 반복되니 사회생활이 힘들어졌다. 이렇게 만들어진 사회적 열등감은 생각보다 우리 삶의 질에 많이 닿아 있었다. 그런데 나도 처음에는 약자의 말을 들어야 된다는 생각을 가지고 있었고 그들을 위해야 한다는 생각에 사로잡혀 있었다. 그런데 남보다 더 좋은 학벌을 가지고 더 좋을 수 있는 상황에서 계속 부정적 감정 패턴을 반복하는 것이 진짜 내가 편들어야 할 사회적 약자의 마음일까 다시 보게 됐다. 그리고 가끔 부정적이고 계속 불평하는 패턴을 가진 사람들은 루머나 가십을 좋아하고 진실보다는 그런 수다의 흐름을 사회생활이라고 생각했다. 그리고 그들이 믿고 있었던 정보도 당사자에게 직접 물어보면 바로 알 수 있는 것들도 남의 얘기만을 들으려 했다. 처음에는 무조건 '좋은 게 좋은 거야.' 그런 생각이었지만 오랫동안 눈으로 직접 본 경험으로는 무비판적으로 약자를 도와야 한다는 생각에서 벗어나게 됐다. 나도 처음에는 '희생하는 약자 프레임'을 가지고 있었지만 그런 경험을 직면할 때마다 잘못된 관념을 내려놓게 되었다. 금전이나 학벌, 집안의 명예보다는 그 사람이 '지금 여기서' 벌어지는 '직접적인 행동의 대처법'만 봐도 그들이 가진 진짜 자존감이 뭔지 알게 되는 계기가 되었다. 물론 집안도 좋고 여러모로 다 훌륭한 사람도 있었다. 그런 분은 흔하진 않았지만 한 번 뵌 기억으로도 일을 더 열심히 할 수 있는 동력이 되어주곤 했다. 자존감 캐슬은 스카이 캐슬보다 훨씬 강하고 위력적이었다. 그때 자존감이라는 그 단어의 실체를 경험하게 되었다.

내가 느낀 허영과 사치

사람들은 로또를 사면 일주일 동안 행복하다고 한다. 그런데 난 사실 로또를 사지 않아도 될 만큼 공상에 빠져 있는 사람이다. 가끔 그 공상과 현실이 구분이 되지 않을 때도 있는데 이게 피터 팬 증후군인지 엘리스 증후군인지는 알 수가 없다. 그래서 내면에 어두움이 가득 찼을 때도 그 감정도 쉽게 이미지화되었다. 그 모습이 매우 선명해서 그 감정에서 벗어나기 위해 계속 가면을 씌워 상상하며 위로했다. 마음의 가면은 대게 스토리가 만들어졌는데 항상 소공녀처럼 알고 보면 출신 자체가 완전 급이 다르다는 식의 위로를 받고 싶었던 것 같다. 내 자존심을 보여주는 한 방을 그렇게나 꿈꿨다. 자존감이 낮았던 것이다. 난 사실 소공녀 정도로 꿈을 꾼 게 아니었다. 공주도 어찌 보면 그냥 결혼만 잘하면 된다는 식인 것 같았다. 여왕이 좋았다. 여왕의 군림이 좋았던 게 아니라 여왕이라서 누릴 수 있는 '마땅히 그래도 되는' 그런 특별함에 대한 갈망이 있었다. 이런 감정은 나 스스로 만들어야 하는 것인데 누군가에게 받아야만 된다고 굳게 고집했다. 아주 뭉근하고 오랫동안 끓여

온 상상의 감정이라 칭찬을 만나거나 조금만 동조해줘도 그게 너무 기뻐 그 감정이 허영인 줄 알았다. 허영이라고 이름 붙인 감정이 튀어나오는 걸 알 수 있었다. 인정욕구를 있는 그대로 마음껏 뽐내지도 못했던 것이다. 내 기쁨의 감정 옆에는 항상 검열하고 잡는 감정이 있었다. 두려움이었다. '너무 마음껏 기뻐하면 겸손하지 못해, 시기 사는 행동은 조심해야 해~' 하는 두려움이 있었다. 그래서 항상 평범함, 중간, 어설픈 상태에서만 만족했다. 그래야 했고 조금만 더 좋은 변화가 생기려 해도 스스로 가라앉혔다. '너 또 방심했구나?' 하면서 그런 허영답지 않은 위치를 좋아했다. 가장 안전한 지대였지만 그 누구도 반기지도 그 누구도 아쉬워하지 않는 존재가 되었다.

사실 내가 상을 탔을 때에도 마음 깊이 뿌듯함조차 사치라고 느낀 적이 많았다. 항상 조용히 기뻐해야 했다. 그런 환영받지 않았던 뿌듯함은 계속해서 나는 상에는 연연하지 않고 도덕적인 모습인 척 가장하는 마음이 있었다. '나는 굉장히 검소해, 나는 너랑 다르게 상을 받아도 칭찬받아도 크게 웃지 않아.' 내 기쁨이 곧 너의 슬픔이 되어 기쁜데도 미안한 마음이 동시에 들었다. 그 공존하지 못할 감정이 꽤 오랫동안 싸웠다. 내가 이성의 컨트롤이 강할 때는 표정 관리가 되었지만 이내 조금만 방심하면 기분이 너무 좋았다. 결국 나는 무표정이 내 트레이드 표정이 되어버렸다. 사실 속마음은 내가 작은 것을 성취해도 날 듯이 기뻤다. 아르바이트 선생님에서 전임이 돼 반을 맡을 때도 기뻤고 월급이 100만 원에서 130만 원으로 올랐을 때도 기뻤다. 왕따로 너무 힘들었을 때 그래도 정신 줄잡고 내 공부를 해낸 것에 뿌듯했다. 사실 시기할 것 같은 그 사람은 없었다. 나의 성취의 뿌듯함을 자만하고 번드르르한 허영심인 줄 알고 있었다. 사실 세상은 내가 어떻게 사는지 아무도 관심이 없었다. 특히나 내 기쁨에는. 그래서 참 오랫동안 몰래 웃었다. 그런데 그 기쁨이 싫지 않았다. 공상 속에서 나의 기쁨에 손뼉 쳐주고 함께 기뻐하는 모습을 늘 생각했던 것 같다. 그런데 공상 밖 현재에서도 나는 기뻤고 뿌듯했고 그렇다고 남을 눌렀다는 그런 유의 싸구려 기쁨이 아니었다. 온전한 성취의 기쁨이었다. 느껴도 되는 마땅한 감정이었다. 나는 처음 만들어본 아이 옷도 곧잘 만들 수 있었고 처음 시도해본 유튜브 도전도 조금씩 늘어 지금은 시간적 여유가 되면 더 잘 만들 수 있는 사람이 되었다. 블로그도 처음은 콘셉트 잡기가 어려웠는데 지금은 시간이 없어서 다 못 하는 상태가 되었다. 그림 그리기도 항상 여기저기 치여서 자신감이 바닥이었지만 그래도 꾸준히 그려 지금은 다른 상태를 꿈꾸고 있어 뿌듯했다. 항상 나는 안전지대에 있다고 생각했다. 그런데 그게 안전지대가 아니었다는 걸 발견했다. 그냥 오랫동안 이름을 잘못 붙이고 두려워 숨었던 유리 케이지였다. 내가 당연히 버렸어야 할 번데기였다. 내가 더 이상 숨 쉴 수 없는 곳이었다. 이제 늘 공상으로 해왔던 그곳이 내가 사는 현재가 되었다. 늘 상상만 하던 길에서 벗어났다. 온전히 감정을 느끼고 행복했다. 그렇게 공기가 달라진 것을 느꼈다. 그래서 이제는 보이는 곳에서 기쁘기로 했다. 공상이 아니어도 되는 현실에서 마음껏 기뻐하며 나의 작은 성취를 즐기기로 했다. 행복하면 두려웠던 허영과 사치를 이제 내려두기로 했다.

수다스러운 글쓰기

작은 그림들을 모아 여기저기 공모를 넣었다. 낙방의 연속이었다. 그때 톱스타들이 나와서 자신의 무명 시절의 모습을 얘기해줬다. 특히나 가수 아이유 씨를 보면서 영감을 많이 받았다. 처음 이름을 알리기 위해 도전했던 스토리를 보니까 저 정도도 안 해본 것 같았다. 그걸 보고 다시 힘을 얻었다. 그런데 수많은 공모전 중에 그룹전, 개인전 공모전이 있었다. 사실 수상 한번 안 한 내가 그룹전, 개인전을 공모한다는 것은 매우 무리수였다. 그런데 '이건 내 스토리를 넣을 수 있겠다'는 생각이 들었다. 내 그림은 앞서 말한 대로 우울의 바닥을 쳤을 때 평범한 재료로 10분씩 그린 작품들이었다. 지금 대학생들이 배우는 수준 높은 그림을 할 수 없어서 전혀 다른 방향으로 그림을 그렸다. 사실 우리나라에서 추상화, 심상화는 그림 축에 들어가지 않는다. 얼마나 많이 비판받는지 알고 있다. "이건 나도 그리겠다~! 진짜 쉽게 돈 버네?" 이런 평판은 너무 흔하다. 정말 사진처럼 그려야 예술이라며 알아주는 시장에서 "이런 짠내의 감성을 이해할 수 있을까?" 두려움이 많이 올라왔다. 무시하고 일사천리 준비해둔 그림을 다시 사진 찍어 정리해서 보냈다. 물론 내 핸드폰 카메라로 다 했다. 그리고 시간이 지나서 그림을 좀 더 그려서 그걸 다시 첨부해서 보내려고 했다. 그때 하필 통신이 끊기는 산에 있어서 메일 전송이 안 됐다. 일부 누락된 거였다. '역시 마음을 비워야 해, 괜히 했어, 이 ppt를 보고 웃지 않을까.' 또 부정적 무의식이 주르륵 세트로 나왔다. 근데 의외의 문자가 왔다. '첨부파일이 누락됐으니 다시 보내주세요.' 그때 고민했다. 이 산에서 쉬려고 짐까지 다 싸서 왔는데 이걸 접고 집에 가야 하나. 하지만 귀찮음을 산에 두고 다시 집으로 왔다. 그때는 산에서 계속 그렸던 그림도 다 찍어서 올렸다. 그리고 블로그랑 인스타, 네이버 그라폴리오에도 작업을 올렸다. 올해, 나의 키워드는 그림의 소통이었다. 그러나 딱 지금의 내 상태, 조금만 가까이 친해지면 오히려 더 두려워지는 내향적인 성향, 만성 무기력증 등등이었던 내가 한 계단만 더 올라가고 싶었다. 수면 위에서 숨을 쉬고 싶었다. 그리고 내 생각이 자꾸 부정적인 방향으로 집착하던 차에 글을 써보고 싶다는 생각을 했다. 그전에도 글쓰기 스터디가 있다는 건 알았지만 사실 두려웠다. 고전 평론가 고미숙 선생님께서 유튜브 강연으로 '사람은 글쓰기를 반드시 해야 한다'며 강의를 하셨다. 그래서 글쓰기 수업을 곧장 신청했다. 고미숙 선생님 강의는 거리상 못 했고 온라인 강좌인 '토해내는 글쓰기 스터디'를 시작했다. 그런데 이 글쓰기가 참 마음을 대면하기 딱 좋은 거였다. 마음에 얼마나 수다가 많은지. 여담이지만 나는 남편과 소통이 안 된다고 생각했다. 알고 보니 내가 너무 할 말이 많았던 거였다. 남편은 하난데, 난 자꾸 남편에게 부모님 투사, 어린애 투사, 내 열등감 투사를 하며 계속해서 대화가 어긋났던 거였다. 모든 수다를 글로 쓰기 시작했다. 자연스럽게 그림에 대한 부담스러운 감정이 사그라졌다. 그리고 평소의 일상을 살았다. 아이를 돌보고 그림도 그리고 글도 쓰고 그런 일상을 보냈다. 세계적인 질병이 온 나라를 휩쓰는데 이상하게 글쓰기를 하면서 그 마음의 집중이 오로지 글감을 찾는 하루로 바뀌기 시작했다. 마치 세상을 향해 온갖 청승을 다 부리는 기분이지만 세련되지 않고 촌스러운 감성도 나만 알고 싶은 약점도 글감이 되었다. 그런 감정을 대면하면서 자유로워졌던 어느 날, 그날 1차 합격했다고 원본 그림을 들고 와달라는 문자를 받았다. '아싸!' 덩실덩실 춤이 나왔다. 예전처럼 움츠러들지 않고 마음껏 기뻐했다. '1차 통과가 어디야. 이만한 게 어디야.' 그래도 아직 완전히 합격하진 않아서 또 침묵했다. 기쁨의 뜸을 들였다.

내 안의 공작부인

개인전 공모 합격이라는 문자를 받고서 계속해서 어깨를 누르고 가슴을 답답하게 하는 수군거림이 있었다. 나는 미술이라는 분야를 오래 손을 담그고 있지만 사실 잘 모른다. 진짜 예술 세계는 뭔가가 있지 않을까 하는 막연한 선망과 불안이 있었다. 내가 한참 학원 일을 했을 때, 유독 험담을 즐기는 선생님들이 있었다. 보통은 일 자체가 워낙 치이는 일이니 그러려니 넘어간다. 이들은 정말 끊이지 않고 그 누구도 가릴 것 없이 잘근잘근 씹어서 끝까지 씹고 또 다른 에피소드로 넘어가곤 했다. 처음엔 너무 후련하고 대신 긁어주는 기분에 좋았다. 그리고 참 편했다. 같이 맞장구도 치고 그러면서 나도 욕하고 흉보는 사람이 되어 있었다. 그런데 너무 오랫동안 나도 하고 듣다 보니 그 흉이 내 귓가에 맴돌고 있음을 발견했다. 나의 생각이 아니라 계속해서 선입견으로 이미 둘둘 말고 상대를 보게 됐다. 정말 다양하게 험담을 하는데 나중에는 진짜 노력하고 그 노력으로 보상받는 사람들까지도 욕하기 시작했다. 분명 배후에 다른 게 있을 거라며 시기 질투했다. 그런데 실제로 대화하며 물어보니 전혀 그런 게 아니었고 후에 보상받은 부분도 매우 미미한 거였다. 그런데도 그 작은 보상마저 헐뜯고 욕하는 게 점점 그들이 싫어졌다. 항상 매몰될 생각만을 스스로 묻고 답하기를 많이 했다. 그게 내 귓가에 맴돌고 나중에는 그 잣대가 나를 향하고 있었다. 나를 흉보고 괴롭히고 있었을 때 소름이 돋았고 사실 예상은 했지만 너무 마음이 아팠다. 난 속으로 생각했다. 2차전이구나(1차전은 6학년 때 이미 한 판). 나는 또 세기의 스캔들러처럼 계속해서 여러 무대 위에 올라갔고 또 계속해서 도마질을 당했다. 그들은 좀 나약하고 항상 손해 보는 위치에 있었는데 이제 보니 사실 그들이 그 위치를 계속 선택한 건지 몰랐다. 아무리 그들 편에서 이해해보려고 해도 안 되는 부분이 너무 많았다. 그래서 사실 이 작은 개인전을 하는데도 아무도 보지 않고 아무도 관심이 없을 텐데도 자꾸만 그들이 볼 것 같고 자꾸 흉볼 거 같아 무서웠다. '수면 위에 올라서면 욕하지 않을까? 뒤에서 숨어서 욕하던 사람들이 대놓고 욕하지 않을까.' 너무 무서웠다. 사실 내가 그런 두려움 프레임을 가지고 있으니 그런 상황이 계속해서 만들어지는 것인데도 어릴 때 본 미술계의 현실은 아직까지 내게 살아 있었다. 아주 생생하게. 그리고 사실 현실적인 부당함은 아직도 보이는 걸 보면 내 마음속에 남 탓하는 마음이 남아 있나 보다. 그림 평가를 할 때 비교적 좀 재밌게 잘 푸는 선생님과 조금만 못 그려도 완전히 박살이 나게 자존심을 뭉개는 그런 선생님이 있었다. 노력을 엄청나게 한다고 해서 넘어가는 게 아니었다. 그 특별한 '감'이 있어야 했다. 그런데 또 그 칭찬만 하는 선생님이 다 좋은 것도 아니었고 늘 자존심을 뭉개는 선생님이 나쁜 역만 하는 것은 아니었다. 그래서 나중에는 그냥 다 섞여서 '에라, 모르겠다 정신'이 나와 버렸다. '누군가는 끝까지 지적하겠지만 누군가는 끝까지 응원하겠지' 하는 배짱의 마음이 나왔다.

그리고 미용실에 갔을 때 깨달음이 왔다. 나는 사실 35살이 되어서야 인생 미용실을 만났다. 난 악성 곱슬머리에 푸석해 보이는 머릿결이라 미용사들도 다 싫어하고 값은 값대로 비쌌다. 마침 긴 생머리가 유행하는 시절에 내 머리로는 아무것도 할 수가 없어서 늘 매직 펌을 하러 다녔는데 그 여정과 비용이 엄청나다. 여자들은 알 거다. 자기가 꽂혀서 열심히 파는 영역이 있다. 그 부분이 자신의 콤플렉스에 닿아 있다. 그걸 감추려고 그렇게 돈을 쓴다. 덮고 가려 볼 거라고. 그런데 그럴수록 더 드러나고 누군가 조금만 스치듯 얘기해도 예민해진다. 그러다가 인생 미용실을 만났다. 푸념 지적형 미용사가 아니고 해결사형 미용사였다. 다른 지역으로 이사 왔는데도 한 번씩 거기로 가서 머리를 한다. 그래도 그 경비보다 저렴하고 만족도가 높다. 그런데 어느 날 급해서 다른 미용실에라도 가보려고 예약을 잡으려 하니 잘 안 된다. 어느 곳은 굳이 돈을 더 준대도 퉁명스럽고 불친절이 뚝뚝 묻어난다. 그런데 문전박대를 당한 그 미용실에도 손님이 바글바글했다. 어느 곳은 누군가 머리를 하기에 나도 해보려니 곧 문 닫을 시간이란다. 결국 내가 인생 미용실이란 곳에 갈 수밖에 없었는데 그것도 우연히 볼일이 있어서 갔다. 역시나 바로 예약이 잡히고 일사천리 머리도 좋았고 서비스도 너무 만족스러웠다. 그때 내가 갈 수 있는 곳이 따로 있다는 걸 깨달았다 내가 어울릴 수 있는 곳이 따로 있다는 걸 느꼈다 너무 아픈 사랑은 사랑이 아니고, 너무 힘든 곳은 내가 어울릴 곳이 아니고 내가 어울릴 무리가 아닐지 모른다. 끊임없이 내가 도마 위에 올라가는 곳이라면 그곳은 내가 있을 곳이 아니다. 그리고 그 사람들도 나의 파장의 사람이 아니다. 사회라는 곳은 오직 나의 파장대로만 오는 게 아니라 타인의 파장 대에도 다양한 사람이 온다. 그런데도 내가 노력과 상관없이 무엇을 해도 겉돌고 심지어 아무리 마음공부나 온갖 수련을 해도 결국에는 자꾸 화병이 난다면 이제는 그 스테이지를 벗어나야 하는 것이다. 세기의 스캔들로 떠들썩했던 조지아 공작부인을 평하길 모든 사람에게 사랑받았지만 남편에게는 사랑받지 못했다고 불행하다고 얘기했다. 난 반대로 얘기하고 싶다. 그 공작 남편을 제외한 모든 사람에게 사랑받았다. 그리고 조지아 공작부인은 행복했다고. 나는 내가 자꾸 실수만 하고 안 좋은 시선을 끄는 공작부인인 줄 알았다. 지금, 내가 갈 수 있는 곳으로 가야지. 내가 선택해야지. 환영받고 편하고 진입로를 열어주는 편한 곳으로 가기로 선택했다.

순수미술의 속사정

순수미술에 대해 너무 오랫동안 오해해온 것들이 있었다. 나는 사실 전시를 하고 싶다는 생각을 하고 전시할 수 있는 방법을 찾기만 했지 미술관이 돈을 쥐고 그림을 사러 온다는 생각을 하진 못했다. 내가 스스로 공부할 수도 있었는데 좁은 견해로 갤러리, 미술관에 대해서 알아보지도 않았다. 사실 무슨 책을 봐야 할지 좀 막막했다. 정말 경제적인 일에 몰두하면서 아예 전시할 생각을 포기한 게 맞았다. 누가 봐도 내가 그림을 그리려는 사람 같지는 않았다. 대신 현실적으로 뛰는 작가들에 대한 존경심을 갖고 있어서 그분들을 열심히 곁에서 관찰하게 됐다. 선망하는 마음으로 바라봤기 때문에 조금 우상화된 마음도 없지 않지만 그래도 팬심, 덕질 하는 마음으로 오랫동안 작은 태도부터 관찰을 했다.

나는 앞서서 얘기한 대로 경제적 박탈감에 너무 많이 휘둘렸다. 우리 집은 아주 평범한 축인데도 너무 잘사는 사람들 옆에 있으니 내가 가진 게 자꾸 비교되고 위축됐다. 사실 어느 정도 시간이 지나자 좀 무뎌져서 너는 너, 나는 나, 이런 마음이었지만 그냥 인정하고 내가 할 수 있는 것을 찾으려 해도 미술이라는 길은 정말 막막했던 것도 맞다. 미대를 진학하고 고급진 재료랑 내 원룸 크기보다 더 큰 개인 작업실이 있는 친구들이 참 부러웠다. 삶과 분리된 자기만의 작업실을 너무 갖고 싶었다. 그때 당시 도록들을 찾아보면 작가의 작업실에서 인터뷰하는 모습을 보면서 그 인터뷰할 수 있는 공간이 부러웠던 것이다. 일종의 나만의 바운더리가 너무 간절했다. 그게 내 발목처럼 여겨졌다. 저게 있어야지 진정한 예술가가 될 것 같았다. 그렇게 시간이 흘러 왕성하게 활동하고 있는 작가 한 분을 만났다. 같이 그림을 가르칠 기회가 생겼다. 존경심이 있어서 자주 같이 다니다가 우연히 작가님의 사는 곳을 보고 작업 과정을 볼 수 있었다. 아주 평범한 재료로 그렸으며 대신에 조금 더 투자한 재료에 대해서는 사용법이나 관리법을 철저히 하셨다. 특히나 사는 곳에는 간소하게 누울 곳이 있었으며 옷들을 최소한만 걸어두면서 작업들만큼은 정말 귀한 아이처럼 정성스럽게 보관해두었고 그 박스에는 세밀한 설명도 적혀 있었다. 그때 진심으로 반성을 많이 했다. 내가 여태껏 봐왔던 것들은 사실 친구들 그림보다 그들이 가진 옷, 그들이 가진 가방, 차, 일을 하지 않고 얻을 수 있는 작업실, 사실 그런 거 다 필요 없이 딱히 일이 없어도 내려갈 필요가 없는 서울 태생인 친구들이 너무나 부러웠다. 내내 부러운 것만 좇았으니 현실적인 눈을 뜨기도 어려웠다. 그 작가님은 작업할 시간을 따로 갖기보다 일상에서 같이 했었다. 지하철에서도 밥 먹을 때 기다릴 때도 집에 가는 길에도 쉬지 않고 작업하셨다. 그냥 일상 속에서 아주 평범한 일을 하듯이 하셨다. 그때의 나의 반성을 꼭 간직하고 있었는데 시간이 많이 지나 또 다른 선택을 해야 하는 시간이 왔다. '20대가 아니어도 되잖아. 천천히 해도 전혀 어색하지 않은 분야잖아.' 다른 사람을 의식하는 습관은 바로 고쳐지지는 않았고 무의식 속에 불편감이 느껴지면 일기를 쓰거나 그림으로 마음을 달랬다. 그렇게 순수미술에 대한 인식을 다시 재정립할 기회가 생겼다. 최희수 작가님 말씀을 빌리자면 자신을 길러준 부모님을 보며 돈에 대한 감정을 느끼게 된다고 한다. 돈 버는 힘듦이 무의식적으로 전달돼 부모님을 힘들게 만든 원인인 돈을 싫어하면서 좋게 된다고 한다. 이런 양가감정은 흔히 이해되는 부분이다. 우리 시대에 돈이 많건 적건 무의식적으로 돈, 즉 생계를 위한 돈과 더 나은 삶을 위해 고군분투한다. 내 그림을 가지고 생계활동을 해야 된다고 생각하는 게 뭔가 성질이 다르다고 생각했다. 그리고 그런 활동을 하기에는 또 내세울 게 없었다. 그렇게 믿어버리는 게 마음이 편했다. 역시 프로 남 탓, 프로 생각러다. 내면 아이의 거부감 때문인 건지 주변 사람들의 반응을 보고 돈을 많이 버는 대형 작가들을 부러워하면서도 내가 그렇게 당했던 역차별을 하고 있었다. '저 대형 작가는 영국이라는 나라라서 그런 거야, 수준 높은 문화가 발달한 나라라서 그런 거야, 저 작가는 어렸을 때부터 부자였기 때문이잖아, 저 사람은 부자 남편을 잘 만나서잖아, 등등. 다시 적어 봐도 남 탓의 끝판이다.

　순진한 것과 순수한 것은 다르다. 마음이 꾸밈이 없고 순박한 것은 좋지만 세상 물정에 어두워 어수룩한 것은 더 이상 30대 중반에게 어울리지 않았다. 심지어 날 보고 열심히 보고 배울 딸아이를 생각하니 그건 아니었다. 순수미술과 응용미술은 지금 시대에 꼭 같이 이뤄져야 하는 모습인데 나는 순수하니까 순진하고 고상해야 하는 관념이 있었다. 그 뒤에 기획을 잘 해서 발로 뛰며 홍보를 하고 자신의 그림이 주목받게 하는 것, 즉 그런 예술품이 생계로 이어지는 것이 당연한 건데 그동안 고상한 척 순진했다. 그리고 너무 탄탄하고 높은 길만 봤던 것이다. 다 차려진 테이블에 수저를 놓기를 바랐다. 그래서 다시 수없이 떨어졌던 공모전에 다시 도전하고 있다. 그 길에서 생계로 이어질 다양한 시도를 해보고 있다.

내 안의 비판자 내보내기 1 -
시기, 질투 out

나를 가장 오랫동안 붙잡았던 두려움은 시기, 질투에 대한 두려움이다. 나는 어렸을 때부터 모든 행동이 튀고 강하다고 했다. 그런데 또 다른 곳에 가면 너무 조용하고 왜 그렇게 너의 표현을 못 하냐고 했다. 그렇게 계속 상극의 평가에 노출되어서 눈치 보는 비판자가 있었다. 특히나 '성공하면 안 돼, 누구보다 더 성공하면 외로워질 거야, 돈만 있는 부자들이 행복하지 않듯이 네가 성공하면 그렇게 될 거야'라는 부정적인 무의식으로 가득했다. 내가 '아주 조금' 더 벌었을 때, 사실 굉장히 불편한 민낯을 보게 되었다. 그때는 내가 정확하게는 모르지만 알음알음 성공의 공식이 어느 정도 내면화되고 있었다. 그래서 점점 행동이 바뀌자 돈이 들어왔다. 나는 자존심이 없었다. '이 일은 못 해, 저 일은 못 해'가 없었다. 나는 사실 내 학벌에 대해 어머님들의 공격, 아이들의 대놓은 서열 비판을 오랫동안 많이 받아서 나의 위치를 알았다. 그래서 대접받기를 포기하고 나보다 더 상위권 대학을 나온 동료들보다 더 많은 일을 해내야 한다고 스스로 결정했다. 대신 상위권 대학을 간 사람들의 정신이나 안목을 배우기로 했다. 그래서 나는 '저건 할 수 없는 것'을 내려놓고 시키는 것, 부탁하는 것은 무조건 했다. 특히나 청소나 정리 정돈, 자리 배치, 집기 정리, 교실 이사 등 허드렛일을 굉장히 많이 무조건 했다. 그리고 기분 좋게 하기로 마음먹었다. 좋은 음악도 듣고 행복하게 청소를 했다. 처음부터 그랬던 것은 아니었다. 대부분 강압적으로 시켜서 마지못해 했지만 그냥 운명이려니 하며 했다. 나에게 그런 일 하지 말고 좋은 일, 효과적인 일만 하라고 알려줬던 선배님들은 모두 빨리 일을 그만뒀다. 일 자체가 원래 에너지가 많이 소모돼서 그런 것도 있지만 그들은 움직여도 받아줄 수 있는 곳이 많았다. 솔직히 그 일을 그렇게 하지 않아도 충분히 경제적으로도 넉넉했다. 나는 이 분야에서만큼은 연고가 없다. 그리고 갈 데가 없다. 그리고 나는 내가 스스로 먹여 살리기를 선택했다. 그러면 내가 있는 이 자리에서 답을 내야 한다고 믿었다. 성공학 책의 수많은 방법 중에 자신이 이직할 때는 가장 힘들 때가 아니라 가장 좋은 상태에서 하라는 조언이 있었다. 너무 힘들어서 정말 다 때려치우고 싶을 때 그 글을 곱씹으면서 이를 갈았다. 그리고 일하는 곳은 링(boxing ring)이라고 생각했다. 그 링 안에서 버티면 되는 거다. '져도 된다. 이기면 더 좋고!' 유독 나에게만 이간질하는 선생님과 동료가 있었다. 내가 뭘 하든 족족 깎아내리고 이간질하고 대놓고 앞에서 삿대질하고 정말 악질이었는데 점점 깡이 생겨서 버렸다. 소심한 복수라면 그런 과정을 알면서도 아무도 나서지 않고 지켜보는 이들 '앞에서' 울었다. 엉엉 울지는 않았고 그냥 눈물이 흘러도 그 상태로 회의도

하고 수업을 했다. '눈물이 어때서? 그냥 닦고 하면 되지!' 하는 마음이 생겼다. 처음엔 일을 멈출 수 없어서 버텼지만 나중엔 오기가 생겨서 버텼다. 그렇게 독기가 생겼고 맷집이 생기면서 나도 더 날카로워졌다. 운이 좋게도 그리고 너무 당연하게 그렇게 이상한 사람은 안 좋은 결과를 스스로 만들어놓고 퇴장했다. 이런 사람은 자신이 가진 최고의 간판이 오히려 더 수치스럽게 보이게 하는 역할을 했다. 다른 링을 찾아서 알아서 갔다. 사회생활에서는 이런 적대적인 관계가 이렇게 링 안에서 한 명만 나타나는 게 아니고 수시로 잊을 만하면 계속해서 나타난다. 사회적으로 나르시시스트를 만드는 상황이 많아서 속은 아닌데 역할 연기를 하는 분이 계시고 실제로 그런 성격인 사람이 있다. 그렇게 버티자 나도 지위가 생겨서 그런 일을 조금만 해도 되는 사람이 되었다. 그리고 아무나 쉽게 건드리지 않았다. 그렇게 내가 조금 더 중요한 일을 하게 되자 또 다른 시기 공모자들이 등장했다. 그전까지는 내가 불쌍한 선생님이었는데 점점 성과를 내고 뭔가 새로운 반을 맡게 되고 새로운 일도 하자 정말 교묘한 방법으로 끌어내리기 시작했다. 나 스스로도 동료를 일부러 선악으로 구분 짓는 건 아니었지만 이 사람들 정도는 평범한 사람이라고 생각했던 중성적인 사람들이 갑자기 변하기 시작했다. 나의 학벌에 대한 직접적인 험담을 듣게 되고 수업을 의논하러 가도 싫어하고 놀면 논다고 싫어했다. 너무 싫은 티를 많이 내서 한번 물어봤던 적이 있다. "선생님, 제가 말실수한 거 있어요? 고쳐볼게요~. 알려주세요~!" 그랬더니 나중에서야 반 규모가 커지면서 주목받았던 내게 자격지심이 들었다고 고백을 했다. 이 선생님은 용기 있는 사람이었다. 그리고 솔직한 고백에 고마웠다. 그런데 그걸 알고 나자 모든 게 불편해진 건 나였다. 모든 행동이 겁이 났다. "아니 아쉬울 거 없는 저 사람이 왜 나한테 시기를 하지? 왜 내 눈에 전혀 비교도 안 되게 잘하시는 분이 왜 나한테 저런 마음을 내지?" 그런 의문이 많이 들었고 그렇게 시기, 질투에 대한 답답하고 불편한 경험이 나를 더 발전하지 못하게 굳히게 하는 역할을 해줬다. 더 발전하게 된 게 아니라 주저앉아 버렸다. 이 선생님만 그런 게 아니었기 때문이다. 그 변화를 너무 감당하기가 어려웠다. "내가 잘되면 그동안 고생했던 나를 알아서 저들도 함께 좋아할 거야~. 나를 알아줄 거야~" 하는 순진한 생각이 얼마나 어리석은 것인지 느끼게 해주었다. 나는 성취 지향적이기보다 관계 지향적인 사람이라 마음의 상처가 더 컸다. 마음속에서 인간의 속성, 기본적으로 누구나 갖고 있는 부정적 성향에 대해 무지함을 깨닫게 되었다. 이제는 다른 페이지로 가자고 마음먹었다. '이 정도 했다면 일단락 끝난 거 아닌가?' 첫 직장의 학원이라 잘해보고 싶었고 서로 돕고 돕는 관계이고 싶었다. "정 떼려고 그러나 보지." 나를 위해 그렇게 생각하기로 했다. 그리고 마음을 바꿨다. 분명히 나를 응원하고 나를 지지해주는 사람은 있고 그 사람들을 위해 살아보자고 마음먹었다. 그렇게 학원을 나왔다.

내 안의 사장님 내보내기 2

학원에서 기분 좋게 일했을 때의 행동 패턴, 역추적해서 나를 다시 세워보자고 마음먹었다. 행동에서 가지치기를 하는 것이다. 일부분은 성공했지만 균형을 맞추지 못해서 크게 실패한 적이 있다. 나를 다른 방식으로 위로하고 싶었다. 다시 분석해보았다. 사람들 중에 자신이 하고 싶은 일에 대해 굳이 점수를 매긴다면 20~30점대 사람들은 아쉬움이 없다. 그리고 아예 처음부터 잘해버려서 100점이 된 사람들은 자신과의 내면 전쟁인 것이지 다른 사람이 보이지 않는다. 그런데 애매하게 최선을 다한다고 했는데 계속 70~80점이 나온다든지, 한 번 90점을 맞았는데 그다음에는 계속 80점대를 유지한다든지 할 때 더 조급해지는 게 사람 마음이다. 그래서 나의 마음에 '이만하면 됐지, 뭐~' 하는 스스로만 만족하는 마음이 문제였다. 흔히 했던 나를 위로하는 태도가 나를 일시적으로는 마음을 놓게는 하지만 근본적으로는 전혀 도움이 되지 않았다. 이건 욕심의 끝이 아니라 내가 뭔가를 해야 하는데 하지 못하고 있는 찝찝함 같은 것이다. 나의 목표는 사회적인 성공도 있었지만 내가 하고 싶은 게 너무나 많이 남은 느낌이었다. 주변 사람들 말처럼 나대지 않고 주저앉히고 가만히 있어서 풀리는 게 아니었다. 발산을 하고 나를 드러내야만 풀리는 무엇이 있다는 걸 깨달았다. 이건 남을 깔아 내려 나만 주목받고 싶어 하는 그런 일차적인 욕심이랑은 전혀 다른 느낌이었다. 내가 생각하는 목표 액수와 목표하는 지점이 있었는데 그 얘기를 주변 사람에게나 가까운 사람에게 하면 정말 허무맹랑하다는 반응만 보여서 그냥 수긍했다. 딱히 설명할 수 있는 방법이 없었다. 반은 성공했고 반은 실패해봤으니까. 다들 실패의 고통만을 봤으니 그게 결론이라고 생각하겠지만 한번 실패해본 사람은 안다. 그 속에 진주가 있다는 것. 그리고 진주 정도가 아니라 진흙에서도 끊임없이 나에게 알려주는 게 있다는 것이다. 연금술사에서 끊임없이 얘기하는 상징, 징조, 메시지 같은 것이다. 예술 하는 사람이라면 그런 부분이 발달되어 있을 거라고 확신한다. 일반 사람이라도 초능력에 가까운 느낌을 일상생활에서 감으로 느낀다. '직관'이다. 그런데 이런 직관적인 느낌도 어렸을 때 끊임없이 선택에 통제받은 게 있다면 자꾸 잘못하고 있는 죄책감이 느껴진다. 그래서 그런 죄책감, 통제감을 알아채는 작업을 해야 한다. 그렇게 스스로 질문한 내가 하고 싶은 '무엇'이 떠오른다. 내 목표를 상대편에게 맞춰서 조정하는 삶을 30년을 살았다. 내가 선택한 부분은 납득이 되고 내 탓만 하면 되지만 다른 사람이 추천해줘서 억지로 갔던 부분에서 실패했을 때는 누굴 탓하기가 어려워졌다. 그 책임을 온전히 내가 져야 했다는 것이다. 자괴감에 빠지더라도 차라리 나를 용서하는 게 빠르다. 그래서 좀 겁이 나는 작은 도전들이나 생각하는 방향을 그냥 추진하기로 했다. 그렇게 하나씩 시작하고 부족한 부분은 1단계부터 시작하게 되었다. 예전에 월급을 제때 못 받은 적이 있다. 석 달씩 밀리거나 그런 게 아니라 제 날짜에서 자꾸 밀려서 들어왔다. 월급을 밀려본 사람은 안다. 원장이 안 주려고 그러는 게 아니라 상황상 밀려서 못 주는 경우가 많았다. 그래서 어차피 받을 거긴 하지만 자꾸 그런 상황이 되자 속상했다. 일상생활이 안 되는 기분이고 통제권이 사장에게 달린 기분이다. 그런데 내가 마음을 바꿔서 생각하고 적어본 기억이 있다. 내 월급은 하늘이 주신다고 생각했다. 황당하지만 효과가 크다. 내 월급은 내가 하는 것을 다 보고 다 알고 있는 하늘이 주신다. 내 행동을 사장이 보지 않는다고 안 하고 당장 돈 안 들어온다고 안 하는 마인드를 버렸다. 주위에서 검사도 안 하시던데 같이 하지 말자는 직원도 있었지만 내 입장은 그 사람과 달라서 해야 했다. 이건 수동적인 것 같지만 오히려 반대다. 그렇게 마음먹자 신기한 상황이 발생했다. 그런 나를 보는 원장님은 나에게만큼은 돈을 바로 주려고 애썼다. 돈이 점점 잘 들어왔고 돈이 밀리더라도 돈을 쓰지 않아도 되는 상황이 만들어졌다. 그때는 돈을 저축하는 습관이 없어서 그냥 20대만큼은 좀 쓰고 즐기는 입장이었는데도 남았다. 그런 경험이 있었는데 결혼하고 내 수입원이 끊기자 또 내 위에 사장님 같은 남편이 있었다. 계속 수입원이 통제되고 행동, 정신 집중에 통제되는 상황에 놓이자 자유로웠던 내가 다시 어두워지고 힘들어졌었다. 그때 다시 생각했다. 이미 알고 있었는데 다시 활용해보자고 마음먹었다. '내 월급은 하늘이 주신다.' 나는 다만 신경 쓰지 말고 내가 하고 싶은 일에 대해서 노력하자고 마음먹었다. 그렇게 생각하자 일이 점점 편해지고 원래 나의 상태를 조금 더 회복했고 지난 나보다 조금 더 성장해야 하는 부분이 보였다. 나는 이제 내 위에 선생님도 사장님도 없다. 그래도 내가 아이들에게 내가 만나고 싶었던 선생님이 되어주려고 노력했던 것처럼 나에게 스스로 선생님도 되어주고 사장이 되었다 생각하고 피드백을 하는 시간을 충분히 가졌다. 그 시간에 적어둔 작은 메모와 작은 계획들이 지금 많은 변화를 가져다주고 있다.

경계에서 내 모습을 발견하기 -
경쟁모드에서 빠지기

　사회에서는 나에게 칭찬을 하거나 경쟁을 하는 모습에서 내 위치를 발견할 수 있다. 내가 아무리 경쟁을 하지 않아도 우리가 있는 사회가 서열을 너무 좋아해서 내가 있고자 하는 위치를 선택할 수 없다. 나는 그게 그 사람이 가진 에너지 파장이 달라서 그런 거 같다고 생각한다. 물이 산에서부터 내려와 바다로 다시 하늘로 순환하지만 샘물은 산에서만 발견할 수 있듯이 말이다. 내가 그림을 다시 그리기로 생각하고 다시 A5 사이즈 작은 종이에서부터 시작했다. 드로잉을 가장 먼저 시작했는데 가장 즉흥적이고 내가 아이를 돌봐야 하는 입장에서 상황적으로 너무 잘 맞아떨어졌다. 그래서 내 그림은 거의 취미 같은 마음에서의 시작이었다. 어느 날 유명한 SNS 스타분이 계셔서 그분을 팔로우하고 그분의 멋진 모습을 보고 감탄하곤 했었다. 나랑은 전혀 상관없는 분야에서 너무 멋있게 사셔서 덕질 하던 중, 드로잉을 시작한다고 했다. 그래서 너무 기분 좋게 공통사가 생겼고 친해질 기회가 왔다고 생각했다. 그래서 같이 하자고 먼저 글을 남겼다. 그런데 얼마 지나지 않아 겨냥한 듯한 저격 글이 올라왔다. 정황상 그랬다. 이제 막 시작하는 사람한테 사기 떨어지고 싶지 않다고 아는 지인들과만 하고 싶다는 투의 저격 글이었다. 나는 얼굴이 화끈거리면서 이게 뭔가 싶었다. 그러면서 처음 그림을 그린다며 사기 떨어지고 싶지 않다며 막 그림을 그린 자기는 처음 그림 하는 사람하고만 연결하고 싶다면서 공개 피드를 올렸다. 그 글 이후에 적절히 주고받았던 그분의 피드백 댓글이 멈췄다. 그리고 나는 알았다. 나의 위치에 대한 것을 알았고 그분의 속마음도 알게 되었다. 그분은 취미로 시작하는 게 아니었다. 본인이 주목받고 싶어 했다. 사실 처음 그림 그리는 사람이라는 그 경계도 그분의 기준이었다. 그리고 저분이 경계를 긋는 내가 뭔가 다르게 보였을지도 몰랐다. 잘난 척이라는 말을 듣다니.

　나 자신이 나를 잘 알까? 부자인 친구가 늘 돈이 없다고 불평하는 그런 모습이 아닐까? 그렇게 생각을 곰곰이 짚어보았다. 스스로 그림을 잘 그린다고 믿었다면 내가 10년 넘게 방황을 했을까? 나는 사실 내 그림에 자신이 없었고 내 그림이 어떻게 비치는지도 몰랐다. 대학 때는 배우는 단계라 겁 없이 이것저것 시도했다. 내가 특별히 남다르다는 생각은 해본 적이 없다. 오히려 더 뛰어나고 남다른 사람들이 더 많았다. 지금 생각해봐도 표현적인 면에서도 준비 부족에 더 가까웠다. 그리고 애티튜드에 대해서 배워야 할 부분이 많았다. 너무나 거칠고 내면에 화도 많고 오해를 불러일으키는 사투리 억양, 제스처 등 내가 나고 자란 곳에서처럼 모든 면에서 솔직한 표현을 하는 건 매번 놀라운 일이 되곤 했다. 이건 자신감을 가져서 해결될 부분이 아니라 아예 모르는 면이 많았다. 내가 대단하다고 여겼던 그분의 화끈한 피드백 덕분에 예전의 친구들이 떠올랐다. 그리고 그때도 그런 관계에서 내가 감정 컨트롤에서 참 힘들었던 과거가 생각났다. 고등학교 때 배웠던 '열심히'의 기준은 거의 끝으로 몰아붙여서 거의 기진맥진할 때까지 해내야 칭찬을 받곤 했다. 칭찬이라기보다는 나무라지 않았다고 보면 된다. 혼나지 않기 위해 두려워 열심히 뛰었다. 그제야 인정해주거나 함부로 평가하지 않았다. 그런 마음에서 내 모습을 예쁘게 꾸미는 건 사치였다. 고등학생 때 미술대학을 가겠다고 결정한 다음 마음을 먹은 건 내 에너지를 그곳에만 신경 쓰는 것이다. 나는 내 얼굴을 꾸미지 않기 시작하다가 포기했다. 복장 검사를 심하게 해서 체벌을 질색했던 나는 아예 눈 밖에 날 행동은 하지 않았다. 이미 인문계에서 미술 영역을 선택하는 것만으로도 튀는 행동이어서 다른 것으로 나를 드러내고 싶지 않았다. 오히려 한 수 더 둬서 교복치마는 넉넉하게 입고 다녔다. 그리고 내 눈에는 그 당시에 화장을 많이 했던 애들이 좀 어설퍼 보여서 그게 싫었다. 특히 이마와 머리 사이에 파운데이션 경계가 참 싫었다. 그래서 내가 뭔가를 해도 아무도 터치하지 않을 때까지 그림 이외의 것은 다 놓았다. 이게 좋게 말해서 몰입인데 뭔가 결과가 나오기 전까지는 딱 오타쿠의 모습이다. 안경을 썼던 나는 정확한 형태를 관찰하기 위해 사각을 선택했고 무테가 유행했지만 그만큼 알의 두께가 생겨서 옆을 볼 때 왜곡이 생겨서 포기했다. 인문계 진학하자마자 미대를 가기로 정했기 때문에 그림을 가장 먼저 시작한 애가 되었다. 그런데 점점 미술로 전향하는 애들이 생겨났다 ㄱ 애들이 가장 먼저 시작한 나랑은 당연히 격차가 있었을 것이다. 덕분에 나는 계속 인문계 고등학교에서는 그림을 잘하는 아이였지만 미술학원에 가서 만나는 예고 애들 사이에서는 아무것도 아닌 평범한 애라는 걸 어렸을 때부터 알고 있었다. 중학교 미술 선생님이 고등학교로 오셔서 그 인연으로 대회를 많이 다니게 되었는데 그 대회에서 입상을 다양하게 했다. 입선부터 대상까지. 교내 방송에 한 번씩 나가서 상을 받았는데 그게 화근이 돼서 또 그림을 뒤늦게 시작하게 된 애들이 그렇게 괴롭혔었다. 정말 초등학교 어린애처럼. 그러면서 또 자습 시간을 빼고 미술학원을 가야 할 때만 나에게 와서 부탁하곤 했었다. 반질반질 꾸미는 애들은 학교에서 인정받지 못했다. 특히 미술을 한다면 말이다. 미술학원에서는 예고 학생들도 반질반질 잘 꾸미면서도 그림을 잘 그렸지만 그때는 발견하지 못했던 것 같다. 대학교 시절 때 그런 식으로 복장설정을 하고 갔으니 나는 오해받기가 쉬웠다. 열심히는 하지만 어딘지 모르게 어둡고 칙칙한 분위기였다. 말투도 사투리의 억양이 그대로 남아 있으니 감정 언어를 쓰듯이 위태로웠다. 다들 평가받을 때만큼은 새로운 복장으로 태도를 가꿔서 밝고 명랑한 말투를 써야 했지만 그런 에티튜드를 전혀 몰랐다. 항상 낮추다 못해 혼나지 않기 위해 방어했던 모습으로 그림 설명을 했다. 자기 연민에 빠진 말투를 썼고 교복만 입던 나는 어떤 옷을 입어야 하는지 몰랐고 화장도 정말 초자였다. 그렇게 형성된 나의 겉모습은 항상 서툴고 부족한 사람이었다. SNS에서 만들어야 하는 나만의 에티튜드에 대해 다시 생각하게 되었다. 존경스럽다고 여겼던 그분의 민낯을 보게 되면서 오는 이상한 배신감에 너무 속상했지만 어쩌면 고등학교 시절처럼 등수와 경쟁으로 익숙해진 나로 봤을 때는 좀 다른 게 아닌가 생각했다. 저 사람이 나를 보는 모습이 좀 다른 게 아닐까 생각했다. 그리고 그 경계에서 나의 몸체를 발견하게 됐다. 그분이 비춰주는 나를 써봐야겠다고 생각했다. 취미라는 보호막을 내려놓고 경쟁에서 빠지겠다는 다소 안전한 마음을 버리고 내 마음 대로 그 선로를 그리며 달리는 그림 작가가 되기로 마음먹었다.

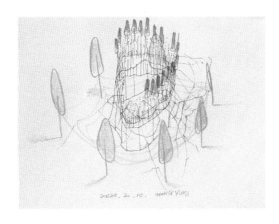

Drawing Therapy Time:
[상냥한 거미줄 2020. 2]

거미줄같이 엮여 있는 수많은 이해관계 중 "경쟁"이 마음의 중심인 사람이 있습니다. 자신의 성장이 중심이 아니라 라이벌, 1인자, 우승자를 만들고 계속 서열을 중심으로 달리는 사람이 있습니다. 우리 사회는 어릴 적부터 너무나 경쟁에 치열하게 달려왔습니다. 내가 하는 취미나 작은 즐거움의 행동을 자꾸 경쟁의 길로 이끄는 사람들이 있습니다. 그건 나 스스로도 옆 사람도 모르게 그런 대화를 합니다. 그게 사회의 전부라고 들었으니까요. 그렇게 나의 일상도 나의 작은 행동도 순위가 매겨집니다. 어느 순간 자꾸 경쟁이 중심에 있는 사람, 자신의 중심이 따로 없는 사람들이 그것이 전부인 양 떠들 수 있습니다. 거미 같이 자신이 만든 줄을 쳐두고 점수를 매기고 서열을 만드는 관계에서 이제는 탈출하세요. 거미줄은 생각보다 힘이 없어요. 자신이 자신답기 위해 선택한 분야에서만큼은 관계를 조율할 자유의지도 자신에게 있습니다. 세상은 거미줄로 만든 좁은 판이 아니라 입체이고 너무나 선명한 체험의 장 그 자체입니다. 오히려 순위를 내려놓고 자신의 눈으로 나아가세요. 거미줄이 얼굴에 걸리고 손에 그 찝찝함이 남아 있더라도 그저 자신의 갈 길로 가버리세요. 그 힘이 시작이 당신에게 있습니다.

질투? NO! 선망은 나의 힘! –
질투모드에서 빠지기

시기, 질투의 민낯은 정말 허무하다. 나 역시 시기, 질투를 해보고 당해보며 또 그 고통의 소용돌이에 갇혀 괴로워하던 시간이 있었다. 요즘도 가끔 나도 모르게 그 선로에 서 있을 때마다 알아차리고 그 안에서 마음을 분석해본다.

'너 그거 저 사람이 잘못되었으면 하는 거야? 아님 저거 갖고 싶은 거야? 저거 갖고 싶은데 스스로 못 할 거라고 생각해서 그러는 거야? 아님 곧바로 못 가져서 속상한 거야? 갖고 싶고 하고 싶은 거 있으면 오늘 바로 해볼까? 시간이 필요한 거면 최소단위부터 해볼까?'

이렇게 질문을 해본다. 이때 중요한 것은 나의 행동을 꼭 단서로 붙인다. 그리고 할 수 없는 경계라는 걸 알았을 때 진심으로 존경심이 나왔다. '와~! 저 사람은 저 경지에 갔구나. 대단하고 멋지다.' 이렇게 인정하는 것이다. 그런데 그런 할 수 없는 경계라는 것도 사실 내가 지어놓은 한계점인 것이라 시간이 지나면 변할 때가 많았다. 이미 나도 모르게 그 경계를 넘어 있는 경우도 많다. 그 최소단위를 해보는 거다. 그런데 대부분 그 특정 사람을 괴롭히고 싶은 마음은 없었고 거의 다 닮고 싶은 선망에 가까운 감정이었다. 거의 다 바로 배우지 못해서 억울한 감정이었지 배우게 되면 질투나 시기심은 다 없어지고 오로지 배움의 기쁨이 남았다.

마침 유튜버 김미경 강사님의 채널인 '세 자매 의상실'에서 '은희 언니'에 대한 선망이 있었다. 미싱을 너무나 멋지게 하는 분이셔서 꼭 따라 해보고 싶었다. 친정 엄마에게 빌려서 열심히 미싱기를 돌렸다. 나중에는 남편이 생일선물로 미싱기를 사주게 되었다. 더 신나게 돌렸다. 마침 아이가 배 속에 있어서 아이 옷, 아이 모자 등등 열심히 옷감도 주문하고 만들기를 열심히 했다. 그렇게 하다가 나중에는 남편 깔깔이(누빔 조끼)를 만들었는데 생각보다 괜찮았다. 그렇게 한참 하다가 아이가 태어나고부터는 옷 만들기는 못하게 됐다. 그렇지만 그 이후 남편 바지 밑단은 내가 정리해주는데 이것도 보통 일이 아니었다. 처음에는 아무것도 모르고 외형의 모습만 보고 따라 하기식이었는데 의외로 바지 밑단, 소매 부분, 네크라인 연결되는 바이어스 처리는 보통 까다로운 게 아니었다. 결과로 보면 버리는 옷감도 많고 새로 산 것보다 매무새는 좀 안 나지만 내가 깨닫는 바가 엄청 컸다. 만들어보면서 파는 제품에 대해서도 감사하게 됐다. 특히나 아기 옷 바느질을 볼 때마다 특히 단추 여밈 부분을 보면 늘 감탄한다. 그건 그때 미싱을 아주 조금 독학한 덕분이다. 그때 리본이랑 머리핀을 만든 적도 있는데 그때도 재료 구입을 하고 직접 만들어보면서 일상에서 만나는 작은 제품들에 대해 어떤 것이 정성 들여 만든 것인지 한눈에 알아보게 됐다. 그리고 정성스럽게 잘 만들었는데 가격적으로도 너무 착한 걸 볼 때면 더 놀란다. 그전에는 그저 가격만 보고 이게 비싸니 마니 비판하기 바빴는데 작은 하나라도 직접 만들어보니 그 재료, 마감 처리 등을 보면서 정말 많이 배우게 됐다. 요즘은 배울 게 많은 게 감사하고 무엇을 배우고 싶은 길이 있다는 것에 감사하다. 다양한 분야에서 앞서간 선배님들이 많아서 너무 좋다. 가끔 부러운 마음이 올라오면 꼭 물어본다. 그 부러운 지점을 찾는다. 그 속에 내가 배우고자 하는 면이 있다. 그 배움 포인트를 찾으면 그 사람에 대한 미움이나 시기심은 아무런 힘이 없다. 내 마음을 비춰준 사람에게 감사하게 된다. 내 배움의 욕구, 성장의 욕구를 계속 검열하고 누르는 힘이 얼마나 강한지 자꾸 미루고 시기하고 불편함으로 변신해 스스로를 속인다. '너는 못 할 거야~'라는 그 생각의 언어로 스스로 설득하고 있는 걸 알아채야 한다.

Drawing Therapy Time:
[inner-diamond 2020. 8]

무엇을 하고 싶다는 마음을 먹는 순간마다 허락받고 싶은 마음이 강해지고 내 선택을 확인받고 지지받고 싶은 마음이 간절해집니다. '네가 뭐라고~', '너는 못 할 거야~', '네가 할 수 있을까?' 그런 언어적, 비언어적 표현을 가까이 있는 사람으로부터 끊임없이 설득당합니다. 나도 모르게 나의 언어가 아닌 다른 사람들의 언어로 설득하고 있는 걸 알아채야 합니다. 스스로도 먼저 알게 모르게 시기하고 은밀히 질투한 사람들에게 사죄해야 합니다. 그 마음을 부끄럽게 생각하기보다 나의 결핍을 인정해줍니다. 우리는 부럽고 선망하고 빨리 갖고 싶은 욕심에 아무도 자유롭지 못합니다. 그런 나를 있는 그대로 봐줍니다. "질투하는 마음이 올라왔구나~"를 알아차리기만 해도 마음은 더 가볍습니다. 그리고 그 마음을 돌아볼 수 있게 일깨워 주셔서 감사한 마음을 냅니다. 이런 나를 알게 모르게 시기하고 은밀히 질투한 사람들을 용서합니다. 그들의 미약하고 어수룩한 마음을 인정해줍니다. 그 정도가 심하면 당연히 거리 두기를 해야 합니다. 그냥 내가 불편한 정도라면 내가 나 스스로를 가장 먼저 다독이고 인정해주어야 합니다. 나도 당신도 각자의 마음속에 보물이 있음을 꼭 발견하길 기도합니다. 그 보물을 서로 돋보이게 비춰줍니다. 내가 먼저 그 사람의 보물을 발견해봅니다. 딱 그 마음으로 자신을 바라봅니다. 그 시선에서 우리는 보물과 같은 사람이 됩니다.

감사한 인연들

예전에 그림을 가르치면서 아이들과 그림을 봐주면서 서로 대화하는 그 순간이 너무 좋았다. 시범을 보여주면 애들은 눈을 반짝반짝 뜨면서 열심히 본다. 그리고 필요한 부분에 대해서는 물어보게 한다. 그렇지만 10대 애들답게 그날의 힘들었던 일, 친구들 관계, 남자 친구와의 관계, 부모님과의 관계를 자기 나름대로 마음을 털어놓았다. 그러면 나는 입시 지도의 방향과 그 아이의 연령에 맞는 가이드를 같이 해줘야 했다. 처음 스무 살 때는 뭣 모르고 그냥 들어주고 마음대로 상담해줬던 것 같다. 그런데 나이를 조금씩 먹으면서 심리 상담 관련 책들을 보았다. 기준을 갖고 싶었기 때문이다. 그래서 공부를 해서 아이들에게 안내를 해줬던 기억이 있다. 그런데 그 가이드가 잘 먹힐 때도 있었고 그냥 흐지부지되었던 다양한 기억들이 있다. 미술이라는 분야 특성상 여학생들이 많았는데 그래서 감정 변화에 대해 자유롭게 얘기를 많이 했던 것 같다. 원체 예민한 애들이라 자신의 감정을 얼마나 자유롭게 푸는지 모른다. 원장님의 눈치를 보면서도 시간이 되는대로 정말 솔직하고 재밌게 얘기하고 토론했었다. 그런 재밌는 감정 대화를 끝내고 나면 나만의 뿌듯한 느낌이 있었다. 그리고 이 시간이 길어졌으면 좋겠다고 생각했다. 그러면 저 애들이 더 잘될 거 같았다. 아이들의 중요한 시절 인연에 한 꼭지가 되어주는 책임감이 있었다. 그리고 좋은 방향성에 대해서 알려주면 아이들은 거칠고 다루기 힘들었지만 아주 천천히 움직이면서 나에게 고맙다는 얘기를 많이 해줬다. 예전엔 말썽을 피우면 다 싫고 귀찮았던 적이 있었는데 시간이 지나 이해심이 생겼는지 그런 정도는 그냥 과정으로 넘어가지는 면이 많았다. 그런데 이런 대화도 늘 좋았던 것은 아니다. 5월만 되면 아이들에게 부모님이나 선생님들께 드릴 카네이션을 그리는 행사를 줄곧 해왔다. 어느 미술학원이든지 그런 행사를 한다. 그런데 내가 만났던 수많은 아이들이 그 행사가 즐겁지 않은 애들도 많았다. 한부모가정부터 할머니, 할아버지께서 키우는 학생들이 많았다. 어쩌면 그 전에는 숨겼기 때문일까? 시간이 갈수록 부모님과의 관계가 단절된 아이들이 많이 알려졌다. 그리고 그 수가 정말 많아졌다. 거의 절반 가까이가 그랬다. 요즘 얼마나 다양한 가족의 형태가 있는데 학원 선생님에게조차 쉬쉬하고 있었고 당연히 친구들에게는 말을 하지 못했다. 그런데 내가 안타까워하는 부분은 엄마가 속상할까 봐, 아빠가 속상할까 봐 솔직하지 못한 아이들이었다. 나의 부모를 기쁘게 해주고 싶은 마음과 그 얘길 꺼냄으로써 그 부모가 상처받을까 봐 차마 말하지 못한 얘기를 내게 털어놓으며 펑펑 운 아이들이 많았다. 그리고 그걸 '숨겨야 해'라는 수치스러운 마음을 가진 게 마음이 아팠다.

한 학생은 부모님이 7살 때 이혼하시고 새로 재혼하셨는데 모범생에다 자신이 잘하고 싶은 마음이 많은 아이였다. 그런데 그 속에서 방황하는 마음을 아무한테도 털어놓지 못해서 내내 곪아 있었다. 그 사실을 모르는 어머님은 아이의 그림 실력이 늘지 않아 속상해했지만 사실 엄마에게 다 말하지 못해서 힘든 마음이 있었다. 나는 그 마음을 털어놓아 준 거에 감사했다. 평생 짊어지지 않겠구나 싶었다. 다만 스스로가 그걸 이중으로 자책하지 않았으면 하는 마음이었다. 차라리 방황을 하고 엄마, 아빠 흉을 신나게 보는 애들은 오히려 쭉 잘 지냈다. '아빠가 회사를 바꿨어요.' '우리 엄마는 술을 너무 많이 마셔서 너무 힘들었어요.' 그렇게 흉보는 애들이 처음에는 저렇게 솔직해도 되나 싶어 놀랐던 적이 있다. 그런데 오히려 그런 애들은 잘 지냈다. 무늬만 학생이고 여우처럼 본인 마음은 지키면서 사회성을 키웠다. 내가 집중했던 애들은 조용하고 일찍 철든 애들이었다. 사실 아이답지 못함이 마음이 아팠다. 보기 드물게 철든 아이들이었다. 엄마와 아빠의 생각을 다 읽고서 자기와 다른 점을 차근차근 얼마나 똑 부러지게 얘기하는지 놀란 적이 한두 번이 아니다. 놀라울 정도로 부모님을 관찰하면서 자신이 어떤 입장을 취해야 하는지 얘기하는데 그 의연함에 뒤에서 내가 더 많이 배우고 감동하고 울었던 것 같다. 그런 모습을 보면서 나도 내가 가진 수많은 '평균적인' 가정에 대한 편견과 환상을 다 내려놓게 되었다. 그때의 학생들이 열어준 마음에 그전에 가졌던 좁은 생각을 다 내려놓게 되고 내가 아프다고 했던 부분이 매우 엄살로 느껴지고 참 부끄럽기까지 했다. 나와 말동무를 해준 수많은 학생들에게 감사함을 느낀다.

쓰레기를 줍지 않는 우등생

　나는 정말 다양한 아이들을 가르치면서 정말 다양한 사고방식의 아이들을 많이 만났다. 그런데 내가 가장 많이 목격한 아이러니한 장면은 그림을 정말 잘 그리고 우수한 학생들 중에 거의 대다수의 학생들은 공부하는 시간을 아끼려고 온 학원을 쓰레기장으로 만든다는 사실이었다. 자신이 흘린 휴지를 주울 시간이 없다는 것이다. 나는 명문대를 준비하는 학생들은 뭔가 처음부터 자질이 좀 다른 아이들일 거라 생각했던 편견이었나 보다. 그런 아이들이 가는 아주 좋다는 명문학교에서는 그런 아이들만 정말 쏙쏙 골라간다. 그렇게 학원에서 우등생이고 칭찬받았던 아이가 강사 선생님으로 왔을 때 정말 많이 난감하다. 쓰레기를 줍지 않는 건 둘째고 그림 가르치는 일도 정말 대충 하는 것이다. 자신이 가장 뽐낼 수 있는 영역에서만 최선을 다하고 싶은 걸까? 정말 반쪽짜리 학생들과 선생님들을 너무너무 많이 봤다.

　분명히 일을 하러 왔는데 그 시간에 자신이 해야 하는 스터디가 있다며 그날 수업 10분 전 갑자기 문자로 통보하고 사라졌다. 아이들을 방치한 채로 말이다.

최고 대학교를 나왔다는 선생님조차도 오로지 자신의 길밖에 몰랐다. 특정 소속 의원의 딸이었던 선생님 B는 정말 한결같이 온갖 쓰레기 같은 말을 했다. 늘 아이들에게 '암적인 존재'라며 작은 거슬리는 말을 해도 뭐든지 '암 걸릴 거 같다'는 말을 했다. 다 웃자고 하는 소리라며. 그 말을 스무 살이 막 된 선생님이 너무나 자연스럽게 그리고 한결같이 쏟아냈다. 그 말과 함께 아이들에게 장난이라며 가벼운 뺨 때리기, 이마 때리기, 대놓고 비웃기 등등 오만한 행동을 거침없이 했다. 그런데도 자신이 가진 울타리로 인해 아무도 그런 행태를 말릴 수 없었다. 그저 오냐오냐 다 감싸주기 바빴다. 그런 비상식적인 사람들을 같은 예술인이라고 묶는 것 자체가 너무나 불쾌했다. 항상 자신이 먹은 음료수 통은 아무 자리에나 올려뒀다. 자신이 그린 그림 재료도 정말 마음대로 놔둔다. 이런 오만함과 방종에서는 아름다움이 나올 수 없다고 생각했다. 뭐 미적인 감각이야 배워서 하는 것이라 말릴 수는 없겠지만 이런 정신에서 나온 예술은 정말 그 자체가 쓰레기라고 생각한다. 재밌는 사실이 있다. 온갖 포스터, 온갖 시험 문제에서는 자연 친화적인 디자인을 요구하고 그 디자인을 잘 해서 칭찬받고 콘택트 하는 교수님의 허락을 받기 위해 그렇게 목매듯이 그림을 그린다. 그런데 그런 친구들이 자신이 흘린 쓰레기에는 정말 관심이 없다. 그들은 자신이 산 수많은 안료와 재료들도 그냥 막 대충 쓰고 절반도 쓰지 않은 걸 버린다. 조금 지저분해도 버린다. 정말 아이러니한 상황이 아닐 수 없다. 나는 학생들을 가르치면서 또 어린 강사 선생님을 대하면서 자신이 담당하는 휴지통을 못 비우겠다고 나서는 선생님들은 아무리 날고 기어도 마음이 가지 않았다. 얼굴이 정말 예쁘고 그림적인 테크닉은 정말 뛰어났지만 그저 '예쁨 받기'만 관심 있을 뿐 자기 얼굴, 자기 몸매만 관리할 뿐 아무것도 정리하지 못했다. 자신의 손에는 그 더러운 일을 할 수 없다고 생각하는 것 같았다. 처음에는 내가 꼰대인가 생각했다. 그런데 시간이 지나서 생각해도 아닌 건 아니었다. 아마 그 애들은 집에서 누군가가 다 치워주고 닦아주는 삶을 살아서 그랬나 보다. 자신이 시켜 먹은 자장면도 어떻게 모아야 하는지 몰랐고 자기가 깎은 연필 부스러기도 어떻게 치울지 몰라 옆 친구한테 치워 달라고 하는 장면도 봤다. 그 옆 친구의 썩은 표정에 도대체 왜 자기한테 그러는지 모르겠다고 했다. 아마 자신의 삶에서는 자신의 신체에 한 점 먼지도 용납이 안 되는 너무나 깨끗한 곳의 삶의 패턴인지도 모르겠다.

시간이 지나서 우리 사회의 모든 지성인들이 존중받지 못하는 점은 그들이 우수하지 않아서가 아니라 질투를 해서가 아니라 그 작은 인간다운 행동을 하지 않으려 하는 것이 큰 문제라고 생각한다. 물론 시간에 따라 일에 몰두해야 하는 시간과 일에서 빠져나와서 자신을 다시 돌보는 시간, 그리고 다시 재정비하는 시간은 나뉘어 있음에도 그들은 끊임없이 자신밖에 몰랐다. 오로지 자신의 이름을 걸기에 바빴다. 세상에 많은 명분이 있지만 칭찬받지 않아도 마땅히 해야 할 일이 있다. 너무나 무분별하게 생산, 소비하는 시대라 제품 하나도 예쁜 쓰레기라고 칭하게 된 것두 무시하지 못할 껄고

중 하나일 것이다. 이런 환경에 그럼에도 불구하고 새로운 미적인 것을 찾아내야 하는 작가와 디자이너들이 오로지 명성만을 좇아서 아이들이 길러진다는 게 좀 맞지 않는 것 같았다.

그리고 사실 우리 존재는 내 몸 하나까지도 필요충분조건이 다 끝나 한 줌 흙으로 돌아간다. 그러면 적어도 내가 살아 있는 한 배출할 수밖에 없는 쓰레기의 절대 분량이 있다. 그 쓰레기를 제 손으로 치우기만 해도 된다. 그런 마음을 갖기만 해도 나는 새로운 역사가 열릴 거라 생각한다. 그런 무한 소비적인 형태의 예술 시대는 좀 끝난 게 아닌가 짐작해본다. 그리고 이미 그런 길을 걷고 있는 제대로 된 디자이너분들, 작가분들께 존경과 감사함을 느낀다. 아이들에게 좋은 청사진이 될 것이라 믿는다. 요즘은 아이 때부터 너무 소비 지향적이고 심지어 그 소비가 너무 빠르게 진행되다 보니 아주 천천히 고심하고 해야 할 습관들이 너무 빠르게 무시되고 안 해도 되고 나만 하는 바보가 된다. 그런데 그런 아이들의 미래는 솔직히 기대가 되지 않고 스스로 깨닫지 않는 한 그런 행보만을 걷는다면 그들의 발전, 성공에 어떠한 응원도 공감도 해줄 수가 없을 것 같다.

자부심 위에 만난 허무함

사실 사회 탓, 남 탓을 지나 이제 만나야 할 진실이 있다. 오롯이 내가 한 잘못을 보는 것이다. **수동적인 선택 또한 내가 받아들여야 한다.** 나는 과거의 자부심을 내려놓기까지 참 오랜 시간이 걸렸다. 한마디로 꼰대였다. 자꾸 잘나가던 시절의 내 모습을 쥐고 있었다. 이것이 '나야' 규정짓고 있었다. 그러면서 나라고 생각하는 모습을 조각조각 붙여서 나라고 편집했다. 이건 긍정적인 것과는 조금 다르다. 이 자부심이라는 것은 아주 교묘하다. 나는 스스로를 낙관하고 긍정적인 것은 참 좋은 면이라고 생각하지만 자부심은 부정적인 힘이 있다는 걸 체험했다. 그런데 이 자부심은 죽은 자존감을 붙잡고 있는 모습이 된다. 요즘 사회는 자존감을 강조하다 보니 작은 성공을 계속 부풀리게 만드는 경향이 있다. 그런데 내가 요즘 집중하는 다른 생각은 그 자존감의 내용이 변해야 한다고 믿는다. 계속 수정되고 바뀌어야 오롯이 자존감이 된다고 생각한다.

시냇물을 바라보는데 그 시냇물은 이미 그 자리에 있지 않다. 그런데 항상 내가 보는 그 자리에 또 다른 시냇물로 채워져 있다. 우리의 삶이라는 것은 이렇게 끊임없이 나라고 하는 그 껍데기를 알아차리고 흐르는 물처럼 흘려보내야 한다. 그런 변화 속에서 자존감이 성장한다. 그렇다면 그 작은 시냇물을 떠받치고 있는 그 땅은 그대로 있을까? 나이 드신 분들 중에 굉장히 맑고 정정하신 분들이 계시다. 드물게 아주 맑음을 간직하신 분들. 그런 분들을 보고 항상 한결같다고 얘기하신다. 물의 순환을 거쳐 비가 되어 원래 있던 곳에 전혀 다른 물이 있는 것이다. **계속 그 자리에 있는 착각을 주는 게 그런 분들이라고 생각한다. 그래서 그렇게 한결같은 사람을 칭찬하고 좋아하는 것 같다. 그런 분들의 본질은 변화이자 흐름이다.** 그런데 자부심이라는 것은 흐름을 타는 게 아니라 흐름 위에 있는 나뭇잎을 쫓고 물 위에 있는 꽃을 쫓는 것과 같다. 자신의 성질이 물인지도 모른 채로 말이다. 그러면 우선은 꽃에 물을 주어 지금 당장은 살아 있어 보이지만 시냇물을 만난 그 꽃들과 나뭇잎들은 사실 이미 한철 지난 존재들이다. 그런 존재를 붙들고 있다 보면 아무리 맑은 물을 주어도 그 꽃이 해체되어야 하는 의무를 따라갈 수 없다. 그 질서는 너무 공정해서 수많은 도사들이 소원을 이루게 해주겠다며 그 꽃이 다시 태어나게 사계절을 기다리라고 시키는지도 모른다. "이제 꽃이 피었으니 소원이 이루어졌네" 하며. 그렇게 나도 내가 겪었던 크고 작은 성공들을 쥐고 있었다. 그렇게 시냇물의 법문을 듣고서 내게 붙어 있던 딱지를 뗐다. 난 더 이상 '강사'가 아니고 '선생님'이 아니다. 그냥 자유로운 한 인간이었다. 다시 세상의 질서를 배워야 하는 또 학생이었다. 그걸 인정하는 시간이 사실 우울의 시간일지도 모르겠다. '내가 이렇게 나답지 않은 일을 해야 해? 내가 이런 거 하려고 지금까지 그렇게 살았나?' 그런 수 많은 아상을 붙잡고 존중받지 못한다면서 우겼다. 그런데 지금은 온전히 안다. 나는 그걸 쥐어서 존중받는 대상이 아니라 그걸 놓아 도 그 자체로 존중받는다는 걸 깨달았다. 그 마음을 내려놓기 너무 나 어려웠다. 사실 있는지도 몰랐다. 너무 교묘해서 내 자존감인 줄 알았다. 그런데 그건 이미 자연스럽게 썩어 거름이 되어야 할 경험 인 것이지 내가 쥐고 갈 것이 아니었다. **그럼 자부심의 시대에서 어떻게 자신의 시대로 넘어갈까? 제2의 삶은 어떻게 살아야 할까? 매 순간 나를 관찰하는 관찰자로 사는 삶인 것이다. 관찰자로서 그 행위를 쥘 것처럼 온전히 살지만 이내 그것은 내 것이 아님을 아는 삶을 사는 것이다.** 그래서 이 글쓰기 작업도 그런 시절을 기록해두 고 싶은 애착심에서 하는 선물인지도 모르겠다. 글도 쓰고 그림도 그리면서 지금이 아니면 절대 느낄 수 없고 만질 수도 없는 이 아 름다운 경험과 앎을 관찰하고 창작하는 일을 하는 것이 나에게 주 어진 제2의 삶, 제2의 선물이었다. 우울과 방황의 그 끄트머리에서 한참을 곡예를 했었다. 내가 없어진 것 같았다. 그걸 지켜봐 준 우 리 가족들에게 미안하고 나를 잡아준 그 많은 사랑에 감사하다.

Part 2. 가족의 용서를 그립니다

사기와 용서

가장 좋았던 시절에 크게 사기를 당한 적이 있다. 내가 성공 궤도에 오르고 있다는 느낌이 들었을 때였다. 돈은 내가 '없다'는 느낌이 들지 않을 만큼 통장에 쌓이기 시작했고 이제야 내가 저축도 하면서 지금 생활을 영위할 수 있겠다는 희망을 가지게 되었다. 워낙 적은 월급부터 시작해서 그리 많은 돈은 아니었지만 점점 자신감에 찼다. 내 기분에 대해 솔직해지고 당당해진 기분이었다. 이렇게 내가 외부 상황이 좋아지면 기뻐할 거라고 생각했던 착각이 계속해서 배신을 당한 적이 있다. 나의 오래된 열등감 속에 '내가 상황이 바뀌면 사람들이 내게 더 친절하게 해주겠지', '내가 그들이 원하는 점심을 흔쾌히 사주면 좋아하겠지', '내가 그들에게 술값을 내주면 좋아하겠지?' 그런 마음이 있었다. 외부 조건이 바뀌면 분명 좋아질 거라 생각했다. 그런데 아니었다. 더 악순환이 되었다. 그때쯤 일에 대한 스트레스보다 그 시기, 질투 어린 에너지 뱀파이어를 상대하느라 온갖 에너지가 낭비되고 있었다. 더 자존심이 올라가고 자존감은 계속해서 밟혀갔을 때, 심리상담소를 찾았다. 그런데 그게 사기였다. 나중에 알게 된 것이고 영성 사기 단체였다고 했다. 번듯하게 유명한 학교 간판을 가지고 있었고 심리 상담도 우리가 흔히 알고 있던 방식 그대로 하고 있었다. 사실 나는 기독교, 불교, 천주교 구분 없이 통합된 진리를 받아들였다. 그래서 비슷한 법문, 비슷한 단어를 쓰기에 그게 비슷한 것인 줄 알았다. 그것도 사실 내가 사기라고 느껴서 빠져나온 게 아니고 부모님이 이상하게 먼저 느끼셨고, 또 예민해지고 불안이 심해졌다. 이런 사기는 사실 영성적인 파산이라고 생각하면 된다. 내 안에 뭐가 옳은지 그른지 판단이 잘 서지지 않고 자꾸 눈물이 나고 온 세상이 불안하고 세상에 이런 생지옥이 없다. 먼저 그런 줄도 모르고 지푸라기라도 잡고 싶은 심정으로 찾아간 곳이 종교적 포교를 목적으로 한 사이비인 것도 속상한데 '왜 바보같이 그런 곳에 갔어?'라는 그 시선에서 너무 상처가 됐다. 이미 학원에서 착착 쌓아 올린 수많은 공들은 한순간의 실수로 다 날아갔다. 그때 동료들이 나를 대하는 태도에 여러모로 불편해졌다. 나도 상처가 너무 많았고 그 상처가 아물기 전이라 조금만 스쳐도 아팠기 때문일 것이다. 그때 불안이 너무 심해 신경정신과를 가봤다. '과로'라고 했다. 6개월간 아무것도 하지 말고 무조건 쉬어야 했다. 겨우겨우 일을 그만두고 본가에 있어야 했다. 주 7일 주말 없이 일했던 결과다. 한순간에 파산이 난 나의 인생에 대해 정말 많은 시간을 눈물로 보냈다. 항상 나는 우리 집의 자존심 같았다. 아무도 부여하지 않았지만 나 스스로 그런 역할을 자처했다. 내가 하필 이루고자 하는 목표가 꿈의 영역이라 돈도 많이 들고 너무 힘드셨을 것이다. 그래도 '내가 긍정적이게 잘 해내서 부모님을 기쁘게 하고 가족들을 뿌듯하게 만들어줘야지!'라는 작은 소망이 있었다. 내가 사랑받고 싶어서 칭찬받고 인정받고 싶어서 자꾸 부모님의 행복의 증거이고 싶었다. 한순간에 다 무너졌을 뿐 아니라 심리 상담을 통한 감정 대면을 통해 이미 부모님에 대한 부정적인 마음이 많이 올라왔을 때였다. 그런 상태에서 부모님을 상대했을 때 나도 예민하게 반응했고 여러모로 터프한 우리 집에서는 온갖 타박을 들어야 했다. 작은 실수도 크게 혼나는 우리 집에서 큰 실수는 오죽했을까. 아무도 내 편을 들어주지 않기에 그때만큼은 내 편을 좀 더 들어주려고 했다. 지금껏 열심히 살았던 것만큼 충분히 울고 충분히 쉬어도 된다고 스스로를 위로했다. 엄마가 가장 불안해하셨다. 나의 미래에 대해서도, 우리 집에 수입이 끊기는 것에 대해서도. 말로만 쉬라고 하는 가족들에 대해 분노와 수치심이 올라왔다. 예전 같으면 그 불안을 다 받아주며 책임지려 했지만 이번만큼은 싫었다. 내가 10여 년 뛰다가 잠시 쉰 그 찰나에도 불안해하셨다. '엄마도 너무 이해되지만 나도 이제 그 불안을 그만 떠안고 싶어.' 그리고 10년 정도 3개월에 한 번 씩은 방문은 해서 알고 있었지만 전화 수화기로만 들었던 우리 가족의 삶은 전혀 부족함이 없었다. 다만 저장 강박으로 오랫동안 묵혀 있던 짐들이 우리 집의 삶을 반영하듯 어지럽게 가득가득 쌓여 있었다. 어쩌면 내가 성공이라고 했던 것도 이 집을 인정하지 않고서는 새로 나아갈 수 없는 부분이었다. 그리고 크게 힘들고 나서 깨달은 바가 너무 많았다. 특히 변하지 않는 타인에 대한 의무감을 내려놓게 되었고 그 불행의 선택도 그냥 봐주기로 했다. 그 타인에 가족도 포함이 되었다. 그리고 그 불행이라는 이름표도 이유 없이 내 책임이 되고 지배하는 버릇임을 알아차리고 의도적으로 내려놓았다. 세상에 불쌍한 사람, 불쌍한 우리 가족, 희생해서 힘든 우리 엄마, 우리 아빠, 내가 도와야 하는 사람이라는 나의 그 시선을 잠시 의심해보았다. 이제 개인주의 시대라 나부터 변화하면 되는 것이었다. 누굴 더 나아지게 하려고 하는 마음속에도 급하게 이루려는 내 이기심이 있었고 또 그 정의감을 인정받고 싶은 마음이 있었다. 나 자신을 먼저 알게 되었다. 난 평범한 사람이다. 부처님을 닮고 싶지만 나는 아직 부족한 부처님의 일부일 뿐이다. 그걸 인정하자 마음이 놓였다. 그리고 서울에서 자리 잡아가면서 배웠던 시행착오를 여기서 다시 해보자 마음먹었다. 악한 마음을 먹고 선택한 것도 아니고 내가 좀 더 건강해보고자 선택했고 또 다른 사람에게도 도움이 되겠다고 생각했던 의도였지만 잘 안 됐다. 그게 틀어지자 세상에 대한 배신감과 분노로 힘들었지만 덕분에 '인간 삶'의 민낯도 정확하게 보게 되었다. 덕분에 그동안 마음공부에 대한 무지에 대해 깊이 반성하는 시간을 가지게 되었다. 그리고 재밌는 사실은 그 사람들의 교묘한 최면도 감정은 흔들어놓았지만 신념은 바꿀 수 없었다. 내가 잠시나마 읽고 내면화하던 스님들의 법문, 산문집이 나의 줏대가 되어주었다. 내 마음속에 부처님이 계시다고 늘 생각했는데 그게 너무 굳건한 나머지 잘못된 영성적 사기에도 모든 해석을 부처님 법으로 해석해서 듣고 있었다. 그래서 잘못된 길인지 몰랐다. 심리공부를 병행하면서 나의 믿음의 영역, 영성의 영역을 제대로 공부하겠다고 마음먹게 되었고 그렇게 시작하는 처음의 눈을 뜨게 되었다.

Drawing Therapy Time:
[패턴의 오류 2018. 12]

어느 날 반복되는 무서운 꿈을 꾼 적이 있었습니다. 무슨 일을 예지하는 것 같았지만 그 불안을 해소하려 여기저기 많이 찾아다녔습니다. 꿈 해몽도 찾아보았지만 스트레스가 많아서 그런 거 같다고만 말씀하셨어요. 그때 다들 뭔가를 알고는 있지만 아무도 말해주지 않는 기분이 들었습니다. 가끔 보이지 않는 영역을 보시는 스님들도 "너는 어떤 신이 와도 너는 어떻게 하지 못한다고 반드시 '정신'을 잡아야 한다"며 손을 잡고 눈을 보며 각인시켰던 일이 생각이 납니다. 마치 이 힘듦을 꼭 거쳐야만 하는 내가 선택한 페이지 같았습니다. 가끔 소인배로 보는 나의 시선으로는 도저히 선택하지 않았을 무엇을 대인배의 시선으로는 그렇게 나를 크게 키웠어야 했나 봅니다. 저는 그때의 경험으로 모든 것을 잃었습니다. 사회적인 지위, 경제적인 독립, 부모님에 대한 애착의 마음, 결핍으로부터 시작된 사랑, 내 것이라고 믿었던 모든 사랑의 증거, 그 환상을 다 내려놓게 되었습니다. 그렇게 내 것이라는 환상을 내려놓자 수많은 관념을 덮는 크게 관찰하는 나를 발견하게 되었습니다.

우리 엄마, 우리 아빠

　우리나라는 유독 나의 엄마, 나의 아빠의 개념보다는 우리 엄마, 우리 아빠로 쓰인다. 이게 왜 그럴까 생각해봤다. 그런데 사실 이 감정의 대면은 의외의 곳에서 발견됐다. 우리는 정말 시기, 질투하는 대상이 그 성공한 사람, 한 명일까? 사실은 우리는 그 뒤에서 뒷바라지해 주거나 혹은 그 옆에서 항상 있어 준 부모, 형제를 부러워한다. "쟤는 사랑 받아서 저렇게 된 거야~"라는 지배적인 마음이 있다. 그 마음의 더 깊은 곳에서는 너무 슬픈 감정이 기다리고 있다. '나는 사실은 사랑받아 본 적이 없어'이다. 그 감정을 더 들여다보면 나는 '부모로부터 받은 사랑이 사랑으로 느껴지지 않아'이다. 부모와 주변인에 대한 사랑의 의심은 부처님과 예수님 성인 두 분의 행보에서 다시 생각해볼 수 있다. 나만 그러한가? 나는 정말 사랑을 받지 못했나. 혹은 고맙긴 하지만 미안하게도 그걸 뒷받침할 만한 증거가 영 탐탁지 않은가. 부처님은 세상 좋은 부모님을 만나셨다. 그렇지만 그 이전의 사고방식에서 가장 최선의 것을 주셨다. 우리 입장에서는 감지덕지한 너무나 멋진 선물 같은 부모님이 부처님 입장에서는 수행을 하기에 너무 힘든 존재였을 것이다. 결국은 다 내려놓고 자신의 길을 가셨다. 또 예수님은 어떠했을까. 아마 주변인들의 존재가 우리가 생각하는 '완벽'한 존재였다면 하나님과의 대면을 하지 못하셨을 것이다. 그 주변 사람들은 어떠했을까. 그 시절마다 때론 스승으로 때론 친구로 때론 함께 수행하는 도반으로서 존재하는 사람들이 역할 나눔을 했을 것이다. 나는 친정 부모님과 떨어져 산다. 그렇지만 가끔 버스에서 혹은 엘리베이터에서 엄마가 해줬을 법한 말씀들을 듣기도 하고 또 내가 들었으면 하는 말씀들을 해주신다. 또 아버지라면 해줬을 법한 그러한 말씀들을 간혹 택시에서 듣기도 하고 의외로 나이 어린 친구에게 듣기도 한다. 나는 의지심이 엄청 많고 소심하지만 뭔가를 성취하려는 욕구도 강해서 덤벙덤벙 잘 덤벼서 하는 편이다. 완벽하지 않아도 작은 실천을 한다. 그럴 때마다 어린 시절에 부모님은 격려도 하시고 더 상처받을까 봐 말리시는 말씀도 하셨다. 그 많은 말들을 내면화하다 보면 우리 내면에 너무 다양한 부모님들이 살고 있다. 아마 사랑하면서 미워하고 인정하기에는 너무 미안한 감정이 한 마음에 다 들어 있다고 생각해보자. 얼마나 복잡해질까. 그리고 그런 복잡한 마음을 읽으면 다행이지만 그런 마음을 모르고 방치했을 때 그 마음은 괜찮은 걸까? 그렇게 시간이 지나고 주변과의 관계를 살펴보면 엉망일 것이다. 사랑받고 싶어 지쳐 있는 당신이 부담스러워 주위 모든 사람이 떠나가 있을 것이다. 칭찬하고 욕하고 좋아하면서 흉보고 선망하다가 시기하고 질투하고 그런 감정으로 주위 사람들에게 감정 투사를 하기 시작하면서 자신이 더 외로워지는 걸 반복하게 된다. 너무 불행한 악순환이다.

나는 요즘 꽤 괜찮아 보이는 부모를 둔 글 작가와 그림 작가를 알게 되었다. 그런데 재밌는 댓글을 보았다. 그 사람의 칭찬보다 그 부모에 대한 칭찬을 하면서 너무 부럽다는 거였다. 사실 자신의 부모님들에 대한 사실만 적어도 훈훈함이 나는 분들이 계시다. 그런 때에 자신이 상대적으로 혹은 절대적으로 사랑받지 못하고 컸다는 걸 직시하는 순간이다. 그리고 저렇게 사랑 많으신 분, 위인 같은 장점을 가진 부모님은 의외로 가까이에 많이 계신다. 그리고 사실 우리 아버지, 우리 어머니도 오로지 직접적인 혈연가족의 부모님만 보고 사셨을까? 우리는 사실 서로 비춰주고 있는 것이다. 서로에게 순간순간 엄마가 되고 아빠가 되는 것이다. 그렇다면 시기하고 질투하고 또 떠나보내는 선택을 할 것인지 아님 그분의 정신적 지지를 스스로 선택할 것인지 선택해야 한다. 그게 자신이 다시 태어날 수 있는 기회이다. 우리의 정신적인 의지심이 너무 강해진 나머지 한 부분을 크게 키워 전부 성인화, 신화화하는 오류를 범하기도 한다. 그분들의 잔잔한 가르침, 잔잔한 위로, 수많은 책에서 만나 뵐 수 있는 좋은 우리 엄마, 아빠, 좋은 형제, 자매를 찾아보면 된다. 그 시작은 비록 외롭고 쓸쓸한 시작일 테지만 그런 어린아이 같은 마음을 인정하고 당연하게 받고 있는 사랑을 인정하는 순간, 온 세상이 나를 사랑하게 되는 마법이 시작된다. 온전한 깨달음은 나는 세상의 수많은 우리 엄마, 우리 아빠에게 사랑받고 있는 존재임을 아는 것이다.

내 안의 신데렐라

20대의 연애, 특히나 좋은 남자에 대한 청사진이 없는 경우는 백발백중 신데렐라, 왕자님만을 꿈꾸기 시작한다. 그게 은밀하게 도피처가 된다. 내가 이렇게 힘드니 왕자님이 도와줄 거라는 꿈 말이다. 현실에 없는 남자의 꿈. 나는 남녀공학에 남매라서 남자들의 성장과정 중에 참 보기 싫은 면을 많이 봤다. 가끔 자매, 여중, 여고를 나온 친구들은 남자에 대한 환상이 있었다. 특히나 존경할 만한 사람을 찾는다는 말에는 난 사실 좀 놀란 적도 많다. 적어도 내 주위에는 그런 사람이 없었다. 잘생겼다 싶으면 자꾸 무수리로 만들려는 사람도 있었고 공무원이라는 사람도 직업적인 타이틀을 내세워 은근히 두 사람, 세 사람 만나는 걸 너무 많이 봤다. 심지어 사귀지 않고 어장 관리하는 의대생들도 많이 봤다. 사람은 사실 모순적인 면이 많은데 난 적어도 앞뒤가 좀 같은 사람이면 좋겠다는 기준이 있었던 것 같다. 그런데 이런 게 사람이라는 걸 인정해야 했다. 그럼에도 이중, 삼중성을 가져야 하며 들키지 않아야 했다.

20대가 되면서 연애를 하기 위해 열심히 공을 들였고 수많은 연애 서적을 봤다. 심리 서적을 읽은 것은 학생들에게 상담할 때 기준이 있었으면 좋겠다는 1차적 동기가 있었고 나의 건강한 연애를 위해서도 책을 읽었다. 연애 서적과 심리 서적은 떼어놓을 수 없는 상관관계가 있었다. 학교에서 선생님들이 노골적으로 싫어했던 논다는 애들은 이미 어른의 모습에서 아름다운 게 있어야 그다음이 통한다는 것을 미리 알고 자신을 가꿨는지도 모른다. 나는 착한 아이, 착한 학생 콤플렉스가 있어서 혼나지 않으려고 단정하다 못해 방치한 모습을 하고 다녔다. 그게 습관이 돼서 방치하거나 완전 꾸미거나 이런 패턴을 계속 가지고 있었다. 대학교에 오니 이미 대학생같이 너무나 근사하게 스타일링해서 오는 애들이 많았다. 특히나 미대는 오죽했으랴. 뒤늦게야 옷에 대한 정보 수집, 화장에 대한 연구, 스타일링에 대해서도 눈을 뜨기 시작했었다. 그러려면 어릴 적 나도 모르게 해왔던 습관적인 선택부터 다시 점검해봐야 했다. 용돈을 직접 벌기 시작했을 때부터 본격적으로 옷을 살 수 있었다. 남자들은 어쩌면 스타일링이 편하다. 내가 아는 분은 그냥 마네킹에 있는 한 벌을 몽땅 산다고 했다. 화장도 필요 없고 그저 잘 씻고 면도만 열심히 해도 멀끔해진다. 그렇게 한 4세트 정도를 돌아가며 입었다. 그러기에는 여자들은 그 스타일링이 너무 복잡하고 세심해야 했다. 내가 가장 경악스러운 포인트는 멋을 내도 '안 낸 듯'해야 하고 예뻐도 예쁜 것을 본인이 알면 안 된다는 것이었다. 그래서 자연스럽게 물 흐르듯 예쁨을 강조했다. 거의 대부분 연애 서적의 포인트는 '쥬누세꽈(말로 형용할 수 없는 매력)'를 가진 사람이 되라는 것이었다. 그리고 제일 어려웠던 부분은 이미 사랑을 넘치게 받아 더 이상 사랑받을 필요가 없는 여자가 되라는 것이었다. 외모를 열심히 꾸밀 수 있고 손톱관리, 발톱관리 등등 겉으로 덮는 스킬도 시간과 노력이 필요하지만 내공은 노력 이상의 아픔을 마주해야 했다.

84년생인 나는 '넘치게' 사랑받아 본 기억은 없다. 항상 어딘지 불편하고 아쉽고 목이 마르는 사랑이었다. 그때 애들끼리도 얘기했다. "나는 외동이 제일 부러워~. 특별히 사랑을 독차지하니까." 그리고 80년대생은 아는 은밀한 남녀 차별 적 발언, 대학 진학을 앞두고도 남자 형제를 위해 희생해야 했고 엄마의 정서적 안정을 위해 옆에 있어 줘야 했다. 또 무슨 일이 있어도 애교 많고 싹싹한 모습을 보여야만 했다. 연애와 결혼은 그런 사회적으로 압박적인 사고방식을 가지고 있다는 걸 알면서 다시 제도 안에 들어가야 한다는 굴욕감이 있었다. 주위의 남자분들은 서열사회가 싫다면서도 너무나 태연하게 얼굴 평가, 몸매 평가를 했고 살찌고 조금만 자기 기준에서 벗어나도 가차 없이 비판했다. 그걸 여자가 동조해준다고 거들면 그것은 또 '여적여(여자의 적은 여자)'라며 비판했다. 능력적인 부분도 남자보다 잘나도 안 된다고 했다. 내가 아는 엄마의 지인은 나에게 칭찬으로 "너는 남자들하고 만나기 적당해~. 너무 높아도 기가 세서 안 되는데 너는 딱 적당해~." 들어도 이상한 칭찬 같은 발언을 금성에서 온 여자들도 너무 많이 한다. 그런데 그 목성에서 온 여자 같은 사고방식은 사실 고착화된 아픔인 것도 맞다. 너무나 견고한 사회적인 압력에 그저 억눌려야 했다. 그런데 우리도 사실은 너무 아프고 대물림돼서는 안 된다 어쩌다 때리는 폭

력도 아프지만 이렇게 보이지 않는 잔매는 언제 때렸는지 모르게 더 아프다.

　신데렐라가 되어서 열심히 마법을 부린 듯 한껏 꾸민 모습으로 왕자를 사귀는 지점이 정점이 아니라 집에 돌아와 온갖 마법이 풀려 내려놓은 내 모습을 들여다볼 줄 아는 것이 정점이다. 영화에서는 잘 표현이 된 게 있었는데 왕자가 자기를 찾아오자 꾸미지 않고 재투성이의 모습으로 당당하게 나가서 이게 자신의 실제 모습이라고 말한다. 그때 선택은 왕자에게 있는 것이다. 나의 환상, 내가 만들어둔 이상적인 페이지를 내려놓고 현실에 발 딛고 있는 감추고 싶은 모든 '재투성이의 모습'을 스스로 알기라도 해야 한다. 사랑받고 싶었지만 늘 부족했고 그럼에도 사랑을 너무 받고 싶어서 더 사랑 고픈 남자에만 매달리게 된다. 그래서 계속 나쁜 연애에 끌린다. 그 탓을 또 세상 탓으로 향하게 되고 더 나아가 세상에 어울리지 않는 나 자신을 원망하고 미워하게 된다. 자신을 구원해줄 왕자를 내려놓고 내 안에 숨겨진 신데렐라도 보내주자. 그 재를 털 수 있는 내 손과 내 발이 있음을 자각하자.

신데렐라의 속사정 그리고 독립만세!

신데렐라를 보면 주인공의 성장 과정은 잘 보이지만 왕자의 성장 과정은 아주 언뜻 조금만 보여준다. 그래서였을까. 신데렐라는 행복하게 오래오래 잘 살았다는 결론만을 기억하게 된다. 그런데 그렇게 오랫동안 마음속에 품었던 이야기가 거짓말이라고 꿈 깨라고 하기 시작했다. 처음에는 왕자가 되지 못하는 남자들이 저렇게 얘기하는구나 싶었다. 그런데 여자들도 그런 말을 시작했다. 또 그 왕자님은 알고 보니 다른 속사정이 있었다더라. 그런 왕자가 너를 선택했을 리 없다. 그 왕자가 알고 보니 잘못 본 거였다. 그 왕자는 신데렐라 널 이용하기만 할 거야. 혹시나 그 선택을 했더라도 육아를 하면 본모습이 나온다. 남자는 다 그래. 다 속아서 결혼하는 거야. 이쯤 되면 신데렐라의 저주에 가깝다.

신데렐라는 장르가 아동용 로맨스이다. 실제 결혼이라는 장르는 로맨스가 아니다. 로맨스는 앞 자르고 뒤 자른 다듬어진 자반고등어라면 결혼은 그 머리와 꼬리까지 달린 몸통 전체이다. 살코기만 발라 먹으면 되는 게 아니다. 가끔 그 보기 싫은 눈도 봐야 하고 비늘의 미끄덩거림과 굽기 전의 비린내를 거쳐야 한다. 요리를 시작해서도 지금 끝내버려야 하는지 꼬리 부분만 상해서 먹다가 버려야 하는 건지 가봐야 안다. 개인마다 애착손상의 부분이 크고 작게 있는데 무의식에 숨겨져 있다가 결혼 후에 나타나는 경우가 허다하다. 결혼하고서 신앙심이 깊어지는 것도 괜히 그러는 게 아니다. 나만 책임지면 끝났던 1막이 둘이 만나 시작하는 인생은 여러모로 스릴러에 가깝다. 지금 바짝 운이 좋아 행복해 우쭐하다가도 금방 예측불허의 사건이 터지기도 한다. 어떤 가정은 내내 살얼음이었다가 큰일이 마무리되면서 가족의 행복을 되찾은 집안도 많다. 우리나라 결혼 문화는 사랑의 문화보다 자부심 문화로 먼저 시작했기에 앞에서는 다들 행복했고 돌아서면 힘든 부분이 있었다. 스님 법문도 열심히 봤지만 하나같이 남성 중심적으로 '할말하않(할 말은 많지만 하지 않겠다를 줄인 말)'적 사고가 많았다. 절대 나올 수 없는 저주 하나씩을 다시 걸어주고 나오게 한다. 가끔 자기밖에 모르는 질문자도 있지만 '저 정도면 거의 역기능 가정인데 그냥 참으라고? 그냥 업보러니 생각하라고?' 너무나 답답했다. 그리고 어떤 스님은 중국은 매일매일 제사를 지내는데 여기서는 모두들 제사를 하기 싫어 다른 종교를 믿는다며 욕하는 스님도 계셨다. 나는 그분들이야말로 승복을 입고 죄를 짓는 행동이라고 생각한다. 그곳에서는 모든 제사 행사를 같이 준비한다. 대부분 제사를 싫어하는 게 아니라 제사 '문화'를 싫어하게 된 거고 그게 아름다운 문화가 아닌 '이기적인 관행'으로 대물림돼서 저절로 정이 떨어지는 것이다. 아예 바라는 마음 자체가 사라지는 것이다. "안 바라고 안 할래요!" 마음이 번쩍 드는 것이다. 그렇게 좋은 거면 같이 하자는 것이다. 그들 말대로 '간단하게' 전 조금 부치고 국이랑 밥이랑 생선도 굽고 좀 아쉬우니 과일도 해야겠고 떡이랑 고기랑 그렇게! 처음에는 조상을 기리기 위해 제사를 지내다가 나중에는 우리 자식 잘되게 해달라고 제사를 지내게 된다. 그 제사를 마다할 엄마가 어디 있을까. 처음에는 다 '좋게! 좋게!' 시작한다. 이렇게나마 가족이 만날 수 있는 계기가 되어줌에 감사하게 된다. 그런데 이 자식은 나만의 자식이 아니고 '우리' 자식인 것이다. 그런데 그 제사를 지내는 모든 과정에 남자가 빠진다. 그리고 좀 모진 남자는 옆에서 직접 하지는 못하고 훈수를 둔다. '저기 둬라. 여기 둬라.' 오로지 하는 것은 지시, 뒷짐 지고 보기, 먹고 기대어 자기이다. 형식은 마음을 담기 위한 방법인데 진정한 마음은 사라진 지 오래다. 좀 착한 아들들은 집안에 힘이 들어가는 큰일을 돕는다. 그건 특별히 잘한 일이 된다. 그것만으로도 이미 집에서 남편 노릇 너무 잘한 것이다. 그것도 나이가 있으면 절대 손 까딱 안 한다. 좀 착한 남편은 아이를 열심히 봐준다. 좀 더 나쁜 남편은 그 아이마저도 봐주지 않는다. 사실 돌봄을 받은 기억이 없어서 어떻게 하는지 몰라서 회피한다. 집에 오면 눕고 싶고 쉬고 싶으니까. 이마저도 세대가 격변하면서 자유로워진 집안도 있고 완전히 쇄국정치처럼 19세기형 제사를 지내는 집도 많다. AI가 나오는 지금 시대에도 눈을 뜨고 제대로 보면 다 보인다.

남자들은 경제권을 가지는 게 당연했고 그 경제권은 그 집안의 권력으로 작용했다. 그 집중된 경제력의 권리를 온 가족이 누리기 위해 정신과 몸을 사렸다. 무조건적인 사랑을 배우기 이전에 조건

부 사랑을 먼저 배우기 시작했다. 다른 가족들은 그 대표 한 명을 위해 인내했다. 그러나 한곳으로 넘치는 힘은 가정의 첫 번째 울타리를 넓히지 못하고 우물을 파기 시작했다. 넘치다 못해 채하는 사랑을 받아 다른 형제나 가족이 보이지 않았다. 사회가 점점 핵가족화가 되었기 때문이다. 오로지 자신의 자식에게만 보장된 삶을 누리게 했다. 그마저 되지 않은 집안은 그동안의 투자가 투기로 바뀌어 대대로 힘들게 되었다. 면이 서지 않은 남자 형제는 자존심이 올라갔고 목소리와 권위가 높아졌다. 태생부터 몸을 사리고 기다렸던 혜택이 없었던 다른 형제, 자매들은 불평불만이 터져 나와 그 조카들까지도 미워지기 시작했다. 그렇게 가정에서부터 기부, 봉사, 나눔 같은 개념은 배울 수 없었다. 또 남자에게만 집중된 사랑의 결과 그 오만함은 이중, 삼중 살림을 차려도 아무 문제가 없었다. 그렇게 살아도 당사자는 거리낌이 없었다. 다만 그 돌봄을 받지 못한 가족에게 이중적인 잣대가 있었을 뿐이었다. 정말 괜찮았다면 왜 그렇게 흉보고 안됐다며 불쌍히 여기고 쉬쉬했을까? 자연스럽다고 주장하지만 그런 자연스럽지 못한 것에 몸 반응을 일으킨 건 아이와 여자였다. 여자들은 그 행태가 너무 불편하고 여자아이는 유산하기 시작했다. 아들을 낳았다는 이유로 괜히 동서나 형님에게 시기심이 올라왔다는 거다. 지금처럼 SNS도 없던 시절 그저 덮고 참는 시간만 견뎌야 했다. 그것도 조금 기가 세고 자기 목소리를 낼 수 있는 여성들은 대놓고 안 하고 반기도 들었지만 그 안 하고 미룬 몫이 사라지는 것은 아니었다. 내향형에 착한 딸 콤플렉스의 여성이라면 이 모든 걸 그저 해야 했을 것이다. 이게 부정적인 관념이라고 생각하는지 모르겠지만 이건 현실의 얘기다. 교육과 경제권이 특정 권력을 위해 집중되었던 시기, 누구 하나 올바른 관념 하나 머릿속을 스치기 어려웠다. 난민 돕기 캠페인을 보며 눈물 글썽이면서도 옆에서 자신의 어머니가 방구석을 닦으며 돌아다니고 있는 건 당연시 여긴다. 잘 차려진 밥을 먹고 팽 돌아서서 TV만 보고 있을 때 여성들이 그릇을 치우고 설거지하는 건 너무 당연하게 본다. 사실 아들이 돕는다고 해도 역정을 내며 자신이 해버리는 어머님도 많다. 돈도 벌었으면 좋겠고 아이도 잘 키웠으면 좋겠다는 욕심내는 시댁도 참 많이 보게 됐다. 여자만의 욕심이 아니라 남편과 시가 댁에서도 그렇게 몰고 간다. 특히나 남편이 집안일을 도우면 잘하는 일이 아니라 며느리는 기가 세다고 여긴다. 20대에 결혼에 관한 책을 보면 거의 대부분 19세기를 생각하고 결혼을 선택하라는 것이었다. 그런데 그때로부터 17년이 지난 요즘에도 세기를 뛰어넘는 가풍이 참 많다. 이쯤 되면 우리나라에서 신데렐라가 되는 일은 미친 짓이다. 이쯤 되면 드레스도 기분을 위해서만 입고 필요 없다면 과감히 던져버려야 하는 시대가 됐다. 예전에는 그래도 지켜줄 만한 의리가 있는 순수한 남자가 많았지만 요즘은 절대 그렇지 않다. 불공정거래 하려는 사람은 여자뿐 아니라 남자도 참 많다. 사귈 때만큼은 학습된 자세로 잘 나오다가 직업적으로 압박되고 그 압박에서 의연하기보다는 끊임없이 자기를 놓는다. 아이를 엄마가 키우기에는 만 3년이 채워지기 무섭게 남편들은 저마다 직장에서 자리 잡는 게 어렵고 거의 다 만혼이라 이직은 너무나 흔해졌다. 그 공백을 보면서 자본주의 육아를 해야 하는 이 시대에 불안한 것은 전부 엄마 탓이다. 내가 돈을 벌지 않으면 아이를 풀어 놓고 키울 밭도 없을뿐더러 음식을 자급자족하던 그 시전이 아니다. 뭘 더 하려는 욕심의 육아가 아니라 그 생존의 불안에 대한 것만 잠재우려 해도 쉽지 않았다. 또 자기 어머니로부터 정서적 애착 손상은 여기서 극명하게 갈린다. 그동안 고팠던 정서적 지지를 한꺼번에 요구하게 된다. 자신의 엄마가 해주지 못한 부분까지도 채움 받길 원한다. 그나마 여성들은 육아를 하면서 내면을 강제적으로 봐야 하는 상황이라 내면치유를 하면서 성장하지만 남자들은 그럴 시간적 여유도 없고 사실 인정하지 못하는 자존심 센 남자가 더 많다. 약한 마음을 인정하면 약해질까 봐 두려운 것이다. 감정에 약한 남자는 곧 진다는 오랜 전통이 있기 때문이다. '마음이 뭔데 들여다봐야 하나' 이상주의로 치부한다. 그런데 이런 의존적이며 외부적 압박으로 자립하게 된 남자와 결혼을 했다. 그걸 결혼한 중간쯤 알게 된다. 그리고 이런 현실을 조금 일찍 알아서 스스로 계획하고 결혼을 선택했더라도 사실은 아픔이 다가온다. 입시공부를 아무리 연습을 해도 실전에서는 고통이 따르기 때문이다. 사랑하는 사람과 함께 패키지로 따라오는 고시가 있다. 시험 정도가 아니다. 정신을 똑바로 차리지 않으면 나는 사라지고 껍데기만 남게 된다. 이것은 고시에 속한다고 생각한다. 친정집에서 1차 독립을 했다면 남편과 자식으로부터 2차 독립을 반드시 해야 한다. 각자 자신이 채워야 할 '생떼'로부터 미움받을 용기를 내야 한다. 이때 독립은 생떼로부터 거리를 두는 것이다. 동시에 그들의 성장을 돕는 일이기도 하다. 그 미움이라는 것도 그들의 이기심일 때가 많다. 어떤 분은 '페미니즘'이라는 말도 썼던 것 같다. 너무 당연한 배려가 우리나라에서는 페미니즘으로 둔갑한다. 나만의 고유한 바운더리를 지켜야 한다. 그렇지만 그 안에 **꼭 명심해야 할 것은 모든 부분을**

가족에게 물어볼 필요 없이 자신이 매 순간마다 판단해서 하고 싶은 일을 하면 된다. 자신의 비전을 매번 응원하고 지지해주는 복 받은 지인을 둔 사람도 있지만 그런 응원이나 지지도 항상 변한다. 결과를 금전적으로 증명을 해도 순수하게 함께 좋아하고 응원하기보다 끊임없이 끌어내린다. 자신과 비슷한 위치로 말이다. 관계중심에서 나만의 정서적 독립을 해야 한다. 만남의 순간 최선을 다하지만 그 이상을 바라지 않는 유연한 입장이 되면 저절로 마음 맞는 관계가 온다. '순하고 얌전하다', '고집도 안 부리고 너무 착하네~', '누구랑 다르게 예쁘고 착하다', '참하다' 이런 칭찬받기를 잠시 내려놓자. 나 스스로 독립이 안 돼 어린 시절의 애정 결핍, 인정욕구에 자꾸 칭찬받고 싶어 헉헉거리는 마음을 인정하자. 조금 독하다고 해도 오늘 내가 하고 싶고 해야 하는 일로 일상을 채우는 것부터 시작이다. 관계중심에서 벗어나 정서적으로 독립한 여성들이 자신만의 길을 펼치고 있다. 눈을 뜨고 그 잘난 척한다고 믿는 그녀가 어디로 달려가는지 살펴보면서 자신의 길을 꼭 찾길 바란다. 성공하고 싶고 돈 욕심만 많은 여자를 자세히 봐야 한다. 정말 그런 사람인지. 어쩔 수 없이 생업으로 뛰어야 하는 경우가 아니었는지. 나부터 이중 잣대로 보고 있진 않은지. 여자의 정서적 독립과 경제적 자립을 지적하는 남성들은 그걸 이해해주고 지지해주는 남성들과 다른 길을 걷게 될 것을 짐작해본다. 사회적인 큰 흐름은 보지 못하고 경제력과 권력의 평준화를 절대 쉽게 납득하기 어려운 분들이 많다. 그들의 인정욕구에 더 이상 채워줄 의무가 없다. 적어도 여성들끼리는 다양한 목표를 가진 여성들을 지지하고 돕고 응원해야 한다고 생각한다. 서로에게 신데렐라익 왕자가 아닌 든든한 언니, 먼

진 동생으로 자리 잡는 걸 밀어주는 그 순간, 그게 진정한 독립만
세라고 생각한다.

Drawing Therapy Time:
[Inner new castle 2020. 2]

의외로 많은 여성들이 친정 부모님의 세뇌, 남편의 세뇌, 시가의 세뇌를 받아요. 그중 여
성들은 사랑 표현을 확인하고 싶은 욕구가 있어요. 이건 인정욕구랑은 좀 달라요. 애착을
위한 욕구여서 더 그렇죠. 그렇게 뿌리 깊게 부족하게 느끼는 나를 인정하는 거예요. 이
런 나를 인정하고 스스로 보살펴 주면 돼요. 내가 사랑 자체인 존재인데 누구에게 증명
받아야 할까요? 자신이 빛이고 생명 자체인데 누구에게 허락을 구할까요?
나 자신부터 나를 온전히 사랑해주고 진정한 나라는 성의 주인이 되어야 합니다. 사랑 안
해주고 인정 안 해주는 가족의 의사도 존중해주고 나는 나대로 내가 하고 싶은 일들을
추진하면 됩니다. 일을 추진하는 것도 내 마음, 하지 않는 것도 내 마음, 내 자유로 할 수
있어요. 자신이 하고 싶은 수많은 것들을 챙겨보세요. 나를 사랑하는 만큼 주위가 밝아지
고 자신이 멋지게 드러날 거예요. 이제 남들이 좋다고 만들어준 성은 버리고 진짜 성을
가져보세요.

내 안의 모든 불편한 기준들 1 - 부모의 열등감을 발견하기

이 세상에 완벽한 사람은 없지만 사람들이 느끼는 평균의 성격이 있다. 시간이 지나 다양한 계층의 사람들을 만나면서 성격과 애착 관계에 긴밀한 영향이 있다는 걸 알게 되었다. 그리고 마음을 들여다볼수록 내 가정의 치부부터 인정해야만 했다. 내 부모님을 있는 그대로 인정하는 지점은 보통 힘든 과정이 아니다. 효에서 거스르는 느낌이 죄책감, 수치심을 계속 자극하게 된다. 보통의 기준을 넘나드는 가정은 가족 구성원 중에 불안정 애착의 그늘이 숨어 있다. 불안정 애착인 부모의 특징은 자기중심적이며 감정조절에 매우 서툴다. 그리고 자신의 기준이 너무나 확실해서 흑백적인 논리를 가지고 있다. 때때로 온화하고 원만한 성격이 드러나다가도 자신의 기준에서 벗어나는 순간, 그 안심은 방심이 되어 가장 소중히 대해야 할 가족들에게 퍼부어진다. 그 속에서 아이들이 자란다. 부모님들 중 강한 성격이신 분이 있고 그걸 받아주는 분이 계신다. 가부장적인 시대라 아버지가 강해서 권위적인 분위기가 많았다. 최근 사람들을 상담하면서 어머니가 그런 경우도 꽤나 있었다. 이분들은 대체로 엄마가 부드럽다는 집단적인 정서에 역차별 되어 "우리 엄마는 왜 다르지?", "왜 우리 엄마는 편하지도 않고 저 친구처럼 살갑지 못하지?" 그런 오래된 상처를 의문 속에 꼭꼭 숨긴다. 부모님한테 반하는 행동은 용납 받지 못하며 나쁜 사람이 되니까 말이다. 부모님의 시대는 생활력이 강하고 악착같은 면이 많아서 생활 속에 남을 의식하는 습관, 열등감이 심한 분이 많았다. 물론 대외적으로는 생활력이 있고 멋있고 재밌으시다. 절약정신과 성실하신 성품에 따라 재산도 점점 늘어났다. 그렇지만 항상 불안정 애착의 부모님의 기분에 따라 가정의 분위기는 늘 바뀌었다. 그 긴장되고 떨리는 느낌이 내 몸에 신체화 증상으로 고스란히 남아 있다. '일상의 내면을 그립니다. project'를 통해 강압적인 부모님과 받아주는 상대 부모님을 내면화했을 때 오는 자식들의 내적 고통은 상상을 초월한다. 대체로 두 분의 상황을 다 이해했기 때문에 미워할 수도 사랑할 수도 없는 감정 속에 갇혀버린다. 부모님 세대에서 정서는 중요한 덕목이 아니었다. 생존이 우선이었기 때문에 우선 똘똘 뭉쳐 경제를 일으키는 게 중요했다. 학력 열등감, 금전적 열등감, 장남 열등감, 차남 열등감, 막내 열등감, 신체적 열등감, 직업적인 열등감 등등 적절한 시기에 돌봄과 평등하게 고루 배우지 못했다는 억울함은 부모님들을 참 힘들게 했다. 자신은 최선을 다했지만 아이들에게 감정 쓰레기통으로 만들거나 상대 부모를 잔소리나 신체적으로 학대하거나 구박하면서 그걸 끊임없이 아이들에게 노출하게 된다. 매스컴에서 그런 가정은 문제라고 규정짓자 아이들도 그 부모들 중 반성하고 돌아보는 분도 있었지만 대부분 "내가 왜? 나는 최선을 다했어~!"라며 양심의 사각지대로 숨어들었다. 아이들이 자신만

보면 불편하고 얼어붙어도 이유도 원인도 아이 탓이었다. 항상 멀찍이 앉아 데면데면하게 지내는 게 가정의 정석처럼 분위기가 형성되었다. 우리 아버지는 책을 보는 공부에 대해 지나치게 양가감정을 가지고 있었다. 공부는 하라고 하지만 '공부만 하는 놈은 잘난 척한다. 공부를 해도 중간만 해라. 너무 책만 보면 바보가 된다. 맨날 책상에서 글만 본 놈은 실전을 너무 모른다.' 이 중에 일리 있는 말도 있지만 거의 대부분 어린 시절의 차별로 배우지 못했다는 학력 열등감, 그에 따른 분노, 부끄러움이 있으셨다. 물론 아버지도 그 후에 스스로 많이 배우시고 발전하셨지만 그 원 상처는 언제 건드렸는지 시한폭탄처럼 터지곤 했다. 부모님의 대화다운 대화는 정말 가끔 있었다. 생활적인 얘기는 할 수 있었지만 아버지 기준에 벗어나는 모르는 분야 얘기는 배부른 소리에 사치스러운 것이었다. 당장의 가장이라는 자존심, 사회적인 자부심이 뭐길래 스스로를 옭아매고 힘들게 하셨다. 그런 양가감정은 배움이 주류를 이루는 우리 사회 풍토상 맞지 않았다. 어머니들이 애초에 이런 분위기를 알고 교육열을 올리면 모두 욕심이자 지나친 자식의 사랑이 되었다. 공부, 배움에 대한 양가감정은 가정에도 사회에도 참 많이 있다. 배움의 내용에 대한 이야기가 나오면 자부심이 생기며 뿌듯하다며 기뻐하시다가 곧잘 자신은 소외당하고 무시당했다고 느끼셨고 그때마다 복불복으로 뒤집어지셨다. 우리는 그때마다 그 열등감의 폭풍이 얼마나 큰지 몸소 체험하게 되었다. 그리고 한 사람의 자존심이 자신이라고 주장하는 습관이 자신을 얼마나 외롭게 하는지 뼈저리게 느끼게 되었다.

내 안의 모든 불편한 기준들 2 -
내가 배운 여성성, 남성성 내려놓기

소설 '소나기'에서 시작해 'SATC(sex & the city)'까지 참 다양한 작품을 유행 따라 받아들였다. 그런데 또 열광하면서도 직접 현실에서는 그만큼 자유로운 게 아니었다. 매스컴에선 열광했고 뉴스에서는 위험했다. 그 사이 집에서는 그 이중 잣대 사이에서 갈팡질팡 성 관념을 배운다. 그렇게 불편하고 불쾌함이 올라오는 감정적인 패턴을 발견했다. 일단 너무 지나치게 가슴을 부각하거나 골반 라인을 노출한 여자와 그런 여자를 떠받드는 남자들의 관계가 참 보기 힘들었다. 특히나 매스컴에서는 그런 섹시함의 극치를 달리고 있었는데 그런 여자에 열광하는 남자들을 보면서 내가 현실에서는 어디까지 유연한 선을 그어야 하나 고민을 했었다. 그 섹시함이 아우라의 일종이거나 당당한 것과는 다르게 불안정 애착에서 오는 노출은 참 불편했다. 그 불안정한 시그널이 상당히 많은 남자들을 혼란스럽게 했고 동요됐다. 그런 행태가 나의 감정을 건드는 패턴이었다.

식구 많고 교육적 혜택이 좋지 않던 옛 시절, 유일한 감정의 통로인 에로스적 갈망은 너무 당연해 보였다. 사랑 고픈 남자들은 유독 TV에 섹시하다 못해 야한 사람을 그렇게나 좋아하게 됐다. 시간이 지나니 주변의 대다수의 남자들이 그런 스타일의 여자를 앞에서는 욕하고 뒤에서는 선망했다. 항상 함께 사는 여자와 노는 여자는 다르다며 얘기했다. 그게 정말 듣기 싫은 얘기였지만 이중 메시지를 보내는 여자를 직접 보게 되면서 관찰하게 되었다. 시간이 지나서 보니 남자들도 알고 있는 불안정 애착형 여자는 비교적 쉽게 부릴 수 있는 여성이라고 칭하는 것 같았다. 불안정 애착형 여자들이 주로 쓰는 매혹의 기술은 일반적인 연애의 느낌이랑은 좀 다르다. 지나치게 수동적이고 상대에 맞추느라 목을 맨다. 작은 배려, 작은 친절을 받아보지 못했던 결핍된 정서에 너무나 달게 느껴지기 때문이다. 그걸 보호해주려는 일반적인 남자들과 그런 결핍의 마음을 이용하려는 남자는 자신의 혹한 마음을 투사한다. 그렇게 인격이 없는 막 대해도 되는 여자, 하룻밤의 여자라고 얘기했는지 모르겠다.

사회에서도 수많은 근로자, 노동자들의 충족되지 않는 인정욕구를 가장 빨리 해소시키고 전환시키기 위해 연예사업과 성적인 프레임만 한 게 없었다. 수동적이고 끊임없이 일을 시키기 위해 계속해서 그런 본능에 충실한 삶을 주입시켰다. 한 남자로서 본능에 충실한 시신이야 평가힐 수 없지민 이미지미지 그런 메스컴을 즐거 보자 마음에 담기에는 항상 거리감이 생겼고 사실 부끄러웠다. 고딩 시절 아는 언니도 아버지가 고등학교 선생님이셨지만 아버지의 은밀한 취미를 다 알고 있었다. 사촌 오빠들도 야하다 못해 저질 만화를 돌려보는 걸 참 많이 봤다. 그걸 웃으며 가볍게 여기는 언니들도 있었는데 그 여유에 좀 부럽기까지 했다. 나는 그 감정에 꽤 오랫동안 수치심을 느꼈다. 오랫동안 성문제는 교육이 되지도 않았고 가정 내에서 성교육에 대해 뭐가 옳고 그른지 알려주지 않았다. 그저 감추고 여성들만이 조심해야 하는 영역이 많았다. 상담을 했던 A씨는 대학생 때까지도 통금이 있었고 단순히 남자 학우에게 전화가 왔다는 이유로 행실이 바르지 않다며 학교를 한동안 못 갈 정도로 혼이 났다고 한다. 그렇게 오랫동안 자식이라는 입장에서 그런 아버지를 항상 거리감 있게 두고 볼 뿐 모든 불편한 감정을 덮어버렸다. 그렇게 사춘기 딸로서 어떤 감정이 흘러가는지 모른 채로 말이다. 등굣길에 바바리 맨을 보고 흥분하며 그놈을 잡아야 한다고 성을 냈다. 부모님은 그 사람도 다 사정이 있다며 아마 그 집에서는 그 사람을 엄청 힘들어하고 있을 거라며 말리셨다. 너무나 박애주의적인 말이지만 너무 혼란스러웠다. 아마 남성인 아버지는 자신의 내적인 본능에 대해 얘기하나 싶어 자신이 놀라셨을 것이고 어머니는 성적인 수치심을 드러낸 적이 없어서 덮고 싶은 마음에 자신들의 입장을 대변하는 것 같았다. 그런 사람은 막상 잡으면 더 무서운 짓을 할지도 모른다는 것도 있었다. 일리는 있는 말이지만 어른이 된 지금 시점에서 보면 적어도 부모만큼은 누가 잘못했는지는 선을 그어주었어야 했다고 본다. "너 진짜 놀랐겠다~! 등굣길에 그런 일을 당하다니~!" 이 정도만이어도 되었다. **가정에서 보호해주지 못하는 딸**

은 스스로 정신을 차리지 않는 한 누구에게도 보호받지 못한다. 사실 보호받을 만한 상황이 안 오는 게 가장 좋지만 적어도 집에서만큼은 그런 보호를 해주겠다는 호언장담을 했어야 했다고 본다. 그래서 나는 가정을 이루는 보편적이고 너무나 정상적인 관계와 매체에서 보이는 포르노그래피를 꽤 오랫동안 구분하지 못했다. 나는 매번 보호받지 못한 사각지대에서 지금 돌아보면 너무 위험천만한 일탈의 유혹을 통인지 된장인지 모른 채 경험하며 자라게 됐다.

사실 아버지에 대한 미움을 발견하고 인정하기가 이렇게나 힘들었지만 그 상태에서 딸인 나를 배려하지 못했던 어머니께도 엄청 분노하고 있었다는 걸 알았다. 가끔 "여자인 엄마가 그런 말을 해도 돼?" 싶은 심정인 게 많았다. 상담했던 B씨는 평소에는 밤늦게 다니면 혼이 났다고 한다. 그런데 남동생이 늦게 오는 날이면 마중을 나가야 한다며 딸에게 다 큰 남자 동생을 안전하게 데려오라는 심부름을 받았다고 한다. 이렇게 애매한 교육 사이에서 눈치게임처럼 배우게 된다. 그리고 주변 가정사를 보면서 그리고 좀 더 격식 있고 우아하게 살고 있다는 세계의 사람들을 봐도 에로스의 지배력은 다르지 않다는 걸 뉴스를 통해 알았다. 그리고 세상에 자신의 부모님의 성역할을 투사해 사는 사람들이 많았다. 이걸 모르고 행복하게 사는 사람도 너무나 많다. 그게 어머니든 아버지든 그들만의 고수하고 있는 성역할이 있다. 그것이 예의이고 관례고 문화였으니까. 이게 나를 둘러싼 오래된 유리 케이지였다. 아직도 작은 유리 케이지를 발견할 때마다 놀란다. 너무 내 살 같아서 너무나 편해서 잘 몰랐던 것이다. 그렇게 내가 그려둔 완벽한 부모의 성역할에 대해 고정관념을 내려놓게 되었다 부모 입장에서 나는 어린아이여서 호기심조차 용납이 안 됐던 게 많았다. 마찬가지로 내가 성인이 돼 나는 되면서 부모님은 안 된다는 식의 무지도 내려놓았다.

내 안의 프로 생각러

　우리는 가슴으로 감정을 받아들이고 잘 처리하는 방법을 배우기보다는 머리로 생각을 조절하는 방법을 오랫동안 해왔다. 경쟁하고 빨리 선두를 달려야 하는 사회 분위기상 실수하고 실패하면 시간이 더 늦어지는 것 같다. 그 실수를 줄이고자 생각을 많이 하고 행동하는 연습을 했다. 그렇게 시간이 지나자, 나는 '프로 생각러'가 되어 있었다.

　우리는 자라면서 서로를 위해 자신만의 페르소나를 만든다. 그러면서 자신의 진짜 감정과 대외용 가짜 감정을 같이 배운다. 이것이 사회성의 시작이다. 자신의 본심을 많이 숨기면서 사회의 요구 사항에 맞추는 연습을 오랫동안 하게 된다. 그러면서 자신과 타협의 투쟁을 한다. 우리는 기분이 밝고 좋을 때는 아주 큰일도 대범하게 넘길 수 있다. 그런데 오히려 작은 습관이 쌓여 우리를 더 휘청이게 할 때가 있다. 이 습관은 자신의 감정을 사회 통념상 허용되는 감정과 동일시하는 행동이다. 남들이 허용하지 않았던 감정이 들면 인정하지 않고 덮어버리거나 스스로를 설득했다. 감정이 올라올 때마다 끊임없이 나를 비난하거나 비판했다. 내가 아주 감정이 힘들었을 때를 생각해보면 일 자체의 문제라기보다는 나의 감정을 외면하다가 어느 순간 브레이크가 고장 난 것이었다.

나는 원래부터 프로 생각러는 아니었다. 하고 싶은 게 있으면 바로 행동해보는 실행력이 있다. 그리고 시작할 때의 들뜨는 기쁨을 좋아하는데 그 기쁨이 우리나라 사람들 사회 정서상 당연히 표출해서는 안 되고 일을 시작하면서 과정과 성취의 기쁨을 표현하면 축하하기보다 무시하고 시기하는 사람이 많았다. 그 시기 사는 행동이라는 것은 꽤나 범위가 넓어서 서열구조를 좋아하는 우리나라 특성상 언제 어디서든 조금만 아래에 있으면 트집 잡히고 위에 있으면 시기를 샀다. 그 시기의 핀잔은 생각보다 힘이 컸다. 이런 사회적인 분위기는 나만 느끼는 것이 아니라 사회적으로 꽤나 성공했다고 하시는 분들도 그런 경험이 많았다.

나는 서른 중반이 넘어가고 있지만 아직도 내면에 어린아이가 있어서 여전히 남 탓을 하고 있었다. 나는 그냥 해보는 사람에 가깝다. 우리나라 특성상 뭔가를 했으면 일이 되어야 하고 돈으로라도 만들어야 시작할 수 있는 분위기라 더 생각이 깊어졌다.

또 집안의 분위기도 한몫했다. 집안 분위기가 엄격한 편이라서 아버지한테 혼나지 않는 아이로 커야 했다. 어머니 입장에서는 우리가 혼나는 게 싫고 가슴이 아프니 우리에게 한 번에 바르고 완벽한 행동하기를 요구하셨다. 물론 좋은 의도였지만 우리는 너무나 자연스러운 도전정신을 스스로 검열을 많이 했고 억압하는 게 습관이 되었다. 안 될 것 같으면 시작도 안 하는 사람이 되었다. 겉으로는 평범해 보였지만 속으로는 고집 센 아이가 되었다. 어차피 결과가 안 좋으면 혼나고, 끊임없는 평가에 노출되어야 했기 때문이다.

남들이 보기에는 '그 정도 경제력에 그 정도 상황이면 너의 마음만 고쳐먹으면 되잖아!' 설득할 수도 있다. 그런데 내 모습을 깨닫기까지 30년이 걸렸다는 것이다. 그 책임지고 뛰어야 하는 어른의 세계를 앞두고 깊은 내적 방황을 했어야 했다.

그렇게 오래된 장막을 벗겨내고 하나씩 시도를 해보았다. '나는 못 해, 누군가가 시기할 거야. 늘 중간만 해야 해.' 그렇게 중간만 하니 이도 저도 아닌 상태였다. 어디에도 낄 수 없는 상태, 열심히 하지만 성과가 두드러지지도 않는 상태 말이다. 누군가의 순위에서 중간만 해도 된다고 아예 데드라인을 정해버리자 나는 딱 그만큼의 사람이 되고 더 이상은 도전하지 않고 안전지대의 사람이 되었다. 그리고 그 안전지대라는 것도 내가 끊임없이 유지하려고 애쓰지 않는 한 도태되었다. 그러자 점점 불행한 감정이 더 많이 올라왔다. 오래전에 먼저 앞길을 튼 선배님에 대한 수많은 책의 공통점은 행복은 행동으로 옮기는 능동적인 행위에서 나온다고. '그렇지! 이거지!' 그리고 예전처럼 선택하는 신중함을 조금 줄이고 '그냥 해보자'에 초점을 맞췄다. 일출을 보면 해가 나오자마자 수많은 물안개가 말라 깨끗해지는 것처럼. 작은 행동 하나하나가 온갖 많은 생각들을 없애는 경험을 하게 되었다.

애기 아빠라는 멀미

"그렇게 힘들면 우리 1년만이라도 떨어져 살까?"

"따로? 다른 집에서? 너 그게 무슨 말인 줄 알아?"

바로 얼굴이 벌겋게 달아올랐다.

나는 사실 너무 겁이 났지만 눈물이 흘러도 또박또박 얘기했다.

"나는 지금의 당신이 너무 겁나고 무서워~! 더 이상은 이렇게 살고 싶지 않아. 난 나만을 위한 별거가 아니야. 당신이 그렇게 가장으로서 삶이 힘들고 우리가 버거우면 혼자 살게 해줄게. 최소한의 양육비만 지원해주면 나는 내가 알아서 살 테니까 혼자 살아봐~."

가장 가까울 거라 생각했던 사이가 이만큼이나 멀어졌다. 관계의 정리를 생각했던 큰 부분은 나 혼자 모든 것을 하고 있었기 때문이다. 나름대로 잘 도와준다고 하지만 회사 일에 치이면 그마저도 못하게 되고 눈치 보는 남자가 되어 있다. 자신의 엄마와 전혀 다른 세계관을 가진 아내를 맞이해야 했다. 육아하는 아빠에게 자신감을 세워주라기에 해봤더니 아이와만 놀아주면 매우 잘 하고 있다고 믿었다. 집안일과 육아의 1그램을 하고 세상에 이런 애기 아빠가 없다고 믿고 있었다. 나도 늘 날이 서 있고 쌀쌀맞았다. 그는 그대로 계속 회사에 적응하지 못해 힘들어했다. 그는 우리가 결혼하고 아이가 생기기 전까지 자상하고 밝고 활달한 성격이었다. 물론 나도 마찬가지로 상냥하고 밝았다. 그때도 급한 성격에 화끈한 것은 맞았지만 이 정도까지는 아니었다. 우린 양가 도움을 받지 않고 우리들이 돈을 모아서 집을 준비했다. 3년이 되기 전에 열심히 모아 대출을 끼고 집을 구입했다. 정말 그때는 행복했다. 나는 지난 경험으로 만들어진 '좋은 게 좋은 정신'과 낙천적인 성격이 있어서 앞으로 우리가 해야 할 일에만 집중을 하자고 마음먹었다. 그리고 나는 육아 기간인 만 3년만 지나면 다시 복귀를 할 예정이었다. 그럼에도 남편은 항상 그 대출 갚을 것에 대해 너무 과도하게 두려워하고 힘들어했다. 그러면서 내가 교양 책을 읽거나 돈 공부를 위해 책 읽는 것도 싫어했다. 그전까지는 '뭐라도 배우는 게 좋다' 했던 사람이 경제 관련 책만 봐도 "넌 왜 그렇게 돈돈거리니? 이렇게 냉장고 앞에 쓰고 붙이고 안 하면 안 돼? 난 이런 거 너무 싫어~." 주말마다 오는 남편은 자기 계발이라는 게 허황된 꿈처럼 보였나 보다. 남자들은 왜 이렇게 모를까? 자기 계발 하는 여자를 밀어주면 적어도 잡지만 않아도 자신이 숨을 쉴 수 있다는 걸. 숨을 쉬려면 여자도 무언가를 배우고 소화할 시간이 필요하다는 걸. 남편은 남들 보기에 좋은 대기업에 다녔고 이직을 자주 했지만 다행히 좋은 기업에 들어갔다. 그렇게 우린 기러기 가족생활을 시작했다. 그럼에도 남편은 월급 받을 때, 놀러 갈 때 빼곤 행복한 적이 없었고 주말에만 일시적으로 급한 불을 끄고 니기는 사람처럼 스스로를 괴롭혔다. 자신의 일상에서 감사함을 전혀 못 느끼며 살고 있었다. 감사함은커녕 수많은 불안을 싸들고 집으로 들어왔다. 세상 모든 자괴감과 함께.

일상이 너무 당연해서 감사함을 잃어버리게 될 때 가장 자기다움에서 멀어진다고 생각한다.

그렇게 자신이 망가지는 것을 몰랐다. 옆에서 아무리 자신을 세우는 법에 관한 책, 취미를 배워보라고, 신경정신과 병원을 가보라고, 심리 상담을 권해도 그뿐이었다. 어느 것 하나도 나서서 행동하지 않았다. 재밌는 것은 어머님께도 매일 전화를 해 상담했고 친구에게도 나에게도 매일 상담했다. 그런데도 변하지 않았다. 나는 일을 몇 번이고 때려치우라고 했다.

"오빠~ 오빠 우울증인 거 같아. 일 그만둬버려~."

"내가? 네가 우울증이겠지~. 난 아냐~."

그리고 며칠 지나 육아휴직 한다고 말했다며 겁에 질려 흑 빛이 되어 눈물로 일그러졌다. "잘했어~! 진작 그만두지 그랬어! 난 일하고 싶었는데 더 잘됐어~. 혼자 짊어지게 해서 미안해~. 우리 잘해낼 거야~!" 서로 위로하면서 진심으로 울었다. 남자에게 육아휴직은 달콤하지만 공포의 대상이다. 다시는 그전의 삶을 살 수 없다는 공포의 큰 산이다. 승인을 기다리는 과정에서 남편은 그다음 날도 그 다다음 날도 그렇게 쭉 행복해하지 않았다. 행복은 바라지도 않았다. 좀 쉬기만 했어도 좋을 거 같았다. 뭔가 해방되어서 좋아할 줄 알았던 남편은 그마저도 안 됐다. 취미도 자신이 흠뻑 빠져 좋아할 만한 일도 없었다. 오로지 그냥 회피만 하고 싶었다. 그런데 더 내가 용서할 수 없었던 것은 쉬기로 결정했는데도 너무나 안 좋은 아우라를 풍기며 우리를 괴롭히는 거였다. "오빠! 밖에 나가서 바람을 쐬어보든지 아님 푹 잠을 좀 자~", "내가 보기 싫어? 내가 그냥 잠이나 잤으면 좋겠어?"

이렇게 삐뚤어져 버린 대화만 해댔다. 그러면서 정말 아무것도 하지 않고 이력서 사이트만 내내 들여다봤다. 잠시도 쉬지 못했다. 너무나 어린아이처럼 아버지나 남편의 경계는 이미 버린 지 오래고 자기 연민, 자기 집착적인 성격, 오로지 똥고집만 가득한 남편이 남아 있었다. 밤마다 꺼져가는 남편의 불안정한 에너지를 진화하느라 육아에 쓸 에너지가 고갈되고 있음을 느꼈다. 그런 상태에서 남편은 점점 인색해졌다. 우리는 아이가 생기고부터 천천히 긴축재정을 시작해서 130만 원대로 생활비로 쓰고 있었다. 그런데도 생활비 내에서 물건을 사도 난리를 쳤다. 그러던 어느 날 돌아가신 아버님이 계신 추모공원에 가게 되었다. 정말 오랜만에 간 거라 꽃이라도 하나 드리고 싶었다. 남편이 이런 상황이면 기복이 저절로 나온다.

"오빠~ 이 꽃 하나 사가자~", "됐어~! 다 상술이야 상술~! 꽃 필요 없어~! 마음만 있으면 되지~!" 나는 바로 받아쳤다. "그럼 여긴 왜 왔어? 마음만 오면 되는 거잖아." 그러고는 나는 남편만 보내고 밖에 서 있었다. 너무나 화가 나서 온몸이 타들어가는 걸 느꼈다. 너무나 해맑은 아이를 보자 더 화가 났다. 이토록 인색해져 버린 남편이라면 아이에게 도움이 되지 않을 거다. 난 나의 자상한 남편까지는 포기했는데 이토록 자신의 아버지한테도 인색한 아빠를 보고 자라게 하고 싶지 않았다. 언젠가 내 아이, 우리 부모한테 주는 용돈은 얼마나 아까울까 싶었다.

모든 희생은 자기가 선택한 게 아니라 떠밀려서 한 거라면 언젠 간 바닥이 나겠다고 생각했다.

분명히 이 결혼은 자기가 서둘러서 우겨서 한 거였다. 남편과는 사이가 좋은 편이었고 서로 성격이 강한 탓에 서로 건들지 않는 경계가 뚜렷했다. 아이를 가진 채로 5개월까지는 일을 했고 그 후에는 아이를 위해 쉬었다. 그 2년 남짓의 시간 동안 남편은 그 어깨에 진 책임감에 눌려 옆에 육아로 우울한 아내를 돌볼 힘조차 없이 자신부터 잃고 있었다. 나는 용기를 내서 20대 내내 멘토가 되는 작가님께 직접 편지를 보내 이 상황을 어떻게 해결했으면 좋겠냐고 여쭀다. 극단적이지 않고 잘 해결하고 싶다고 덧붙였다. 내가 예상했던 답도 있었지만 가장 먼저 하셨던 말씀을 나는 가슴에 새겼다. '요즘 같은 시대에 이혼을 해도 된다'라고. 오히려 헤어질 수도 있다는 마음을 먹어야 결혼생활을 더 잘 유지할 수 있다고 말이다. 이 선택이 딸아이에게는 한번 크게 건너야 할 고통이 되겠지만 적어도 **'나 하나만 참으면 돼~' 하는 피해의식적인 사고방식을 대물림하지 않겠다고 마음먹었다. 앞으로 우리의 소중하고 아름다운 일상을 자신이 힘들다는 이유로 수많은 공격을 하는데 방어하지 못하고 밝은 척 연기하며 '인생은 아름다운 거야' 포장하는 엄마를 내면화하게 두지 않겠다고 마음먹었다.** 절대 놓지 않겠다던 가장 소중한 내 편인 남편을 내려놓자 마음이 선명해졌다. 이미 당신 스스로가 버린 당신까지 책임져야 된다는 마음을 내려놓고 남편에게 얘기했다. "우리가 나가든 오빠가 나가든 오빠가 원하는 대로 해줄게. 그리고 이제 회사에서 힘들다는 얘기, 나한테 하지 마. 여태까지 했듯이 어머님하고 친구들하고 상담해. 나한테는 일절 그런 얘기 하지 마. 나도 힘들어!"

그리고 나는 감정적, 정서적 창을 닫았다. 그렇게 나는 글과 그림에 매진했다. 앞으로도 나의 좋은 감성은 비싼 값을 치르고 만나게 해주리라 생각했다. 무한정 베풀어도 행복해하거나 고마워하기는커녕 끊임없이 자신의 감정 쓰레기통으로 만드는 사람은 무대응이 답이다. 상식적으로 꼭 필요한 것은 해줬지만 그 이상은 절대 해주지 않았다. 무시하기로 애쓰는 게 아니라 내가 하고자 하는 일에 집중하기로 했다. 소중한 에너지를 미움으로 소모하기는 아까웠다. 마음으로 별거를 했다고 생각했다. 그리고 **남편의 기분을 맞춰주느라 그 기운을 바꾸느라 전전긍긍하던 시간을 모두 나에게 쓰기로 했다. 그동안 이기적인 거라고 미뤄왔던 내 일을 위해 계획을 세우기 시작했다.** 당연히 남편 성격상 내가 일찍 일어나도 빈정거렸고 뭔가를 열심히 글을 쓰거나 이미지를 담거나 영상을 찍고 그림을 그리고 있으면 "뭐 하냐" "뭐 얼마 하지도 않을 거~" "그거 한다고 돈이 나오냐?"고 깐죽댔다. 그래도 담담히 무표정으로 내 할 일을 했다. 나는 남편이 회사를 다니든 말든, 회사 일로 힘들다고 징징거리며 울든 말든, 절대 흔들리지 않을 나만의 새로운 섬을 만들었다. 연금술사 책을 보면서 너무 이상적이라고 얘기하신 분도 있었다. 그런데 나는 그 이상적인 문구에서 가장 현실적인 답을 얻었다.

'이제 더 이상 오아시스가 안전지대가 아니다. 저 사막이 안전지대다.'

그래 이거다. 나는 사막이라고 생각하는 저곳을 가야겠다고 마음먹었다.

Drawing Therapy Time:
[dream oasis 2020. 4]

남편, 자식, 부모님, 친척처럼 가깝다는 이유로 부당한 가스라이팅을 사랑으로 얘기하기도 합니다. (가스라이팅이란 타인의 심리나 상황을 교묘하게 조작해 그 사람이 스스로 의심하게 만듦으로써 타인에 대한 지배력을 강화하는 행위로, <가스등(Gas Light)>(1938)이란 연극에서 유래한 것이다.) 가스라이팅 하는 가해자가 가장 문제가 있지만 당하는 사람이 먼저 용기를 내야 합니다. 계속 당하고 있으면서 세상 탓을 하며 원망심만 키우는 것은 자신을 사랑하는 태도가 아닙니다. 자신을 사랑하는 태도 중 하나는 나 자신을 지키는 일입니다. 복수한다며 같이 때리지 못하지만 정면으로 대응할 수 있어야 합니다. 이유 없이 상대가 나를 규정하려 들면 그런 순간마다 정면으로 응시해보세요. "그건 당신 생각이고 난 달라~", "그 말 나보고 하는 소리야?", "왜 그렇게 빈정거려~? 앞으로 그런 말은 안 해 줬으면 좋겠어!" 함부로 막 대해도 될 만한 사람에서 벗어나는 것입니다. 나는 사랑받아 마땅한 사람입니다. 진심으로 귀한 대접을 받아도 모자란 소중한 나 자신입니다.

고운 소리, 사랑의 태도에는 귀 기울여 반응해주고 이유 없는 쓴소리, 입바른 충고, 화풀이 지적은 대꾸도 하지 않습니다. 그 자리를 바로 뜹니다. 끊임없이 일관성 있게 대응하는 순간 상대도 알아차립니다. 나와 만나야 될 상대가 아니라면 그 상대가 먼저 링에서 나가게 됩니다. 같은 링에 있고 싶은 상대는 계속 자신의 상태를 거울로 비춰주면 상대도 자기도 모르게 배운 대로 하고 있다는 걸 자각합니다. 그때 자신을 돌아보게 하는 사랑을 주는 겁니다. 일방적으로 당하고 있다면 그건 착한 게 아니에요. 사랑도 아니에요. 이제는 피해자 마인드에서 벗어나세요. 피해자 자리에서 탈출하세요. 응원합니다.

불행의 프레임 벗기

나는 가장 부러운 사람이 있다면 인생이 취미처럼 쉬운 사람이다. 어쩜 한 번의 굴곡이 없을까 싶은 금전적 재산이나 인맥, 정서적 재산이 많은 사람들이 부럽다. 그런 사람은 없다고 늘 배웠는데 싸이월드를 시작으로 SNS와 유튜버를 통해 세상에는 멋진 인생을 사는 사람이 많다는 걸 알게 되자 한참을 허무했다. 내가 직접 눈으로 만나본 부자들은 그나마 그 세상에서 투쟁이라도 하는 기분이었는데 그들은 투쟁은커녕 일상이 휴양이고 여행이었다. 나는 내가 하고 싶어 하는 일, 배우고 싶은 일이 많아도 단계 단계마다 어찌나 갈 길이 먼지 인내심이 바닥이 났다. 그림 그리는 삶을 살고 싶다는 순수한 소망도 어찌나 먼지, 그 소망에 숨이 붙어 있을까 싶은 상태가 계속되었다. 내 안에 부러운 대상들을 계속해서 지켜보고 바라보면서 한동안 내 인생을 한참이나 한탄했다. 그러자 그런 내 마음 상태를 반영하듯 늘 부러운 사람들이 계속해서 나타났다. 내가 긴축재정을 하기로 결정하고 주변을 살펴보았다. 정말 100만 원 남짓 삶을 선택하자 당당하고 싶은 마음과 스스로 위축

되는 마음이 동시에 있었다.

내가 몸담고 있던 곳이 워낙 부유한 사람들이 많아서였을까, 결혼하고 육아를 하는 과정에서도 격차가 많이 벌어졌다. 가끔 절약형 유튜버들은 허영이 많은 사람이 많다고 했는데 내 주변에 있는 사람들은 허영이 아니라 진짜 그런 사람들이었다. 앞에서는 자신의 부유함을 낮춰서 평균적인 사람들보다 못사는 사람인 척하다가 실생활에서는 누구보다 풍요로웠다. 그걸 알게 되자 나는 좀 억울한 감정마저 들었다. 그렇게 혼란스러운 감정이 한참을 방황하게 했다. 그래서 나는 정면 돌파를 해보자고 마음을 먹었다. 내가 마주한 현실이 내 상상과 일치하는지 말이다. 나는 한때 우리 친정집이 엄청 불행하고 엄청 가난한 집인 줄 알았다. 일부 불행한 사건은 불행한 집으로 만들기 좋았다. 경제적인 면에서 보면 가장 흔한 근로자로 근검절약으로 이뤄진 집이라 넘쳐나지는 않지만 넉넉하다. 내가 스무 살부터 원룸에 살아서 그랬는지 방이 한 칸만 더 있어도 좋았고 주방이랑 방이 분리가 되는 투룸에 살게 됐을 때도 정말 감사했다. 그런 쪼들린 일상을 경험하고 고향집에 내려왔을 때 사람들이 가진 풍요에 비해 너무나 많이 힘들어했다. 그게 마치 배신감처럼 느껴졌다. 정말 잘 차려진 밥상에 다들 울상만 하는 거였다. 울상에 늘 투덜투덜해서 난 정말 우리가 많이 못사는 줄 알았다. 적어도 내가 한없이 위로만 바라봤을 때, 상대적으로 우리 집은 부족했지만 우리 집만의 장점이 있다고 생각했다. 심지어 일에 집중했을 때에도 우리 집의 장점만을 늘 생각하고 바라보고 얘기했다. 그런 내가 편집적인 자아라도 그게 나를 위해서는 더 좋은 선택이었다. 그런데

10년 내내 엄마의 전화로만 들었던 우리 집은 실상과 많이 달랐다. 행복하고 기쁘기에 충분했다. 항상 행복을 찾아 헉헉거리는 상태였던 가족을 다시 바라보게 되자 내가 그동안 주입받았던 내 가족이 제일 불행하다는 프레임이 보이기 시작했다. **지금의 행복을 위해 도대체 뭐가 얼마나 더 필요한가.** 항상 엄마를 위로하고 응원해줬는데 실상의 우리 집은 나와는 비교도 안 되게 잘 지내고 있었다. 엄마에게 늘 부족하고 아쉬운 첫째에 대한 마음이 있었는데 그 마음은 나에게도 늘 투사되어 내가 잘 하고 있을 때 기쁘면 첫째 투사가 되셨고 내가 잘못되면 세상에서 가장 힘든 사람 투사가 되셔서 더 힘들게 했다. 엄마의 그 강력한 가난과 불행 가스라이팅은 정서적으로 든든한 버팀목이 아니라 내가 무너지면 엄마마저 무너진다는 불안함으로 자라났다. 그게 스스로 자립하고 독립하는 정서를 만들어냈지만 부모님만 생각하면 든든하고 넉넉한 그런 마음은 가질 수 없었다. 그런 내가 눈을 떴다. 우리 친정집이 더 이상 불행한 집이 아닌 것처럼 우리 집, 내 상황, 내 형편을 다시 눈을 뜨고 봤다. 우리 집은 그 시작점과 비교해보면 이만하면 충분히 풍족하다. 이만하면 되었다. 불행한 친정집을 내려놓자 나도 모르게 다시 프로그래밍하고 있던 결혼 후, 우리 집에 쳐놓은 프레임이 보이기 시작했다. 그런 시야가 있었다는 걸 알게 되자 나는 비로소 온전히 우리 집을 바로 보기 시작했다. 나는 예나 지금이나 행복하다. 그리고 이만하면 충분히 만족스럽다. 내게 필요한 모든 것이 지금 이곳에 모두 있었다. 이제 내가 그 삶을 누리기만 하면 되는 것이었다.

너무 착한 딸은
너무 사랑 고픈 딸이었음을

사람은 모두 연결되어 있다고 한다. 어떤 작은 사건조차도 나비효과라는 말이 있듯이 내면의 변화를 읽음으로써 분명 자신 안에 있는 변화도 발견되리라 짐작해본다. 내가 앞서서 말한 대로라면 나는 굉장히 진취적이지만 뭔가 가족이 발목 잡았다는 식의 글을 쭉 이어서 썼다. 이 중에 강력하게 집착한 내 모순적인 관념이 있었다. 나의 약점이자 가장 나를 병적이게 하는 프레임이 뭐였을까? **하나는 엄마에게 어릴 때 못 받은 사랑을 확인받고 싶다는 마음이었고 또 하나는 정서적, 경제적으로 도움 받고 싶은 의존적인 마음이었다.**

나는 반쪽짜리 독립을 하고 있었다. 학비는 아버지가 다니는 회사의 도움으로 다녔지만 기타 생활비는 직접 벌었다. 그래봐야 월 30만 원에서 시작한 거라 정말 빠듯했다. 기숙사 생활을 하다가 처음 일을 해야겠다고 마음먹었더니 기숙사 학칙으로는 도저히 일을 할 수 없는 시간대였다. 그래서 자취를 시작했다. 그때 부모님이 월세를 위한 보증금을 내주셨다. 그때 내가 정신을 좀 차렸다면 내가 이 보증금이 있을 때 돈을 많이 모았더라면 좋았을 텐데 그때는 그런 종잣돈 개념이 없이 지금 당장 필요한 컴퓨터, 카메라, 재료비, 내 생활비, 내 꾸밈 비용에 다 썼다. 사실 그거로도 하루하루가 겨우겨우 돌아갔다. 나중에 내가 버는 돈의 액수가 커지자 점점 여유를 찾았다. 내 보증금은 까맣게 잊고서 자꾸 그 목돈을 부모님을 위한다며 좋은 옷, 좋은 책, 좋은 효도를 하기 위해 드렸다. 물론 아직 자리 잡지 못한 남자 형제를 대신해 부모님을 위한다는 몫으로 말이다. 그래서 나는 두 사람 몫으로 효도해야 한다는 아무도 좋아하지 않는 사명을 걸고 스스로 열심히 뛰었다. 평소에도 많이 싸우셨지만 특히나 부모님이 사이가 안 좋아진 시기가 있었고 그때쯤 나는 좀 억울하고 부모님한테 배신당했다는 생각이 들었다. '난 가족들을 위해 이렇게까지 성공하려고 하는데 왜 나만 이렇게 애쓰지?' 그때 한차례 삐딱선을 타면서 방황하는 돈 쓰기를 시작했다. 나중에는 어머니가 아버지 흉은 물론 다른 형제에 대한 넋두리, 직접 볼 수 없는 형제를 관찰하고 보고하는 일종의 CCTV를 시키는 거였다. 특별한 자식에 대한 사랑은 끝이 없어서 집착인 줄 모르고 끊임없이 개입을 하셨고 나는 그걸 볼 때마다 지적했다. 그런 CCTV의 역할은 그걸 당하는 형제도 모를 리 없고 서로 우애라는 게 생길 수 없는 접점이었다. 그러다 완전히 적벽대전을 겪었는데 어머니 친구분께도 똑같은 레퍼토리를 들은 적이 있다. 착한 딸이 효도하다며 위로하다고 준 돈을 돈대로 받고 그 돈은 형편이 안 된다고 '믿는' 아들에게 준다는 것이었다. 나에게는 매번 강한 생활력을 요구하면서 본인 아들에게는 항상 안쓰럽다는 이유로 모든 생활용품을 다 사주셨다. 나는 그게 참 불편하고 못마땅했다. 나도 불평을 하자 돌아온 말은 항상 "그래 너 잘났다! 너 혼자 잘됐냐?" 등등 구박을 하시다가 결국에는 세상의 진리를 끌어다 "더 가진 사람이 참아야지"라는 말을 들어야 했다. 머리로는 너무나 잘 알고 있지만 가슴은 너무 쓴 그 맞는 말. 나중에는 나의 신앙적인 면이 깊게 닿아 있는 스님들까지 내 얘기는 듣지 않고 엄마 입장에서의 조언만 하셨다. 억울함의 끝을 달리다가 결국 선포했다.

"늘 나에게는 돈 없다는 얘기만 주야장천 하더니 결국에 아들에게 줄 돈은 있는 거 아니야?"

내 안의 온갖 사랑 고파 병이 나를 장악하기 시작했다. "난 엄마한테 돈 한 푼도 주지 않을 거니까 앞으로 엄마 혼자서 다 알아서 쓰세요!" 그렇게 반강제적인 경제적 구분이 이뤄졌다. 그러자 이젠 방을 뺀다고 하셨다. "그동안 내준 전세자금 이자만 해도 얼만데 보증금 알아서 해~." 그때라도 정신 차리고 돈을 모을라치면 좀 지나서 또 돈을 내야만 하는 가족 행사, 어떤 상황을 얘기하셨다. 애증도 이런 애증이 없다. 일찌감치 딸들은 돈을 좀 모아두라는 수많은 언니들의 독설에도 나는 꿋꿋이 '너무 착하다'는 수식어를 버리지 못해서 그 누구에게도 착하지 못한 딸이 되었다. 그리고 그 문제를 풀고자 심리 상담을 받았지만 상담을 가장한 영성사기집단에 내가 정신적인 사기까지 당하게 되자 자립의 돈벌이는커녕 완전히 모든 걸 부모에게 맡겨야 되는 입장이 되었다. 그때 부모님도 우리 가족의 자존심인 내가 쓰러지자 같이 힘들어도 했고 처음에는 위로를 해주시다가 점점 원색적인 비난도 받았다. '믿었던 너마저'라는 그 나쁜 딸 프레임을 씌우기 시작했다. "아유~ 혼자 잘나가는 척하더니 꼴좋다." "수박이라고 예쁘다고만 했더니 완전 잘못 알았네!" 착한 딸 아니면 나쁜 딸, 중간은 없는 이 가족의 프레임, 그나마 5할의 독립적인 생활은 영위할 수 있었는데 이젠 그마저도 모두 잘못된 결과로 맞이했다. 독립적인 자생력은 갖춰졌고 내게 필요했던 것은 경제적인 밑천을 준비해야 했다. 그렇게 밑도 끝도 없는 불편한 집착의 사랑을 버렸다.

그리고 그날부터 사랑이 무엇인지 하나씩 배우기로 마음먹었다. 아니 내가 살기 위해서 진짜 사랑이 무엇인지 알아야 했다. 내가 조금씩 모았던 그 돈을 모아 집부터 나가야지 생각할 즘 남편을 소개팅으로 만나게 되었다. 남편도 나와 같이 집에는 손 벌리지 않고 당연히 마땅히 우리 스스로 집을 꾸려야 하는 건강하고 독립적인 사람이었다. 굳이 말려도 주시는 사랑은 받지만 당연하게 아들, 딸이라서 받아야 하는 경제적인 지원에 대해서는 일절 받고 싶지 않다는 공통적인 의견이었다. 공경과 도리는 하되 그 이상 그 이하도 하지 말자고 얘기했고 실제 그런 효를 행하는 형님들을 보면서 내 기준에서 조금 많이 섭섭한 사랑을 배우기 시작했다. 그렇게 나에게 남아 있는 의존적이고 끈적끈적한 집착적인 사랑이 조금씩 힘을 잃어가게 되었다.

내면의 엄마를 안아주기

내면에 항상 나에게 조언하는 엄마가 있다. 자나 깨나 나를 걱정하는 엄마가 있다. 엄마는 굉장히 순수했는데 삶에 짓눌려 뭔가가 바뀌기 시작했다. 성격도 말투도 얼굴 표면도 그리고 원래 가지고 있었던 엄마의 목소리마저 바뀌기 시작했다. 나는 내 깊은 마음속에 엄마가 세상에서 가장 행복했으면 하는 마음이 있었다. 사랑받아 마땅한 엄마인데 뭔가 자꾸 푸대접 받는 느낌이 싫었다. 아빠도 나름의 사정이 있었겠지만 나는 딸이기에 엄마가 더 마음이 가고 안쓰럽게 느꼈다. 일이 수틀려지면 내 민낯을 보기 싫어 전부 엄마 탓으로 돌렸다. 그런 엄마가 속상하면 나는 다시 가책을 느꼈다. 엄마는 슬픔이나 아픔을 참는 사람이었다. 최근에야 들어도 흘리는 기술이 생기셨지만 그전에는 엄마는 슬픔이나 고통을 모두 끌어안고 혼자 우셔야 했다. 우리에게도 들키면 안 돼서 밝은 척 애를 쓰셨다. 난 그런 밝은 연기를 하는 엄마가 늘 안쓰러우면서도 애써주심에 감사했다. 나는 엄마의 짐을 가끔 들어주었다, 그 짐들을 나누어 들면 엄마가 가벼워질 줄 알았다. 그래서 내 마음 속에는 항상 내가 성공해서 엄마를 탈출시켜야 하는 소명이 있었다. 언제부터 생긴 건지는 기억이 나지 않았다. 아빠의 힘듦도 이해가 됐고 엄마의 힘듦도 이해가 됐다.

그래도 엄마는 밝음을 계속 유지하려고 애를 쓰셨다. 엄마는 그 힘듦을 절에서 수행으로 마음을 닦으셨다. 처음에는 절을 무리하게 하시는 모습이 마음이 아팠다. 엄마는 이게 다 업장을 녹이려는 것이라고 했다. 그렇지만 엄마는 늘 밤마다 종아리 통증으로 힘들어했다. 엄마는 몸이 약했고 눈에 항상 힘이 없었다. 정말 간신히 눈을 뜨는 모습이었다. 그런 엄마가 속으로 걱정하는 것을 들어주는 게 내 일이 되었다. 나는 그것이 내가 밝음을 유지하는 원동력이 되었다. 그런데 시간이 지나서야 알았다. 엄마는 자신 스스로를 사랑하는 법을 잃어버린 것 같았다. 오로지 헌신과 다른 사람의 돌봄으로 사랑을 느끼셨다. 엄마는 외할머니 댁에서 두 삼촌을 위로 두고 딸로서 맏이였다. 그런 엄마는 명예나 주목받는 일은 모두 아들에게 기회가 갔고 총명하고 성공에 관심이 많았던 엄마에게는 계속 뒷바라지를 해야 하는 시간을 지나야 했다. 돈을 벌기 위해 어린 나이에 친척집에서 일도 하셨고 학교도 한 해를 늦게 들어가게 되어서 회장도 하셨다고 한다. 등록금이 없어서 대문 앞에서 눈물을 흘렸었다는 얘기도 기억이 난다. 그렇게 총명했던 엄마는 책도 좋아하셨고 한 번씩 신문을 꼼꼼히 읽어보시던 모습이 눈에 그려진다. 그랬던 엄마가 세월이 지나고 거친 우리 가족들과 엮이면서 점점 거칠어지셨고 갱년기를 지나 하소연이 많아지고 그런 말을 들은 나는 또 가속이 자꾸 왜곡되게 보였다. 그 과정을 한참이나 유지하다 거리를 두게 됐다. 물론 그런 불쌍한 엄마와 대면해서 기 싸움을 하면 마음은 마음대로 상하고 이겨도 져도 속상한 반복을 했다. 내 마음속에는 단지 엄마가 엄마를 위해서 살았으면 하는 마음이었다.

작년에 나이가 지긋하신 외할머니 생신 때 다 같이 모였다. 엄마는 그동안 외할머니께 그리고 돌아가신 할머니께 배운 산해진미를 한 상 차려놓고 외할머니를 맞이했다. 나는 그 큰 상을 차리느라 분주한 엄마의 뒷모습에서 울컥하는 마음이 올라왔다. 엄마는 외할머니한테 저만한 사랑을 받아보셨을까? 오빠, 동생들에게 모두 양보해야 하는 맏딸은 사실은 저만한 상차림을 하고서 얼마나 칭찬받고 싶으실까. 얼마나 인정받고 싶었을까? 그때 외할머니가 침묵을 깨고 "하이고~ 고생 많았데이~" 하시면서 먹어도 된다는 신호를 보내고서야 엄마는 숨을 돌렸다. 그때 그 등 뒤에서 엄마의 내면 아이를 보게 된 것 같았다. 엄마도 딸로서 얼마나 사랑받고 싶었을까. 외할아버지가 외할머니 나이로 50이셨을 때 돌아가셨다고 한다. 그때부터 줄곧 엄마는 그 모든 집안의 대소사의 잔일을 엄마가 도맡아야 했다. 나는 외할아버지가 돌아가셨을 때 엄마의 배 속에 있었다고 한다. 그때 임신한 나 때문에 많이 울지 못하는 엄마에게 오랫동안 미안했다. 그 자잘한 감정을 대면하고 참 많이 울었다.

그렇게 많은 눈물을 지나자, **문득 엄마의 행복은 엄마가 선택하는 거라고 알게 됐다. 딸인 내가 책임져서도 안 되고 판단해서도 안 된다는 걸 깨달았다.** 그제야 엄마는 역할로서의 '나의 엄마'가 아닌 진정한 한 사람으로서의 정서적인 독립체로 보이기 시작했다. 그렇게 너무나 당연한 자각이 올라왔다.

깊은 우울을 헤쳐 나오다

가족의 고질적인 내적 불행을 인정하자 내게 필요한 사랑과 불필요한 사랑을 구분하기 시작했고 내게 꼭 필요한 만큼만 사랑받기로 선택했다. 예전에는 '좋은 게 다 좋은 거야. 엄마가 해주는 건 다 좋은 거야.' 믿었고 그 믿음을 나에게 계속해서 설득했다. 그래서 늘 수고스러운 엄마를 위로하고 기쁨을 주어야 했다. 그랬던 엄마라 결혼 후에도 갑자기 전화해서 만나자고 해도 거절을 잘 못 했다. 상황상 거절하게 되면 그 부채감이 꽤 오래갔다. 엄마가 상처받을 거라고 생각했다. 그런데 시간이 지나 보니 알게 된 진실이 있다. 앞서 말했듯이 **나는 그 누구의 행복에 개입하거나 관여할 의무나 권리가 없다는 것이다.** 그건 법륜 스님의 공이 크다. 나는 끊임없이 괴로워 신체화 증상이 오는데도 앞에서만 할 도리만 하면 그게 효인 줄 알았다. 부모 욕하는 것은 자기 얼굴에 침 뱉기라는 말에 꾹꾹 눌러 담았던 마음이 시간이 지나자 우울증으로 바뀌어 있었다. 어쩌다 털어놓은 마음의 얘기도 누군가의 가십이 되자 더 이상 입을 열고 싶지 않아졌다. 특히나 아이를 대할 때마다 내게 숨어 있던 화와 슬픔을 대면하면서 내게 남아 있던 희망마저 불살라지는 걸 느꼈다. 가끔 조리원동기들을 보면서 친정 부모님에게 또는 시댁 부모님에게 정서적으로나 재산적으로 당연하게 기대는 저 마음이 어디서 생긴 건지 궁금할 때가 있었다. 그들은 흉도 보고 또 기대었다. 가끔은 저 천진함이 부러울 때가 있었다.

나는 오히려 친정에 선을 긋고 어느 정도 마음의 바운더리를 치자 오히려 모든 게 편해졌다. 처음에는 엄마가 와서 내 살림에 자꾸 개입하려 들자 일일이 다 막아서고 세상 까칠하게 경계선을 지켰다. 지금도 공공연히 엄마가 혹은 아빠가 내 살림살이, 육아에 지적을 하려고 하면 나는 다 싫은 티를 낸다. 예전처럼 '예~예~ 엄마가 하라는 건 다 좋더라고~' 하면서 기쁨을 연기하지 않는다. 정말 끝없이 개입하기 때문이다. 내게도 예의가 아닌 정말 기뻐서 나오는 웃음이 있겠지 하는 작은 바람 정도가 있다.

이미 칭찬받고자 하는 마음을 버렸고 내 성공에 시시비비를 가리고 비교 분별하는 감시자가 사라지자 조금씩 마음이 풀어졌다. 그리고 시간이 지나자 그 부족한 사랑을 남편에게 기댔던 걸 알았다. 남편에 대해 의존하고 기댔던 마음을 인정하자 내가 마땅히 했어야 할 자립을 조금씩 행동으로 하게 되었다. 나는 예전 세대의 사람들처럼 고분고분 말 잘 듣는 새댁이 아니다. 더군다나 '착해빠진' 역할에 모두 손과 발을 빼기 시작했다. 이쯤 되면 엄청 못되게 구는 줄 알지만 할 도리는 한다. 시기적절하게 찾아뵙고 용돈도 드린다. 그렇지만 그 이상을 바라지도 않고 그 이상을 하진 않는다.

그렇게 있는 그대로의 나를 받아들이자 내가 정말 하고 싶었던 많은 것들이 선명해졌다. 뭐 시작만 하면 바로 결과를 바라는 식의 관찰자도 사라졌고 스스로 시작하고 스스로 끝내면 되는 '나를 살리는 프로젝트'를 시작했다. 가장 먼저 내게 기쁨과 감동의 순간을 찾기로 시작했다. 그리고 내가 좋아하는 그림을 다시 시작했다. 처음에는 작은 그림을 그렸다. 그리고 나를 수렁으로 이끌었던 심리치료에 대해서 공부를 직접 하고 자격증을 땄다. 그리고 나의 가짜 영성 단체에서의 아픈 상처도 대면해 다른 사람들도 실수할 법한 차이점에 대해 분석했다. 열심히 강의도 찾아보고 공부를 하기 시작하자 좋은 법에 대한 공부와 영성 관련 좋은 책들을 발견하기 시작했다. 그리고 **온 세상이 드디어 내가 마땅히 걸어야 할 선로를 준비한 듯 너무나 가뿐하게 착착 길이 열렸다.** 내게 가장 필요한 '바운더리'가 생겼다. 그것도 아주 말랑말랑 유연한 바운더리가 생겼다. 우울한 과거는 또 한 명의 우울한 누군가를 살릴 수 있는 백신이 되리라 믿는다. 그리고 나를 지켜주는 나만의 백신 연구는 글과 그림을 통해 계속해서 진행할 예정이다.

내 안의 변화들

　요즘의 내 일상은 좀 변화가 많다. 다른 사람들은 그 정도의 변화는 별거 아닐 거라고 생각할 수도 있지만 나에게는 뭔가 하루하루 다른 삶을 사는 것처럼 새롭고 변화무쌍하다. 요즘은 예전에 내가 점을 찍어뒀던 일이 갑자기 선이 되고 가지가 되는 경험을 하고 있다. 갑자기 현실화가 되고 있는 것이다. 그리고 일종의 새로운 미션이 등장하고 있는데 사실 나의 성격은 매우 조심성 많은 내향인이다. 그래서 겉으로는 멀쩡해 보여도 속으로는 스트레스로 다가올 때가 많다. 처음 진행하는 것에 대한 거부감은 일을 할 때도 많이 있다. 이해의 시간이 남들보다 더 많이 필요했다. 남편도 가족들도 도대체 앉아서 뭐 하냐고 물으면 난 나름대로 내 일과 앞으로의 방향에 대해 연구하고 분석하는 중이었다. 가장 큰 질문은 '난 뭐 하고 살아야 하나?', '난 뭐로 먹고살아야 하나?', '얼마나 가져야 하나?' 등등이었다. 생계문제가 제일 컸다. 나는 엄마라 내 가슴에 딸이 항상 있었다. **모든 육아서에서 나오는 가장 큰 어려운 포인트는 사랑하되 거리를 두라는 것이었다.** 그리고 내가 중점적으로 크게 보였던 구절은 아이는 어깨너머로 배우고 **부모가 하루를 잘 살아내기만 해도 아이는 그것을 보고 자란다는 것이었다.** 그때 나는 안도감이 생겼다. 매일 맞춰주는 24개월까지의 육아를 평생육아로 착각하고 강한 부채감이 올라왔기 때문이다. 억지로 착한 육아를 연기했던 거라 그만큼 힘들고 불편했던 거다. 난 나만의 육아를 해야 하는 거였다. 기본적으로 해야 할 엄마의 포인트는 쥐면서도 나라는 색을 빼면 안 되는 거였다. 그리고 영적으로 봐도 이 아이가 반드시 나에게 배워야 할 포인트가 있어서 나에게 온 것이다. 아이에게 좀 커서도 말이 통하고 일을 하면서도 엄마에게 조언을 구할 수 있는 엄마가 되어야겠다는 마음을 먹었다. 어릴 때는 보살핌으로 커서는 성장을 보는 눈을 가진 엄마가 되고 싶었다. 애는 저 스스로 큰다고 하지만 그래도 아이가 힘들 때 질문을 던져도 될 만한 엄마가 되고 싶었다. 결국 나의 품을 떠나 크게 되겠지만 그 아이에게 걸맞은 엄마가 되어야겠다고 마음먹었다. 그래서 아이에게 책을 읽어주기만 하다가 책을 읽을 때의 자세를 함께 보여주었다. 더 적극적으로 줄 치고 메모하는 것을 적극적으로 보여줬다. 지금도 나의 노트에는 나만의 힌트에 대한 필기와 딸아이가 낙서한 수많은 난화가 가득하다. 그럼에도 그냥 그 과정을 같이 보게 할 생각이다. 그리고 숨어서 그리던 나는 아이에게 그림 그리는 엄마를 각인시키고 적응시켜야겠다고 생각했다. 그러면 조금 더 컸을 때에도 몰입의 단계가 어떻고 어떤 느낌의 에너지가 생기는지 몸소 알려주고 싶었다. 그래서 옆에서 온전히 집중해서 책을 읽을 때도 있다. 그러면 처음에는 보채다가도 본인도 자신의 동화책을 아주 열심히 본다. 어쩔 땐 본인이 못 읽는 책도 들고 와 흉내 내기를 했다. 그럼 모습에 나는 사랑스럽고 더 열심히 살아야 할 동력을 얻었다. 나도 아이에게 적응을 해야 하고 아이도 나에게 적응할 수 있도록 엄마의 캐릭터를 뾰족하게 가꾸는 일을 하고 있다. 노트북에 글을 쓰는 모습도 보여주고 그림을 그리는 모습도 보여준다. 내 작은 작업실에 놀러 오면 그전엔 쫓아내기 일쑤였는데 요즘은 아이도 눈치가 좀 생기고 엄마가 소중히 한다는 걸 알게 되자 조심스러워하는 게 느껴졌다. 가끔 너무 몰입해서 집안일을 부실하게 할 땐 죄책감을 느끼다가도 일과 육아의 병행 적응기라 생각하고 미안한 마음과 완벽하지 않은 상황도 적응하고 있다. 단계에 있어 완벽주의적인 내 성격에서 정말 많이 발전한 점이다. 남편에게도 나의 변화와 앞으로의 방향에 대해 조금씩 가닥이 잡히기 시작하자 응원해주고 지지해주기 시작했다. 오늘은 이만큼 재밌는 일이 벌어졌고 내일은 또 어떤 일이 생겨날지 너무 기대되고 신난다. 사실 일이 팍팍 진행될 땐 겁이 나고 무서웠다. '이래도 돼? 나 이만큼 변해도 돼?' 그런데 내 마음을 좀 진정시키고 상황을 지켜보자 잘 진행되고 있고 변화에 응해야겠다는 마음을 가지게 되었다. 나의 변화에 감사함을 느끼기 시작했다.

부모의 불화와 분리하기

부모님의 불화는 무엇일까? 잦은 부부싸움, 일상 속 의견다툼, 이혼, 재혼, 외도, 경제적인 고충 등등 모두를 포함한다. 이혼을 한 가정의 사람들은 이혼 자체가 주는 엄청난 손실과 마음적 고충을 얘기한다. 그에 못지않게 함께 살고 있는 가정에서도 '차라리 이혼을 하지 그래~?'가 입 밖으로 나오는 집도 많다. 어느 가정이 더 행복한가를 따지기가 어려운 만큼 어느 가정이 더 힘들었는가를 따지기도 힘들다. 이 모든 통합적 관계를 일괄 '부모님의 불화'로 통칭하며 설명하려 한다.

아빠도 아빠 나름의 성격이 참 강하셨고 엄마도 엄마 나름의 성격도 강하셨다. 그 힘의 불균형이 늘 변화무쌍했다. 나는 자동차 운전에 유달리 다른 사람보다 겁이 많은 편이다. 그 겁의 내면에는 차에서 끊임없이 싸우셨던 부모님들이 계셨다. 누구나 경험이 많겠지만 운전할 때면 유독 훈수가 많아지는 경우가 있다. 그런데 그 수위나 레벨이 좀 높으셨다. 아버지의 집중 공격, 엄마의 방어 수비. 그게 내 기억이다. 차를 탈 때면 부모님의 그 싸움의 기운을 온

몸으로 맞아야만 했다. 심지어 친구를 바래다준다고 부모님이 태워주셨는데 그때도 여지없이 싸우셨다. 원래 그 친구를 계속 바래다주기로 했는데 부모님의 불화가 부끄러워서 친구한테 거짓말을 하며 거절을 했다. 부모님의 불화는 나를 정말 크게 방황하게 하는 아픔이었다. 오래된 친구가 있었다. 그 친구에게 우리 부모님의 불화를 얘기하지 않고 그냥 지내왔다. 그때도 내 가족의 일을 공개하는 것이 내 얼굴에 침 뱉기나 다름없다고 여겼기 때문이다. 밝은 면만 꾸며서 보여주기보다는 굳이 아픔을 꺼내어 알리고 싶지 않았다. 이리저리 내가 마음을 털어놓으려다가도 부끄럽고 수치스러운 감정으로 바뀌어 있었다. 나를 더 힘들게 했던 점은 부모님이 유독 크게 갈등이 있었을 때, 이 사실을 너만 알고 있으라고 하셨다. 적어도 내 형제가 안다면 얘기라도 나눌 텐데 그마저도 할 수 없었다. 나는 30대 이전까지 겉으로만 강했고 속으로는 착한 아이 콤플렉스가 있었기 때문에 아무에게도 말하지 못했다. '그게 뭐라고.' 부모님이 내게 이 세상을 살 수 있게 이끌어주신 건 맞지만 그 일이 뭐라고 가정에 대해 그렇게 불편했다. 오랫동안 그렇게 무섭고 강하고 무조건 부모님 말이면 다 들었어야 했는데 그 부모님이 정작 가장 우리를 부끄럽게 했다는 사실도 마음이 아팠다. '우리는 착하고 선하게만 살았는데 이게 뭐지?' 끊임없이 그 감정을 덮기만 했다. 그런데 아니었다. 그 사실은 그 사실대로 아픈 게 맞았다. 그 일을 해결해주지 못한 것 같은 죄책감은 내가 가져야 할 감정이 아니었다. 부모님의 사이를 좋게 해주려고 애썼는데 그 기간이 좀 길었다. 그런 내가 연애를 바로 할 수 있었을까? 그때 연애를 하고 싶었던 내적 동기가 '탈출', '도망'이었는데 그게 바른길은 아니었다. 내가 내 미래를 위해 저축하고 투자해야 할 시기에 내 에너지 주파수는 우리 가족을 해결해야만 내가 편할 것 같다는 신념에 집중돼 있었다. 아마 그래야만 결혼을 할 수 있겠다는 생각에서였을까? 이대로는 부끄러워서 누군가를 우리 집에 초대하기가 두려웠다. 그런 시간을 오랫동안 방황하며 지냈다.

두 분의 불화는 단지 그 사건 때문이 아니라도 끊임없이 집안일로 크고 작게 싸우셨다. 그리고 또 언제 그랬냐는 듯 또 잘 지내고 그걸 반복하셨다. 엄마에게 이혼을 권하기도 했지만 싫다고 하셨다. 그때쯤 우리 부모님을 화해시켜야 한다는 압박감, 부모님의 사이가 대물림된다는 그 무서운 가족적 유전을 바꾸겠다는 이상한 사명감, 책임감이 있었다는 걸 인정하게 되었다. 인정하자 오히려 그 마음이 천천히 풀리기 시작했다. **다른 사람의 삶은 바꿀 수 없다는 사실을 인정하기가 참 어려웠던 것 같다.** 가족을 다른 사람이라고 생각할 수 없었다. 그렇게 내 일이라 생각하고 적극적으로 나섰다. 그런데 가족은 내가 아니었다. 나와 가깝긴 하지만 가족은 내가 아니었다. 나 자신과는 별개의 다른 사람이었다. 부모님도 한 역할일 뿐이다. 워낙 좁고 가족주의, 민족주의, 인맥의 끝판왕인 우리나라에서 부모님의 불화는 거의 내 나라의 전쟁이고 이혼은 내 나라의 절반을 빼앗긴 것 같은 패배감이 드는 게 맞다. 그런데 그 사실을 받아들이지 않으려 하는 그 저항감이 더 나를 힘들게 했다. 그런데 이제는 그 아픔을 인정하기로 했다. 나는 좋은 부모님에 대한 환상을 놓아두고 애써 꾸미려 하지 않고 그런 나 자신을 인정하기로 했다. 법륜 스님께서 그러셨다. **부모가 자식이 사랑에 간섭하지 않듯**

이 자식도 부모의 사랑에 간섭하면 안 된다고 남의 연애에 간섭하지 말라며 유쾌하게 말씀하시는 법문을 듣고 나도 그 이후 가족 트라우마를 내려놓을 수 있었다.

가족의 불화와 분리하기

우리나라의 사람들은 가족을 나 자신과 동일시하는 과정에서 자존감의 훼손이 가장 많이 일어난다. 방황하는 청소년들도 사실은 부모님과 소통 부재와 함께 부모님 사이에서 오는 갈등이 그 아이를 방황하게 만든다. 문제 아이 뒤에 문제 부모가 있다는 정설은 맞다. 그렇지만 이런 대물림되는 가족의 불행은 자신이 그 불행과 같다는 마음을 내려놓기만 해도 현실이 많이 바뀐다. 우리는 각자의 성 역할을 부모님의 모습에 많이 투사한다. 마치 자신이 엄마고 자신이 아빠라고 여긴다. 그런 자신이 떠안은 그 역할이 자신이라고 믿고 살게 된다.

거기에 우리나라는 또 가족이 많은 나라다. 전쟁을 겪고 가난과 기아에 허덕였고 가족들이 수없이 죽고 헤어지는 과정을 몸소 겪은 세대들은 아이를 많이 낳기라도 해야 했다. 누가 살아남을지 모르니까. 그런데 그 많이 낳은 아이들마저도 이념적인 모습으로 참 많이 분리된다. 그러다 보니 그나마 살아 있는 그 가족들이 한 자리에서 만난다면 각자의 사는 곳에서의 성격대로 자라고 그 편견과 관념이 더 강해진다. 그러다 보면 처음에는 개성으로 보였던 한 사람의 모습이 바위처럼 단단해지는 경우가 많았다. 차라리 바위는 숨을 쉬지만 사람은 겉으로만 숨을 쉬고 사실은 더 변하기가 어렵게 된다. 그런 자신이 가진 사상과 이념에 대한 내면화 과정을 오래 겪다 보면 가족들과 마찰이 생길 수밖에 없다. 저마다의 우주를 하나씩 가지고 있기 때문이다. 동시대에 살고 있지만 각자의 시공간에서 살게 된다. 그런 우리는 우리 가족의 일에서만큼은 각자의 우주에 대해 생각하지 못할 때가 많다. 우리는 같은 밥을 먹었고 한 문화권에서 살았다는 이유로 그 사람을 덥석 내 편으로 만들기도 하고 혹은 아닌 것 같다며 배척한다. 그런 변화무쌍한 과정이 우리 가족, 우리 가정 내에 항상 존재한다. 그걸 받아들여야 한다. 그런데 내 가족의 정서적 결핍감이 언제나 결핍이 아닐 수도 있고 그 유대감이 언제나 좋은 것도 아니다. 나 자신도 변하고 그 사람도 변한다. 그런데 그런 변화무쌍한 감정으로 이뤄진 '관계'는 당연히 끊임없이 변한다. 그런데 우리는 과거의 한 생각, 한 사건에서 느낀 강한 좌절감과 불쾌감만을 기억한다. 그때는 인정하지 않고 덮어버렸던 수많은 기억들이 가족을 있는 그대로 보지 못하게 하는 가림막이 된다. 가족을 사랑하라는 말은 내가 해석하기에 사랑할 수도 있다는 말로 들렸다. 단, 그 가림막을 본다면 말이다. 내가 변한다면 관계가 바뀐다. 내가 변하지 않으면 당연히 관계는 그대로 그 자리에 있게 된다.

그런 의미에서 가족에 대해 왜곡되고 결핍적 사고를 알기 시작하면 그 감정을 알아주기만 해도 관계가 바뀐다. 내 시야가 밝아지기 때문이다. 그 결핍의 사고를 더 들여다보면 '나는 이런 상황에서는 아무것도 할 수 없다'는 수동적인 마음이 있다. 그런데 사실은 이미 내가 그 키를 가지고 있다는 걸 알아야 한다. 나 자신도 나를 속이는데 가족들이 말하는 나, 가족들이 정의하는 나는 내가 아니다. 사람은 사람을 정의할 수 없다. 다만 그 순간마다 사람들이 본 그대로를 느낀 바대로 말할 뿐 그건 고정될 수 없다. 그렇기 때문에 가족들이 어떻든 자신이 바로 서면 그뿐이다. 더 이상 허락을 구할 필요도 없고 자신이 누구라고 설명할 필요도 없다. 다만 여기에서 내가 오늘 소중하고 보람된 일을 하는 게 자신을 발견하는 첫 걸음이다.

내 가족을 새로 보게 되다 1

수많은 내 마음의 잔상들이 내가 가진 부모님, 형제에 대한 모습을 참 많이 왜곡시켰다. 사랑이라는 단어가 마음에 와 닿기까지 30여 년이 지나 내 아이를 통해 도착했다. 아이와의 목욕 시간, 남편이랑 서로 미루기도 하지만 그 시간은 너무 소중하다. 그 시간만큼 소리나 감촉, 눈빛이 살아 있는 시간이 있을까? 이런 순간 자체가 참 귀엽고 아름답다. 목욕물이 데워져 아주 은은한 수증기가 공간을 꽉 채운다. 그 공간에서 자신의 기분을 한껏 표현하는 아이를 통해 내게 없는 청량감을 느낀다. 손으로 물장구를 쳐도 비누에 거품이 커져도 거품이 없어져도 저렇게나 행복하다. 그리고 자신의 몸과 내 몸을 끊임없이 비교하면서 궁금해하고 정말 순수한 그 눈으로 호기심 가득하게 모든 사물을 바라본다. 매일 그 목욕 시간이 처음인 듯 말이다. 목욕할 때만 나는 특유의 비누 향으로 가득 채워질 때쯤 아이에게 목욕하는 법을 알려준다. 아직 세 살 시작인 딸아이의 어설픈 손놀림과 어설픈 전달이 매우 재밌고 신기했다. 그때 엄마와 나를 묶어주는 큰 유대감이 훅 지나갔다.

엄마와 나의 사랑은 목욕탕으로부터 시작되었다. 알뜰한 엄마이지만 목욕 제품만은 화장품가게에서 꼭 고르게 했는데 뭐 시장 화장품 가게라 해도 지금 생각해보면 꽤나 은밀한 사치품과 다름없었다. 그 목욕제품은 항상 내가 고르게 하셨고 그 고심하며 골랐던 헤어제품과 바디샴푸, 로션들이 아직도 기억이 난다. 세심한 디자인과 향을 구분해 골랐던 그 장면들도 떠올랐다. 분명 나는 엄마와 사이가 좋았는데 어느 순간 확 어그러진 상태였다. 내가 내 마음을 대면하고 엄마와의 부정적인 마음이 계속 커지자 이런 소소한 추억이 있었다는 것조차 잊어버리고 있었다.

나는 서울에서 자취를 했을 때도 사우나에 대한 집착이 강했는데 그건 단순히 씻기 위함보다는 엄마와의 유대감을 경험하기 위해서였던 거 같다. 내가 살던 동네는 시장이 있는데 그곳에 있는 사우나에 다녀오면서 항상 떡볶이나 순대 같은 분식거리를 사왔다. 그 맛이 정말 꿀맛이었다. 그런 소소한 추억이 또 훅 지나갔다. 어쩌면 사랑이라고 부르고 싶었던 감정은 메이커같이 기획된 상품을 칭하고 있었는지도 모른다. '여기서 저기까지 사랑입니다' 하고 정의 내렸다. 어쩌면 사랑은 부분적인 단면만이 아니라 이렇게 지나와야 하는 아픔, 오해에 대한 경험을 동반한 전체가 아닐까. 너무 아픈 사랑은 사랑이 아니었지만 그 오염 가득한 사랑을 버리니 새로운 추억과 사랑이 그대로 거기에 있었다. 새로 내가 지어내거나 억지로 이어붙인 사랑이 아니라 그냥 그 추억 속에 사랑이 있음을 알게 됐다. 어쩐지 나는 딸내미와 엄마, 나 이렇게 사우나를 꼭 가고 싶었다. 나는 어쩔 유아기 때부터 쭉 이어온 그 작은 습관에서 사랑을 계속 체험하고 싶었던 것 같다. 그리고 내 딸에게도 그 유대감을 알려주고 있는지도 몰랐다.

내 가족을 새로 보게 되다 2

가족만의 특식이 있다. 맛에는 기억이 있음을 모두가 안다. 그래서 수많은 식당들이 다 다양한 손님들을 맞이하는지도 모른다. 어떤 집은 간이 짜도 잘된다. 어떤 집은 누린내가 좀 나도 그걸 좋다는 사람도 있다. 그 집마다 선호하는 특유의 맛이 있다. 우리 시댁의 어머님도 시그니처 음식이 있으시고 친정 엄마도 당연히 있다. 그런데 사실 아빠에 대한 맛의 기억도 있었다. 처음 보는 어묵탕, 우유밥, 서른 개 넘는 핫도그 등등이다. 엄마가 전업주부였기 때문에 일요일 아침에는 엄마가 쉬는 날이었다. 그때 아빠가 요리를 하셨는데 사실 실험에 가까웠다. 아빠는 간을 눈으로만 하시는데 그게 손이 커서 항상 양이 불어났다. 우린 그걸 저녁까지 먹어야 했다. 지금 생각하면 추억이지만 가족들은 이 맛은 무슨 맛인가 한참 고민했던 기억이 있다. 제일 쇼킹했던 것은 우유밥이었다. 나름 고단백 밥이었던 것 같았는데 치즈를 넣은 도리아랑은 좀 달랐다. 그때 맛의 충격은 잊지 못하겠다. 아빠가 20대 때 엄청 고생하면서 자립을 하셨는데 수많은 장사를 하시면서 목돈을 모으셨다. 그중

하나가 핫도그 장사였는데 실력발휘를 한다고 엄청 양을 많이 만드셨다. 적어도 30개 정도. 사실 계란을 삶아도 한 판을 삶는 손 큰 아빠는 지금 생각해도 재밌는 추억이다. 아빠는 할머니 댁에서 큰 행사를 지내고 나면 어느 정도 지나서 "빨리 나가자~. 지금 안 나가면 차 엄청 밀린다! 빨리빨리!" 얼른 가야 한다고 한바탕 쇼를 해주셨다. 덕분에 우리는 외할머니 댁에 가기 전 어묵을 파는 곳에서 한숨 돌렸다. 그렇게 몰래 먹는 군것질처럼 맛있게 나눠 먹은 기억이 있다. 식구 많은 집은 아무리 좋은 소리를 해도 혼이 나가는 기분인데 아빠는 자신의 고집 있는 성격을 이용해 엄마를 일찍 쉬게 해주고 싶어서였다. 묵은 감정을 대면하고 나니 미움이 사그라들고 오래된 추억들이 더 드러나기 시작했다. 온갖 내 가족에 대한 단점만 보여서 우리 가족을 사과로 비유하자면 좀 상한 부분만 도려내고 이것이 내 가족이야 하고 싶었다. 그런데 정말 인생 선배님들 말씀처럼 그런 집은 잘 없었다. 또 내가 부모님에 대한 인식이 바뀌자 남편에게도 솔직해졌다. 부모님에 대한 감정은 솔직해도 예전처럼 예민해지지 않았다. 그냥 일상의 얘기처럼 편했다.

내 관점을 내려놓자 원래 구김이 없었던 것처럼 원래 그런 그림이었던 것처럼 한 무늬가 되었다. 항상 뿌리부터 얼어 있는 기분이었는데 작은 기쁨들이 계속해서 올라왔다.

그리고 부부의 인연은 재밌는 게 내가 이런 기쁨의 기억을 떠올리자 남편도 그런 추억을 같이 누리고 싶어 했다.

우리 남편도 전형적인 유교적인 사고가 있어서 자신의 가족에 대한 얘기는 매일 숨기고 회피하거나 덮어 얘기했는데 본인도 입이 간지러웠는지 감정에 솔직해지기 시작했다. 예전에 대화는 감정의 열등감 폭발과 배출이었다면 이제는 대화가 내용으로 들렸다. 남자들도 대화를 안 배워서 참 어려웠던 것 같다. 특히나 남자들은 자존심, 자부심의 끝판왕 세계에 있다 보니 속 깊은 대화라는 것은 약점으로 여기기 쉬웠을 것이다. 자신의 얘기를 조금씩 털어놓고 대화가 오가자 남편도 스스로 압박했던 마음의 김이 빠지기 시작했다. 그러자 나도 남편에 대한 불편함이 조금씩 풀리기 시작했다.

시기, 질투하는 대물림

나는 예전부터 지금까지 가장 동경해온 이상형은 유연한 사람이다. 고급 레스토랑에서도 기죽지 않고 즐길 줄 아는 사람. 시장 골목에서 파는 김치찌개나 소박한 국수도 위생 운운을 넘어 불평 않고 잘 먹어주는 사람이다. 유연한 사람이 나는 지금도 예전에도 참 좋다. 마음이 건강해서 멀리 있는 사람뿐 아니라 가까이 있는 사람에게도 넉넉한 사람이 좋다. 기부가 거창한 게 아닐지 모른다! 주변 사람한테 내가 생각하기에 고마웠던 사람에게 기꺼이 맛있는 음식을 대접하는 게 기부고 나눔이 아닐까 생각한다. 조건 없이 베푸는 헌신의 사랑보다 조건부 사랑, 강제 희생의 사랑을 참 많이 대물림해서일까, 그런 사람 찾기가 참 힘들지만 분명 반짝반짝한 본질의 빛이 많이 띠는 사람이 있을 것이다. 올해는 꼭 그런 사람들 많이 만나야지. 그리고 나도 꼭 그런 사람이 돼야지.

-작업노트-

나는 학생들을 가르치다가 발견했던 부분이 있었다. 사랑을 넘치게 받은 아이들이 있다면 그 아이는 사랑을 좀 못 받은 학생들에게 표적이 된다. 표적이 되어 싫어하게 되거나 표적이 되어 과격한 사랑을 받게 된다. 그리고 특히 부모 중에서도 엄마의 사랑을 듬뿍 받고 자란 친구들은 엄마 사랑을 좀 덜 받은 친구로부터 알 수 없는 핀잔이나 꼬인 말을 듣게 된다.

이건 어린 시절 남매, 형제간의 모습에서도 찾을 수 있다.

처음에는 성취에 대한 시기, 질투인가 해석도 했는데 경험적으로 본 해석은 좀 다르다. 아빠 사랑을 듬뿍 받고 자란 친구는 아빠 사랑을 받지 못하고 자란 친구와 서로 끌린다. 없는 부분이 있어서 다가간다. 그런데 아빠의 끊임없는 사랑을 받은 친구는 일상의 말이 전부 받은 사랑의 대물림이다. 이것을 아빠의 사랑이 부족한 친구에게는 경제적인 것 이상으로 상대적 박탈감을 주는 행위였다. 그래서 은밀하게 동경하는 친구가 있고 은밀하게 시기하는 친구가 같이 붙는다. 성격적으로 조금 순한 친구들은 혼자 스스로 해결하지만 좀 거칠고 자기표현이 강한 친구들은 정말 대놓고 쏘아붙이고 이유 없이 화를 내고 끊임없이 빈정거렸다. 이때 사랑이 부족한 친구가 그 친구를 청사진 삼아 산다면 다른 삶을 살 수도 있는데 자신도 모르게 빈정거렸던 그 많은 습관들이 좋았던 친구마저 잃게 만든다.

가끔 성공을 부러워하는 것 같았다. 그런데 그 이면에는 성공을 할 수밖에 없는 환경을 부러워했다. 그 환경이 되는 자존감을 주는 부모를 부러워했다. 그 시기심은 타고 타고 끊임없이 이어진다. 가신도 모르는 채로 올라온다. 그리고 엄마의 사랑을 좀 많이 받은 친구는 엄마의 사랑을 못 받은 친구로부터 타박을 받는다. 얘는 완전 엄마쟁이예요. 완전 아빠쟁이예요. 이름표를 붙인다. 빨리 철든 은근 사랑 결핍인 친구들이 애어른 흉내를 내며 은근히 이런 친구들을 보살피려 든다. 그래서 마마걸, 마마보이로 보였던 사랑 넘치게 받은 친구들은 계속 사랑 속에서 클 수밖에 없는 환경이다. 그 관심이 사랑의 보살핌으로만 그치면 모르지만 사랑이 아니라 질투, 시기가 섞이면 좀 문제가 다르다. 은근히 가스라이팅이 시작되는 것이다. 날 위한다고 옆에 있었던 친구는 끊임없이 '너가 이것만 좀 고치면. 저것만 고치면' 하면서 옆에서 자꾸 친구라는 이름으로 지적한다. 이 친구도 악의가 없다. 오히려 정이 많아서 자기가 아는 선에서 모든 걸 해주고 싶어 하는 애착형 사랑을 보여준다. 어른들에게 배운 가족들에게 배운 아직은 서툰 그대로의 철학을 공유한다. 그래서 사랑만 받았던 친구들은 뭔가 어긋나는 표현들이 저절로 싫어진다. 친구들은 서로 싸우면서 크는 거지만 멀리서 보면 시기, 질투의 대물림이 보인다. 그걸 일일이 가서 잘잘못을 따지는 것이 아니다. 그냥 멀리서 보면 안타깝고 이 대물림이 참 안쓰럽다는 것이었다. 시기 질투의 소문을 내가 듣고 누군가에게 전하고 또 누군가에게 계속 전하게 된다면 참 일이 커진다. 이런 식으로 나의 작은 잘못들은 처음에는 작았다가 점점 와전되고 커지고 내 작은 시기심은 자꾸 양식을 얻어 나의 일부가 된다. 모든 일에 시기, 질투가 붙을 거 같은 두려움이 일었다. 그런데 시기, 질투가 이렇게나 지치고 힘들게 하는 것이라면 그것이 '나쁘다'라는 해석을 내려놓기로 했다. 시기, 질투라는 감정이 올라오면 누군가가 나도 모르게 심어놓은 '시기, 질투'이구나 흘려보낸다. 내가 얘기한 것은 1인데 점점 커져 완전 다른 F까지 가 있는 경우는 심심찮게 알게 된다. 누구보다 잘되는 걸 시기하는 게 아니다. 누구보다 사랑받지 못함을 시기하는 것이다. 나는 더 완벽한 사랑을 받았으면 이만큼 질투하지 않고 잘 컸을 텐데 하며 집착하는 마음과 집착에서 괴로워하는 마음을 상대에게 또 투사하기 때문에 '저 사람이 날 이렇게 질투 나게 만들었어!' 착각하게 만든다. 지금쯤 돌아보면 알게 된다. **나는 사랑받지 못했다는 마음이 시기, 질투를 부른다. 사랑은 나 스스로 행하는 것이지 누구에게 받는 것이 아니다.** 나 스스로 그저 있는 것이지 사랑이라는 착각, 환상에 빠져 있는 것이다. 내가 그려놓은 어떤 완벽한 설정에 사랑이라는 정의를 계속 집착하게 된다. 그 마음까지 놓지 못한다면 스스로 정말 사랑받지 못한 가장 슬픈 사람이 되는 것이다. 이쯤 되면 바닥을 치고 올라가야 한다. **나 자신은 그냥 아무것도 하지 않아도 사랑 자체인데 무얼 더 받고 말고 할 게 없다는 진실을 발견해야 한다.** 다만 무례하게 구는 친구가 있다면 이 친구가 아직 자기 안에 사랑 가득한 보물섬을 아직 발견하지 못했구나 생각하고 마음으로 위로하고 지나가면 된다.

시기, 질투의 파도타기

이 시기, 질투가 가진 안 좋은 힘은 스스로가 자꾸 무기력해지고 자꾸 조종당하는데 그걸 알면서도 어찌할지 모르겠다는 것이다. 가장 무서운 충격 요법은 내가 행한 대로 돌아온다는 것을 알면 된다. 이게 엄청 무서운 말이다. 그러면 좀 완곡한 방법을 안내해보려 한다. 스스로 시기, 질투가 나는 포인트를 찾는다. 나는 어떤 스타일의 사람에게 지속적으로 질투가 나는가를 알아본다. 어떤 표정에서 나는 시기가 나오는가를 알아본다. 알았다면 적어본다. 부자언니 유수진 씨는 자기가 늘 쓰는 영수증에서 자신이 감정적으로 습관적으로 쓰는 돈을 찾아보라고 하셨다. 그래야 돈이 모인다고 하셨다. 그런데 사실 시기, 질투도 그렇다. 내가 계속 불편해하는 친구가 있다. 그 친구가 어떤 말을 할 때 내가 좌절하는지를 솔직히 스스로에게 물어봐야 한다. 그리고 불편하지만 적어봐야 한다. '내게 없는 무엇이 저 사람에게는 특별하게 있을 거야' 하는 넘겨짚는 생각이 자꾸 꼬리를 물고 괴롭힌다. 자신이 이렇게밖에 하지 못함을 찾고 싶어 한다. 자기가 그 시기, 질투하는 감정으로 불편해하는 것을 알아차리는 것만으로도 스스로 마음도 수련하고 복도 짓는 방법이다. 성공하신 분들은 이미 많이 쓰고 계셨다. 표현을 잘 하시는 분들은 질투 나는 상대에게 질투 난다고 얘기한다. 그 마음을 알아차리기만 해도 감정의 압력이 좀 빠진다. 내가 이 상황에서 질투가 났다는 것을 알아차릴수록 점점 그 횟수가 줄어든다. 이때 일부러 그 감정 한번 뿌리 뽑겠다고 달려드는 조급함은 내려놓는다. 그 집착은 또 다른 질투할 대상을 불러오기 때문이다. 그냥 '내가 이런 상황일 때 질투하는구나! 내게 이것이 없다고 느꼈구나!' 결핍감을 찾아내기만 해도 반은 성공이다. 그리고 내가 하는 방법은 그 질투의 감정을 이용해서 선망하는지 저 사람을 해하고 싶은지 찾아본다. 솔직히 정상적인 사람이라면 해하고 싶은 마음은 없다. 그냥 빨리 저 사람처럼 밝아져서 좋은 기운으로 같이 친해지고 싶고 닮고 싶고 그런 마음이 본심이다. 그 본심이 나쁜 게 아니다.

그런 마음을 알아채고 이제는 말 한마디로 천 냥 갚는다는 마음으로 댓글을 단다. 어디든.

나는 강사라는 이름으로 선생님 일을 오래 해왔다. 문화 차이가 있어서 내 말은 어디에서든 좀 강하고 뭔가 상처 주는 발언이었다. 솔직히 내가 받은 상처만큼 나도 준 것이 너무너무 많다. 그리고 '선생님'이라는 이름표를 가지고 스스로 '내가 이만큼의 기준이 있어야 된다'며 그 선을 집착한 적이 많다. 그 집착하는 마음은 아직도 남아 있다. 그런데 그 기준은 나에게 있었는지조차 모른다. 사람들을 만날수록 내게 있는 모습이 나오기 때문이다. 나도 모르게 내가 옳다고 주장했던 것들로 상처받은 사람들에게 미안함을 갚기로 했다. 댓글로 천 냥 빚 갚기를 했다. 좀 진지하고 뭔가 오글거리는 표현이지만 그런 칭찬의 글을 스스로 검열하지 않고 솔직히 댓글을 달았다. 연예인들의 자연스러운 미소는 엄청난 노력으로 과하게 웃어야 자연스러워 보인다고 한다. 나도 그동안 표현한다고 했던 모든 사랑의 표현들이 뭔가 허전하고 부족했는지도 모른다. 피드백을 받지 않아도 좋았다. 기쁨과 칭찬하고 싶은 멋진 사람이 있으면 선망하는 마음을 감추지 않고 원 감정 그대로 달아주었다. 딸아이는 나를 볼 때 기분이 좋으면 온몸으로 전달된다. 다리도 기쁘고 손도 기쁘고 온 얼굴이 기쁘다. 그래서 나도 그런 기분을 느끼는 곳에는 어김없이 댓글을 달아드렸다. 특히 내가 공감되는 부분에 대해서도 솔직한 댓글로 응원을 해드렸다. 그게 익숙해지자 점점 편해졌다. 누군가를 칭찬하는 습관이 생기면 질투할 거리가 줄어든다. 누군가를 시기, 질투한다는 마음은 스스로 죄책감을 들게 만든다. 사실 수많은 책을 봐도 시기, 질투는 얼마나 안 좋은지에 대해서만 겁만 주지 이미 든 감정에 대해서는 어떤 해결책도 주지 않는다. '내가 시기, 질투를 할 만큼 사랑받지 못해서 속상해~. 내가 저 친구 때문에 빛이 가려지는 것 같아! 지고 있는 것 같아!' 그 마음을 들여다보면 그 뒤에는 아무것도 없다. 그냥 그 마음을 알아주기만 하면 된다. 그리고 그 이면에 내가 정말 가져야 하는 누려야 하는 그런 것도 숨어 있다. 정말 아이처럼 순수하게 갖고 싶었던 것도 있다. 엄하게 꾸짖어 못 사게 만들고 못 갖게 했던 그런 억압이 내가 원하는 데도 원하지 않는 것 같은 양가감정을 들게 만든다. 아무것도 선택하지도 못하겠고 실제로 내가 뭘 원해야 하는지조차 모른다. 그러다 보면 자꾸 시기, 질투가 올라온다. 존재의 허무함에서도 올라온다. 진정한 자신을 찾고 싶은 마음에서도 자기답지 못할 때 시기심이 든다. 그건 욕심도 시기심도 질투도 아니다. 내게 원래 있었던 사랑을 찾고 싶은 마음은 너무도 당연한 감정이다.

내 눈앞에 펼쳐진 모든 게 내가 사랑이라고 칭한 모든 결과물이라면 내가 아주 조금씩 밭을 갈 듯 바꿀 수 있다. 그 시기, 질투라고 불렀던 내가 절대 못 가질 것 같은 그것을 가져볼 수 있다고 스스로에게 할 수 있는 기회를 가져보자. 그것이 가장 정직하게 그 마음을 다스리는 방법이다. 조금씩 시도해보고 못 오를 것 같으면 진심으로 응원하면 된다. 그것만큼 세련된 방법이 없다고 생각한다.

나를 믿어준 사람들에 대한 고마움

　진짜 나를 믿어주고 응원해주는 사람들은 보이지 않는 사람들이라고 생각한다. 정말 나를 도와주신 분들은 아주 은밀하다. 그리고 아주 시간이 지나고 은근히 드러난다. '그분이 정말 나를 도와주신 거구나.' 알게 되면 그렇게 감사하고 좋았다. 또 어떤 분은 정말 나를 응원할 거라 생각했는데 시간이 지나면 지날수록 얇고 가벼운 인연도 많았다. 그냥 그런 관계였다. 그런 수많은 인연에 대한 회한은 충분히 한 듯하다.

　아이를 키우면서 배웠던 놀이 법에는 그런 게 있었다. 아이가 자신이 스스로 했다고 믿게 하라는 내용이었다. 그래서 아이에게 스스로 자신감과 자긍심을 갖게 하라는 내용이 많았다. 나는 그 부분에서 좀 강한 느낌이 왔다. 내가 내 아이에게 해주는 것처럼 나를 위해 정말로 헌신한 분들은 요란하지 않을지도 몰랐다. 우리 부모님도 지역의 문화가 그런지 모든 표현이 부끄럽고 모든 게 드러나면 가짜라는 생각이 있으셔서 그런지 모든 표현이 '넌지시'다. 그게 가끔 너무나 넌지시여서 아무도 모를 때가 많긴 했지만 말이다. 나는 사랑받고 있지 않고 구속과 통제만 당했다며 억울해했던 기간이 있었다. 아이를 키우면서 육아 서적을 통해 훈육을 하면서 엄마와의 관계를 배우게 된다. 처음에는 책만큼 밝지 못하고 노련하지 못한 '자신'을 탓하게 된다. 그러면서 그만큼 정서적 지지를 받지 못했다는 수많은 증거를 보면서도 엄청 좌절로 바뀐다. 그 마음에다 몸이 편하지 않으니 나를 키워준 '부모님'에 대한 원망으로 발전한다. 그러면서 점점 "나를 도대체 왜 낳았나"까지 간다. 자신에 대한 부정하는 마음이 들기 시작하면 자꾸 우울해진다. 그 우울감을 알아채지 못하면 자꾸 아이에게 또 대물림하게 된다.

아주 어린아이의 마음이기 때문이다. 그런 갓난아이의 내면을 만나고 나니 오히려 남들을 관찰하게 됐다. 오로지 나만 바라봤던 자기중심적인 생각에서 남을 향하니 보이는 게 더 많았다. 아이를 키울 때 필요한 사회적인 규율이 참 많다는 점과 자유롭게 키우고 싶은 양가감정으로 롤러코스터를 타게 했다. 그러다가도 내가 아이를 너무 방목하면서 키우게 될까 봐 고민이 됐다. 내가 과잉보호한 만큼 사회적으로 미움을 받게 되는 게 더 못 견딜 거 같으니 말이다. 자율성과 한계선이 참 어렵다. 정말 마음과 행동이 얼마나 따로 노는지 그리고 그 엄마의 버벅거림에 따라 아이에게 참 미안했다. 이론과 실전은 참 많이 달랐다. 그런 수많은 경험이 지나가고서야 내가 이만큼 건재하고 있다는 건 부모님의 보이지 않는 사랑과 믿음, 그리고 주변 사람들에 대한 수많은 사랑의 응원과 기도가 있었기 때문이라 짐작해보았다. 물론 아픈 부분도 있지만 나도 모르게 넌지시 전달받은 사랑의 결과도 참 많다. 부모님을 통해 또 건너 알게 된 지인들이 나에게 응원을 해주셨다. 나는 그런 지인분들을 만나면서 은근히 힘을 얻곤 했었다. 그런 은근하고 마땅히 주는 사랑을 하는 사람들을 다시 보게 됐다. 다 그런 거 아닌가 하며 당연하다고 여겼던 친절과 따뜻한 말씀들이 나를 이만큼 살아 있게 해주신 거였다. 그 사실을 자각을 하는 순간 온몸이 진동하는 걸 느꼈고 너무 감사하고 기분이 좋았다. 나라는 사람은 나 혼자 잘날 수 없다. 옆에서 박수 쳐주는 사람과 박수 칠 만한 대상이 함께 나인 것이다. 나를 또 은근히 은밀히 기도하고 응원해주는 모든 사람에게 깊은 감사함을 전합니다.

부모님과 건강하게 독립하기

요즘 건강에 대한 관심이 많다. 특히나 몸 건강도 신경을 쓰고 있고 요즘은 특히 관계의 건강을 가장 신경 쓰고 있다. 그 관계의 건강에서 중요한 부분이라고 생각하는 게 경계라고 생각한다. 보통 내면 아이에 대한 상처가 많이 큰 사람들은 이 경계를 존중받아 본 경험이 없어서 아무에게나 경계를 허용해서 스스로 끊임없이 혹사 당한다. 혹은 모든 사람에게 경계를 치거나 마음 놓고 친하다고 믿었는데 팽 당했다며 속상해한다.

나는 우리나라 전형적인 부모님들이 가장 무서워하는 게 뭘까 궁금했는데 최근에 알아낸 게 있다. 바로 자식의 배신이었다. 부부끼리의 배신도 참 무섭고 속상하지만 자식만큼 더한 배신이 없는 듯하다. TV에 종종 나오는 가장 불효한 자식의 이미지를 계속 욕하고 패륜이라며 같이 동화되어 두려워한다. 부모가 이렇게 뼈 빠지게 희생했는데 돌아오는 것은 아이들이 계속 돈만 달라고 시작하는 이야기, 모든 부모님의 재산까지 팀내서 그 재산까서 날린 이야기,

결국 부모에게도 돌아서는 그런 스토리가 정말 신기하게도 일일드라마뿐 아니라 카톡으로도 유행처럼 돌려보며 눈물을 훔치고 있었다. 유튜브의 '아는 변호사'님의 어머님도 그 글을 보며 우셨다고 했는데 신기하게 우리 친정 엄마도 마찬가지였다. 어쩌면 어머님들은 자신의 과거보다 비교적 부자가 된 상태여도 혹시나 자식이 돈만 탐하고 가장 무서운 건 그 관계까지 단절될까 봐 두려워하셨다. 건강한 관계를 유지하기 위해서는 부모님과의 관계가 반드시 구분되고 스스로 독립해야 한다. 대부분 부모님이 자신에게 너무 간섭한다고 하지만 나는 솔직히 주변의 많은 부부들을 들여다보면 너무 많은 부분을 의존하고 있다고 본다. 그것도 너무나 당연하게~! 특히나 정서적인 부분, 경제적인 부분 다 포함해서 그랬다.

자꾸 너무 편한 선택, 너무 쉬운 선택을 하려 들면 정말 나중에는 서로를 망치는 관계가 된다. 나는 부모님 주변에 그런 관계의 조율을 못 하는 아들, 딸들에 대한 얘기를 너무 많이 듣는다. 집도 주고 차도 주고 다 주었는데 직장도 어느 선만 계속 고집하고 아무 일도 하려 하지 않았다. 결국 앉은 자리에서 계속 육아며 뭐며 모든 걸 의지하다가 주식투자금을 다 날려서 결국 부모님께 모아둔 돈 없느냐는 얘기를 듣고 골머리를 앓고 있었다. 이 얘기를 너무 가까이에서 들었다. 또 결혼을 하면서 시댁이 '당연히' 지원을 해주어야 한다고 믿는 사람들이 너무 많았다. '집을 사는데 돈을 안 보태준대. 뭐~ 이 차 4천만 원 정도면 사잖아~.' 그런 말을 하는 사람들은 자신의 힘으로 1천만 원도 모아본 적 없는 사람들이었다. 나는 앞서 20대 때 스스로 독립하지 못해 호되게 휘둘린 경험이 있다. 그때 얻은 경험을 교훈 삼아 결혼하면서 경제적인 면, 정서적인 면을 계속 친정 엄마에게 의지하려는 습관을 정말 모질게 정리했다. 웬만하면 책이나 다른 정보를 통해서 배우려고 했지, 뭐 조금만 아파도 친정집에 전화를 해서 해결한다든지, 뭐 조금만 잘못돼도 친정집에 일거수일투족 전화해서 부부관계에 대한 흉을 본다든지 하는 행동을 철저히 금했다. 다른 가족과의 일이 아닌 다음에야 그때마다 책을 읽고 오히려 둘이서 해결을 다 본 다음 결과까지 같이 에피소드로 얘기 드렸다. 그러니 부모님은 하나의 스토리로 이해하시고 안심하셨다.

어느 정도는 의지하는 것도 우리나라에서는 효라고 불리기도 하는데 내가 생각하는 기준은 자식이 된 입장에서 자신이 너무 잘 알고 컨트롤할 수 있는 그만큼이면 그냥 귀여운 의존 정도이다. 서로 알면서 지키는 귀여운 관습 정도이다. 그것이 부모님과의 경계라고 본다. 너무 주시려는 부모님과 좀 덜 받아도 상관없는 부부의 생각을 끊임없이 숙지시켜 드리고 훈련해야 한다고 생각한다. 단번에 되기는 우리 문화상 너무 어려운 결심이다. 그럼에도 나이가 들어가는 부모님께 미리 부부이자 다 큰 성인의 큰 경계를 계속 알려주어야 서로 건강해진다고 믿는다. 주시려는 모든 에너지를 계속 끊임없이 본인들을 위해 쓰시라고 안내해드려야 한다. 그걸 배워본 적 없는 세대이기 때문이다. 그 관계의 훈육은 사실 부모님께 있는 게 아니라 이미 다 커서 성인이 된 자신에게 있다. 아주 어릴 때 내가 세 살 때 배웠던 사회적 관습은 이제 어느 정도의 나이가 되면 자신이 알게 된다. 부모님이 알려주신 경계와 자신을 분리시키면서도 어떻게 앞으로 관계를 이어나갈지 고민해야 하다, 어떻게 자신이 자라왔는지 그리고 자신이 어떻게 살아야 하는지 방향이 잡히면 그동안 사랑을 주고받지 못했던 부모님에 대한 생각을 하게 된다. 그 부모님께도 끊임없이 우리의 독립적인 부분을 알려드려야 한다. 숨을 쉬게 해드려야 한다.

아이들을 괴롭혔던 부모님들도 사실은 그 누구에게도 사랑받지 못했던 분들인 게 틀림없다. 그분들은 내면의 아이쯤은 누구나 한 트럭씩 이고 지고 계신다. 그런 부모님들을 바꾸려는 노력보다도 내가 자꾸 같은 패턴으로 행동을 하면 그 노력을 꾸준히 하면 부모님들도 아신다. 우리 부부에게 얼마만큼의 마음만 내면 된다는 것을. 그것이 나이 든 부모님과 젊은 부부의 관계를 아주 천천히 변하게 하리라 생각한다.

Part 3. 일상의 내면을 그립니다

세상의 모든 점, 선, 면

그림이 좋았다. 그냥 좋아서 한 거다. 좋아하는데 잘하지 못하니 저절로 노력하게 된 거였다. 그런데 그 노력이 노력만으로 인정받는 것은 또 아니었다. 아주 남들을 매혹할 만큼 참신함이 있어야 했다.

내 그림 여정에 첫 점이 떠올랐다. 우리 집에는 서울 쪽에 연고가 없었다. 특히나 지금보다 교통 면이나 정보망이 두루 갖춰지지 않았을 때에는 더더욱 환상만 가득하고 사실 들리는 정보도 잘 없었다. 중학생 때 과학상상 그리기 대회를 나가게 되었다. 나는 표현력이 좋지 않았고 오히려 거칠고 완성도가 떨어지는 그림을 그리곤 했다. 그런데 '과학상상' 그리기 대회에서는 내 아이디어가 먹힌 적이 있다.

공부는 중간 정도 했지만 뭔가를 잘하는 학생이 아니었다. 그림도 이미 먼저 시작해서 너무나 잘 그리는 애들이 많았다. 그 당시 우리 학교에서 그림으로 늘 선두로 달렸던 학생이 있었는데 그 친구를 재치고 1등을 한 적이 있었다. 그 뒤로 교내 포스터, 교외 포스터류 부분에서 상을 받기 시작했다. 나는 표현력이 정말 부족했지만 뭔가 호소하고자 하는 포인트를 잡는 걸 잘 했던 것 같다. 그리고 그 과학상 그리기로 우리 학교에서 대표가 되고 또 우리 지역에서 대표가 되어서 광역시 대표로 나가게 되었다.

그때 처음으로 지역대표로 서울을 가게 되었다. 어디가 어딘지도 모르던 곳에 가서 그림을 그렸다. 그때 처음으로 장려상을 받았는데 장려상까지 트로피가 나왔고 조금의 장학금도 받았던 것 같다. 그다음 상부터는 참가상 같은 상장을 주었다. 그때의 기억은 너무 신기하다고 생각했던 것 같다. 사실 상의 기쁨보다 내가 그림으로 서울에 왔다는 게 좋았다. 촌스럽지만 잔디가 깔리고 여기저기 조형물이 있고 좀 특이한 건물이 있고 이런 공간이 너무 신기했다. 어딘지는 모르겠지만 하늘을 보고 꼭 내가 다시 오겠다고 마음을 먹었다.

시간이 많이 흘러 전공수업을 들으러 소마미술관에 가야 했다. 나는 그게 어디에 있는지 몰라서 겨우겨우 찾아갔다. 그런데 익숙한 잔디, 조형물이 보였다. 그때 내가 중학생 때 보았던 내가 묵었던 숙소가 있었다. 좀 특이한 건물이어서 기억하기 쉬웠다. 그런데 그 잔디를 걷는 순간 몸에서 기분 좋은 전율이 돌았다. 아! 여기구나. 정확히 6년 후에 그 자리에 있었다.

아마 더 재능이 남달랐던 친구들은 내가 말한 에피소드보다 더 우수하고 더 멋진 경험이 많을 것이다. 그 뒤이어서 바로 1등을 하고 그런 스토리를 예상하겠지만 그런데 나는 그렇지 않았다. 도전은 많이 했지만 입선, 특선만 가득한 면의 시간이 많았다. 그런데 나는 내가 가지고 있었던 환경이나 상황을 생각했을 때 분명 값진 경험이었다. 그때 그렸던 그림의 아이디어는 사실 그 당시 봤던 과학 잡지에서 힌트를 얻었다. 지금은 과학, 수학은 싫어하지만 어릴 때는 과학 잡지 보는 걸 재밌어했다. 과학 잡지에 실린 사진들이 가장 선명했기 때문이다. 그때 배 속에 아기가 자라는 과정을 촬영한 걸 보고 인공수정관 같은 큰 유리관에 아이가 자라는 걸 연상해서 그렸었다. 그래서 특이해서 뽑혔다고 들었다. 그때 어렴풋이 그 대회에서 주관하는 상의 특징은 미술전문가도 있고 그걸 보는 그 분야의 사람도 있다는 걸 알았다.

이미 경험적으로 알고 있었던 것도 시간이 지나서 보니 또 다 잊어버리고 주변 시선에 의식하고 계속 남을 향하는 눈을 탑재했다.

중학생 시절은 사실 자존감이 가장 낮은 시절인데도 오히려 나는 알고 있었다. 주변에서 상을 주거나 상을 주지 않거나 응원해주거니 그렇지 않아도 그냥 내가 하고 싶은 걸 하면 되는 거였다. 그래서 나는 다시 점을 찍는다. 가끔 내가 선택한 점들이 시간을 만나면 정신없이 면으로 이어지는 경험이 있다. 그림이 늘 때도 그랬고 공부하던 것도 이해되지 않았던 게 어느 순간 모든 조각퍼즐들이 한 번에 맞춰지는 순간들 말이다. 그런데 그런 점의 순간은 사실 안 좋은 선택의 점도 있었다. 부정적인 의식의 조각조각이 힘이 없다가 어느 순간 훅 나의 스테이지로 다가올 때가 있다. 그런데 그 알지 못해 찍었던 점들을 선 정도에서 멈출 수 있을 때가 있다. 그

선의 방향을 바꿀 수도 있다. 사실 그림을 그리던 사람이 글을 쓰는 도전을 하는 것도 일종의 방향을 트는 점이다. 끝없는 에고의 점을 바꿔 순수 의도의 점으로 옮기는 작업이다. 오늘도 언제 꽃필지 모르는 면이 되는 지점을 생각하고 점을 찍고 있다. 아마 이 의지적 노력의 점도 어느 순간 집착 없이 '순수'해지는 순간을 만나면 또 일사천리 일이 진행될 거를 안다. 그때 이 점들을 보고 또 울고 웃을 날이 올 것이다. 그때는 좀 더 많이 웃고 감동의 눈물을 흘렸으면 좋겠다.

Drawing Therapy Time:
[inner-rainbow mountain 2019]

매일 마주하는 하루, 새 종이를 맞이하듯 자신의 색을 채워보세요. 자신의 고유한 색과 고유한 무늬를 그저 봐주세요. 매일 자신을 있는 그대로 사랑해주고 존중해주세요. 자신을 다듬고 세우는 일상을 채워보세요. 그렇게 자신만의 아우라를 가져보세요.

inner-diamond
(내 안의 다이아몬드를 찾기)

오랫동안 붙잡았던 이상한 신념들이 하나씩 드러났다. 마치 맛있게 끓고 있는 된장에 마지막 올릴 파를 써는 순간 작은 날벌레들이 발견되는 것처럼. 여러 감정들에 섞여 사람들과의 관계에 스칠 때마다 자꾸 나도 모르는 불편감이 올라왔다. 예전에는 으레 그냥 넘어갔던 부분들이 당체 씹어 넘겨지지 않는 거다.

"이 성도년 그냥 참고 넘어갔잖아~. 이런 일 가지고 걸고 넘어가 봐야 너만 손해잖아. 좋은 게 좋잖아~. 너만 좋으면 다 좋잖아~." 등등 이런 나를 붙잡는 말들에 힘이 떨어져 버렸다.

그것은 강제적인 훈련으로 떨어진 게 아니라 눈을 뜨고 나서는 하고 싶지 않은 것이었다.

나에게는 '여자가 남자(남자 형제, 남자 동료, 남편, 식구들)보다

더 잘나가면 안 돼'라는 강력한 프레임이 있었다. 앞에서는 응원해도 뒤에서는 어떻게 변할지 몰랐다. 내가 성공해서 그들보다 더 낫다는 게 증명되면 그들은 날 미워하고 시기해서 결국은 가장 내가 무서워하는 것, '나는 누구보다 외로워질 거라는 두려움'이 있었다. 그리고 '사랑받고 싶어 하는 마음'이 있었다. 이것은 사실 경험으로 만들어진 무서움의 신념이기도 했다. 누군가가 앞서나가는 느낌을 받을 때 여자 동료나 친구들은 간사하고 치사하게 덤빌 때가 많았다. 그런데 남자 동료들은 좀 달랐다. 아예 같은 선상에 두고 얘기하지 않는다는 점이었다. 그게 어쩔 때는 존중이었고 배려였지만 아예 논외로 두고 회의를 하거나 뒤에서 전혀 다른 관점으로 가기로 한 걸 번번이 전해주지 않았다. 한마디로 뒤통수라기보다 같은 링 안에 있다는 생각조차 하지 않았다. 그리고 더 지치는 것은 동료로서 일하는 사람으로만 보다가도 뭔가 나를 흠집 낼 때는 꼭 "남자 친구가 없어서 그렇다." "기가 세서 그렇다." "결혼을 안 해서 그렇다." 결국 얼른 나가라는 것이다. 자신들이 마구 써도 될 만한 나이, 어수룩하고 열정 많고 경험이 없던 그 시절이 지나면서 갑자기 퇴물이 되어버렸다. '서른 전에는 시집을 가야 되는데~', '서른이 됐는데 남자 친구조차 없다니~', '그럼 결혼도 안 하고 일만 한다고?' 이런 식으로 내 결혼에 대한 자기 잇속의 계산을 하고 있었다. '여성이 결혼을 한다는 것은 우리나라에서 큰 짐으로 생각하는구나' 판단했다. 사실 사회생활에서는 자존심을 던지고 더 억척스러워지지 않으면 끼워주지도 않았다. 더 상처였던 것은 그런 생각에 동조하는 여성들이었다. 거의 모든 친구들이 내 일을 소명으로 하는 내게 그냥 인사치레를 넘어 끊임없이 경계를 넘었다. 뒤돌아서면 너무 기분이 나빴다. 정말 그 나쁜 거울들은 다시 지나고 봐도 오로지 자기 삶에 '남자'만 있었다. '자신'이 없었다. 진정한 사랑, 자기의 삶의 방향, 자기 공부, 자기실현 이런 것은 아예 생각도 하지 않았다. 오로지 부모, 남자 친구, 남편에 의지하고 사랑이라고 말하고 돈을 달라는 구걸자의 모습만 하고 있었다. 그것이 영원할 것인 양. 그렇게 나에게 결혼이 모든 걸 해결해줄 거라고 호언장담했던 사람들은 각자 눈에 어두워 미처 보지 못한 부분에서 허우적거리는 것을 끊임없이 보게 됐다.

나는 매우 느렸지만 내가 좋아하는 일을 찾고 그 과정을 지켜봤기 때문에 갑자기 주어지는 외부적인 가치판단에서 더 자유롭게 생활할 수 있었다. 그런 마음을 먹고 행동하고 내가 먼저 변하자 남편이 변했다. 빈정거리고 투덜거렸던 모습에서 점점 내 꿈을 지지해주는 모습으로 바뀌었다. 몰래 내 작업실의 커피 잔을 치워주고 청소를 도와주고 가끔 음식도 해주었다. 그리고 내가 간절히 응원했던 것, 남편이 스스로 감정언어를 사용했고 자신의 일에 대한 긍정적인 방향으로 '행동'하기 시작했다. 내가 진심으로 바랐던 모습이 잔소리 한번 없이 이루어졌다. 그렇게 재밌는 진실을 발견했다. '잘나가지 않고 이대로 무명이 되어도 좋아. 이미 행복을 느꼈으니까. 진실을 알아버렸으니까.' 그런데 내면에서 나를 미소 짓게 하는 메시지가 떠올랐다. 웃음이 터졌다. 내 다이아몬드는 이미 내 마음속에 가득했다.

"그런데 말이야. 만약 네가 성공하고 잘나가도 널 응원하고 사랑해주는 사람들만 남는다면, 그게 네가 진정 원하는 거잖아!"

Drawing Therapy Time:
[Inner diamond 2020]

'아는 변호사'님의 유튜브에서 나온 말씀을 인용해봅니다. 그 유명하신 사랑의 '예수님'도 그 지역에서는 그냥 목동 아들이라고 부른다고 해요. 그만큼 바로 주위에서는 누가 비범한지 아닌지 구분을 못 한다는 거죠. 내가 변화를 하고 성장하려고 하면 그 기쁨이 엄청나죠. 그때 괜히 물어보고 싶은 마음, 동조를 얻고 지지받고 싶은 마음에 물어보게 됩니다. 내가 진심으로 으스대는 마음이 없었었는데도 가까이 와서 돌을 던지고 나의 성장을 비꼬는 사람들이 있기 마련이죠. 그건 가까이 사는 가족에게도 해당됩니다. 사실 그때는 더 신중히 침묵하고 내가 하고자 하는 일에 집중해야 할 때라고 생각합니다. 뜸을 들이고 있을 때 김을 빼지 마시고 뜸 들인 이후에 내가 직접 와서 보라고 하지 않아도 알아서 나의 편들이 다가옵니다. 새로운 결과를 알아보는 안목이 있는 사람들이 친구 하자고 다가옵니다. 결핍에 의한 인정욕구를 버리면 정말 서로 이끌어주고 밀어주는 사람들을 만나게 됩니다. 상대를 바꾸게 하기 위해서 변하는 게 아니라 정말 자신이 좋아서 변하고 앞으로 나아갈 고민을 해야 합니다. 무언가를 이뤘다는 자부심의 기쁨과 그때 쉬지 않고 잘 따라와 준 나 자신을 자랑스러워하는 마음이 생기기 때문에 더 단단해지는 경험을 하게 됩니다. 그렇게 내면에 사랑이 가득해지면 내가 다이아가 되면 값을 치르고서라도 나를 만나겠다고 옵니다.

나의 비겁함을 내려놓다

아주 어린 나는 매우 예민했고 고집쟁이였다. 수시로 삐치고 수시로 울었다. 그런 어린 나는 내 뜻대로 되지 않으면 그렇게나 속상하고 시기 질투도 많았다. 뭔가 아기자기한 물건을 보면 참지 못했다. 너무너무 갖고 싶었던 그 간절함이 아직도 느껴진다. 바로 갖지 못하는 억울했던 어린아이. 꿈도 많고 하고 싶은 것도 많은 나는 바로 욕심껏 원하는 대로 할 수 없는 상황마다 왜곡된 안경을 썼다. 그런 안경이 사실 엄청 많다. 이제 막 세 살이 된 딸아이를 키우면서 나에게 몰랐던 기억이 감정으로 올라왔다. 그러면서 절대 '나는 그러지 말아야지' 했던 수많은 다짐들이 무색하게 점점 아이 탓을 하는 나를 발견했다. 어릴 때는 부모님 탓을 하더니 이제는 내 아이 탓하는 나를 발견했다. 막상 내가 해야 하는 일의 크기보다 상상의 크기가 더 큰 건 아닌지 돌아보았다. "이건 아이가 있어서 못 해~. 저긴 아이가 있어서 못 가~." 나 스스로 울타리와 감옥을 만들고 있었다. 점점 낮아지는 자존감을 채우기 위해 친정 탓, 남편 탓, 아이 탓을 하고 있는 나를 발견했다. 처음에는 같이 잘 어울렸던 친구들도 점점 만나면 불편해졌다. 자꾸 속에서 지적하고 분석하는 수많은 잣대가 올라왔다. 그렇게 정신없이 올라오는 불만을 듣다 듣다 멈췄다. 그리고 물었다.

"그래서 너는 어떻게 할 건데? 그렇다면 너는 어떻게 해볼 생각인데? 너 스스로 먼저 하면 되잖아~! 지금까지 어려서 몰랐고 누군가가 도와주지 않아서 그런 거라면 도대체 넌 그 속에서 뭘 했어? 앞으로도 그렇게 탓하면서 죽도록 비교만 하다가 열등감에 우월감에 휘둘리면서 살 거야? 너 스스로 바뀌면 되잖아~. '내 아이 때문에'라며 그렇게 키운 딸에게 보상을 원하지 않을 자신 있어? 사춘기 시절이 와서 엄마가 필요 없을 때 그때도 남 탓할 거니?"

내가 삐뚤어질 때마다 발견하는 사인이 있다. 남 탓하는 습관이 나오는 것이다. 그때 알아차렸다. 분노가 훅 올라왔다. 나는 지금 할 수 있는 아주 작은 행동들을 시작했다. 매일 좋은 음악을 듣고 내 피부에 좋은 감정을 심는다는 생각으로 끌리는 모든 아름다운 것들을 흠뻑 느꼈다. 정말 빨강 머리 앤이나 키다리 아저씨에서의 주디가 내 마음속에 살아 있는 것처럼 세심하게 감정의 아름다움을 느꼈다. 아기 띠를 하고 버스를 탔을 때에도 그 작은 순간에도 기쁨을 느끼려 애썼다. 나의 게으름이 올라올 때마다 역으로 '귀찮아~'가 올라오면 반대로 앉아서 그림을 그렸다. '귀찮아~. 쉬고 싶어' 하면 또 앉아서 책을 읽었다. 나는 입시교육을 10년 이상 한 경험이 있고 그 교육의 장단점을 분석해 나름의 코칭 데이터가 있었다. 이제 학생이 아닌 나에게 적용할 때가 온 거다.

고3 때 내 멘탈 관리를 못 해서 정말 원하는 대학에 가지 못한 쓴 기억이 있다. 이제 그 아쉬움을 반복하지 않아야 한다. 지금이고3 때보다 훨씬 좋은 때다. 일어나는 시간도 조절 가능하고 목표한 바를 하기만 하면 된다. 뭐든 좋았다. 1일 1행의 짧은 성공도 많이 도전했고 남들이 좋다고 하는 자기 계발, 성공학 책과 유튜브를 매일 들었다. 나중엔 필사도 하고 일기를 매일 적으면서 내 묵은 감정을 끊임없이 배출했다. 그리고 그렇게 배운 작은 씨앗들이 조금씩 움트기 시작했다. 아주 오랫동안 쓰고 덮었던 곰팡내 나는 이불처럼 행동패턴에는 내게 쓸모없는 면도 많았다. 아주 오랫동안 내 무늬인 것 같은 그 작은 불편한 실타래를 뽑아내기 시작했다. 나는 나의 아픔을 덮지 않고 대면할 것이고 그러면서 나를 발견할 거라고 다짐했다. 그리고 내가 규정지었던 '나'라고 하는 것들을 다 반대로 시도해보았다. 그러자 내 안에 자존감이 다시 자라기 시작했다. 예전처럼 가만히 앉아서 '누군가 도와주겠지?'라는 수동적인 자세를 모두 버렸다. 그리고 가장 나를 강력히 가스라이팅 했던 주문 '나는 약해~, 나는 아파~'를 버렸다. 무시가 아니다. 가짜라서 그렇다. '나는 충분히 건강하다. 내 몸은 어느 때보다 통통하니 건강하다.' 그러니 내가 조금씩 관리만 해주면 된다. 지금처럼 나를 돌아보고 나 스스로를 속이는 주문을 알아채고 새로운 입력 값을 넣는 것이다. 나의 비겁함을 숨김없이 낱낱이 공개하고 나는 그 모든 것을 내려놓음을 선택할 것이다. 이게 나의 온전한 맨눈의 첫 시작이다.

마음으로 보는 유기농 풍경

샤워를 하다가 문득 너무나 방치한 내 발이 눈에 띄었다. 다른 사람 발은 땀도 적당해서 매끄럽던데 내 발은 왜 이렇게 거친가. 관리실 같은 데서 매일 관리 받는 사람들은 돈 주고 편하게 할 텐데 그런 생각까지 밀려왔다. 그런 생각을 멈추고 그날부터 아주 조금씩 많이 욕심내지 않고 각질을 관리해주었다. 아이 목욕 시간에 항상 아이만 바라보다가 혼자 노는 시간이 생기면 기다리지 않고 스크럽 제품을 꼼꼼히 발라주고 정성스레 롤링을 해주었다. 그리고 거의 잘 바르지 않던 로션을 듬뿍 발 하나씩 마사지를 해주었다. 그리고 양말을 신어주었다. 그렇게 일주일이 지났다. 절대 돌아갈 수 없을 것 같았던 내 발은 확실히 그전보다 좋아졌다. 한 방에 각질을 제거해준다는 팩보다도 훨씬 좋은 경험이 되어주었다. 그 뒤로 아이랑 목욕하는 시간에 아이가 나름대로 혼자 물놀이에 집중하거나 거품에 집중하고 있을 때면 조용히 나의 목, 손, 발 등 은근히 방치해두었던 내 몸을 관리해주었다. 작은 행위에서 또 많은 만족감이 생겼다. 나름의 꾸준한 관리가 되기에 내 집, 내 공간이 된다.

내 마음의 공간도 마찬가지다. 오래된 손님이 있다. 혹은 늘 내 피부같이 붙어 있는 감정이 있다. 정말 내 피부랑 똑같다. 피부조직이나 여러모로 말이다. 언뜻 보면 통증도 느껴질 것 같다. 대면하기 전 나의 어린 투영적 사고에 짓눌려 너무 무섭고 슬플 때도 있다. 그런 감정을 모두 지켜봐주면 그제야 나 별거 아니라고 놓아준다. 또 어떤 손님은 너무 편하게 정말 내 일부가 되었다. 나의 깊은 내면까지 공유하면서 너를 사랑해서 그렇노라 얘기한다. 그런 사랑으로 포장된 내면적 고통은 사실 감지하기가 어렵다. 완전히 다른 거울을 만나기 전까지 말이다. 생각보다 약해 보이고 향마저 섬섬한 배추 같은 느낌이 진실일 수 있다. 모두가 금을 좇는 삶에서 가끔 배추나 무가 좋다는 사람이 있다. 금을 받으면 배추를 많이 살 수 있어 기쁘다고 말한다. 그런 의미에서 금이 좋다. 그래서 금에게 감사한다. 그런 의미에서 금이 좋다. 금만이 좋아 금맥을 좇지 않고 오롯이 자신의 배추 향을 음미하는 사람이 있다. 무나 배추는 자신의 결은 있지만 향이나 색이 강하지 않다. 그런 섬섬한 느낌은 매혹적이지 않다. 자연색 그 자체가 보호색이다. 흙으로 돌아갈 때조차 가볍다. 그런 가볍고 섬섬한 느낌의 청량감은 달지 않고 심심하다. 그런 섬섬함은 사실 값비싼 감성이다. 우리 시대는 아름다움의 기준이 변할 것 같다. 매끄럽지 않고 색도 정형화되지 않고 남을 놀리거나 등치는 데 강하지 않다. 오히려 애벌레에게 양보만 하는 배추 같은 사람이 존중받고 비싸질 시대가 올 거라 예감해본다.

소울, 이미지, 텔링

　마음을 아름답게 꾸미는 일은 화장하는 일과는 다르다. 오히려 설거지와 비슷하다. 마음에 집중하다 보면 내 안에 사랑이라는 감정도 사실 사랑이 아닌 것도 많았다. 사실 결론부터 얘기하자면 그 고통을 마주하는 일이 본질적인 아름다움을 가져다준다. 내면에 자유로움을 주기 때문이다. 마음이 편해지면 계속해서 좋은 일이 끌려온다. 열심히 달려본 사람들 중 패닉이 올 때가 있다. 늘 보였던 길이 계속해서 안 보일 때가 있다. 온 정성을 다해도 안 될 때가 있다. 그때 우리는 우리가 받은 사랑을 다시금 살펴봐야 할 때이다. 그렇게밖에 할 수 없었던 부모님도 또 그 부모님한테 준 조부모님도 사실은 다 그렇게 떠밀려서 그럴 수밖에 없었다. 매일 마주하는 얼굴에는 이미 훌쩍 30대 후반을 달리는데 내 마음속의 작은 불편감은 자꾸 그 감정에다 아무렇지 않은 척 화장을 하고 불편한 느낌을 왜곡한다. 똑바로 한번 대면해보자. 나는 엄마, 아빠의 사랑을 받기 위해 매달리지 않았나? 나 스스로 사랑이 넘쳐 나누기 위해 세상에 뛰어들었나? 사랑이 부족해 그걸 얻기 위해 그렇게 뛰어들었나? 이렇게까지 하면 날 더 사랑해주실 거야. 더 인정해주실 거야. 나의 마음속에는 오지 않을 그 사랑을 기다리다 지친 아이가 되어 그 허기짐이 분노가 되어 온 세상에 투사하고 있진 않았나? 틈만 나면 올라오는 그 널뛰는 감정을 스스로 돌보기로 선택했다. 그 아이가 그림을 그리게 해주어야 했다. 평소에 마음 근육이 약해 털어놓을 데가 없어 숨어들었던 그림이라는 세계. 좋아 보여야 하고 더 매력적이어야 하고 감성을 바꿔야 했다. 감정의 대면을 위한 그림을 계속해서 그렸다. 그림 그리다가 울고 감상에 젖고를 반복했다. 난데없는 이미지가 생각날 때도 검열하지 않고 그렸다. 손이 멍하게 그림을 그릴 때도 있었다. 생각하고 그리는 걸 멈췄다. 의식하지 않고 그림을 그렸다. 그냥 무의식적으로 그림을 그렸다. 이미 내 소명이 있었다. 나를 살리는 그림을 그려야지. 나를 살리는 그림은 생명력이 있는 그림이 되는 거니까. 그 그림만으로도 충분하다고 생각했다. 내 방향성에, 내 그림체에, 내 주제에, 내 재료에 허락받을 필요가 없었다. 스스로 타인에게 사랑받을 허락을 구하지 않고 나 스스로 인정받으려고 허락을 구하지 않자 더 편해지고 안 보이던 방향이 더 잘 들어왔다. 좁은 관계에서 뱅뱅 도는 관계에서 더 넓은 관계와 방향성이 보이기 시작했다. 그렇게 내 일상의 내면에 아름다움이 찾아왔다.

감정을 잡는 연습

1. 명상 후 그림
2. 그림 후 명상
3. 명상 음악을 들으며 그림
 -그날의 기분에 끌리는 음악, 추천-코끼리 앱)
4. 완전 집중모드, 음악없이 그리기
 (-감정에 휩싸였을때,
혼자 안전한 장소에서 그리기)

-미니작업실-

Soul
Image
Telling
미니작업실 / 홍용미

Soul
Image
Telling
미니작업실 / 홍용미

새로 보이는 세계

나는 가까이 있는 사람과 잘 지내야 진정한 성공이라는 관념이 있어서 그들을 오랫동안 '화사한' 프레임을 넣고 봤다. 그랬더니 모두가 천사고 모두가 이쁨 그 자체였다. 그런데 그런 '화사한' 프레임을 넣고 봤더니 긍정적인 것은 좋은데 자꾸 나 스스로 거짓말을 하는 경우가 많았다. 자꾸 나를 설득하고 좋은 사람이라고 우기는 나를 발견한 것이다. 분명 좋은 분위기인데 나는 몸 반응이 올라오는 것이다. 누구나 좋다고 하는 그 순간에 말이다. 그래서 생각했다. '좋다~'라는 기준도 다시 살펴봐야겠구나. 그랬더니 나의 사회성에서도 조금씩 수정해야 할 부분이 많이 보였다. 그렇게 감정 대면을 했다. 첫 번째는 부모님을 제대로 보기 위해 내면 아이를 만난 것이고 두 번째는 아이를 계기로 또 내면 아이를 만나게 된 것이다. 세 번째는 남편을 제대로 보기 위해 나의 내면을 다시 돌아보았다. 그렇게 가족들에게도 건강한 거리감이 있다. 처음부터 이랬던 게 아니라 걸 앞서 말한 많은 글을 통해 알았을 것이다. 누군가를 도와주는 일은 선하다는 관념이 있었다. 그렇게 누구를 고치겠다는 마음, 누구를 위한다는 마음이 상대를 위한 게 아니라 사실은 나의 자부심의 한 부분인 것을 깨달았다. 나는 상대를 있는 그대로 보는 게 아니라 자꾸 내가 공부한 만큼 더 안다고 그걸 주입시키고 싶어 하는 나를 발견했다. 이건 착한 게 아니었다. 이건 선한 게 아니었다. 어렸을 때 할머니 댁에 놀러갔을 때의 일이다. 참새가 뒤집혀서 쓰러져 있었다. 나는 그 새를 구하고 싶었는데 사실좀 두려운 생각에 그냥 지켜보고 있었다. 그런데 어느 정도 시간이 지나자 갑자기 휙 날아가 버렸다. 그 새는 죽은 척을 한 거였다. 내가 돕는다고 손을 쓰는 순간 그 새는 더 다칠 것이 뻔했다. 그 기억이 떠올랐다. 그런 것처럼 내가 돕겠다는 그 개입이 '절대 선'이될 수 없다는 걸 알았다. 나는 그때 이후로 적당히만 해주고 나머지는 흐름에 맡겨버리는데 그 마음이 꽤 넓어져 많은 부분에 그런 마음을 적용했다. 나는 예전처럼 끈적한 사랑을 하지 않고 조금 섬섬한 사랑을 하기 시작했다. 그런데 외롭고 허전할 거 같았던 일상이 오히려 더 잘 이해되고 더 잘 보이기 시작했다. 예전에는 오랫동안 방치했던 묵은 감정이 툭하면 올라오곤 했는데 많은 감정을 받아들이자 '어두운' 프레임을 내려놓게 되고 '화사한' 프레임까지 내려놓자 '지금 이대로도 좋다'는 원래의 프레임이 드러났다. 그러자 내가 꿋꿋이 지키려고 했던 나의 허영들이 다 떨어져 나갔다. 그리고 내게 있었던 궁색한 습관도 떨어져 나갔다. 그리고 더 이상 부모님도 그렇게 밉지 않아졌고 오히려 사랑받지 못하고 돌봄받지 못했던 오랜 아픔은 그냥 바라봐졌다. 부모님의 모습을 내 기준대로 평가하지 않게 되었다. 그전에는 그저 안타깝고 내가 구해줘야 한다는 질퍽한 감정이었다면 이제는 부모님이 하시는 모든 행동에 대해 좀 관대해졌다. 오히려 그런 마음이 들자 부모님이 이것저것 챙겨주시려는 그 마음도 편해져서 그냥 가볍게 받기 시작했다. 또 남편에게도 이전만큼 섭섭하지 않아졌다. 가끔 남편에게 보이는 고쳐주고 싶은 부분이 있어도 그냥 둔다. 오로지 나의 관점에 대한 공부만 한다. 그 사람의 성장은 그 사람의 몫이기 때문이다. 그리고 남편이 꼭 돈을 벌어 와야 한다는 압박적인 관념도 내려놓게 되었다. 그러자 남편이 어떤 말을 해도 예전만큼 힘들지 않았다. 아이에게도 마찬가지이다. 내 마음의 거울이라 생각하고 내가 개선할 부분만 열심히 판다. 난 좋아하면 파고드는 기질이 있는데 나를 잘 관리하고 사랑하는 나의 마음을 파고들자 모든 관계가 새로 보이고 드디어 주변 사람의 마음이 보이고 대화가 더 잘 이해되기 시작했다. 그렇게 나는 새로운 환한 시야를 갖게 되었다.

Drawing Therapy Time:
[Foresty hometown, 26x18cm, watercolor on paper 2020]

오랫동안 기다렸던 나의 고향을 발견하게 되었습니다. 언제나 항상 그 자리에서 내가 어떤 선택을 하든 묵묵히 지켜봤던 그 마음자리가 있습니다. 그곳에서 저는 모든 비교분별을 내려놓고 있는 그대로 쉬어갑니다.

나를 바로 세우기

나의 20대의 주축을 이룬 감정은 바로 위화감이다. 위화감을 내 발전의 승화로 많이 썼던 에너지 원천이다. 세상의 불균형, 가족 내의 불균형, 경제적인 불균형, 행복의 불균형이 나를 가장 적극적으로 움직이게 하는 원동력이 되었다. 나는 내 안에 시기, 질투하는 마음이 올라오면 그 감정에서 상대에게 무엇을 배우면 될지를 생각하고 내게 적용했다. 대신 바보같이 앞에서 시기, 질투하는 '태도'는 항상 주의했다. 그건 사실 하수이다. 정말 자신이 자신의 분야에서 뭔가를 변화를 찾아내려면 그 근처에 있는 사람들을 관찰하면서 자신이 배울 덕목들을 찾는 것이다. 그러니 항상 배우는 마음이 있어야 한다. 내가 가지지 못한 그것을 가졌다면 그 모습을 보고 연구하고 배우면 된다. 나는 20대에 막연한 외모 가꾸기보다 중요하다고 여기는 것이 자신만의 매력 가꾸기라고 생각했다. 외모에 대해서 전혀 꾸밀 줄 몰랐던 나는 내 안에 촌스러움을 인정했다. 그리고 백지에 가까운 외모에 대한 공부를 20대가 되어서야 겨우 찾아갔다. 그때 이미 반 연예인 급으로 꾸미고 다녔던 친구들도 많았다. 그런 친구들을 보면서 그들이 가지고 있는 패션 정보를 많이 보고 배웠다. 그리고 여러 가지 스타일에 대해서도 많이 연구했다. 20대 초반에 가장 나이 들어 보였고 20대 후반에 갈수록 나름 나만의 스타일을 찾을 수 있었다. 그리고 30대가 되자 내가 어디에 포인트를 두고 옷을 사야 하는지 색은 어떤 게 내 얼굴을 밝게 만드는지 네크라인은 어느 정도가 내게 어울리는지 알게 되었다. 20대는 무조건 적용해보는 연습을 했다면 30대는 그중에 뺄 것을 찾았다. 그러자 여기저기 휘둘렸던 패션은 점점 나만의 기준을 찾게 되었다. 그리고 남들의 의견을 무조건적으로 수렴했다면 30대부터는 좀 오랫동안 가지치기를 했다. 그 변화의 지점은 확실히 30살 기준이다. 그때쯤 이미 내가 가지고 있었던 편견이나 사회적 가치가 있다는 걸 알았지만 내 선에서 그 가지치기의 중요성을 절실히 느꼈다. 그래서 그전에는 좋은 게 다 좋은 거. 그저 착한 게 좋은 거. 꾸미지 않는 게 좋은 거. 사회적으로 좋다고 하는 기준들에 대해서 다 하나씩 딴지를 걸고 생각을 많이 해보았다. 사실 더 노련한 40대, 50대 분들은 이런 모습이 귀여울 수도 있다. 한 번에 다 보이는 그 느낌이 있을 테니까. 그런데 적어도 성공에 대한 집착과 목마름이 너무 심했던 20대를 살았던지라 30대 초반부터 치열한 생각의 정리는 내게 꼭 필요한 부분이었다.

이미 선로의 위치 자체가 다르게 세팅되어 있는 친구들이나 어릴 때부터 자신이 뭘 해야 세상에서 성공하는지 너무 잘 알고 있었던 20대에 해둔 것을 누리고 거두고 있었지만 나는 그런 방식으로는 내 삶에 적용하기가 어렵다는 걸 깨달아야 했다. 내가 어느 지점에 있는지 정확하게 알아야 했다. 나의 기준을 정확하게 잡고 싶었다. 그 공부를 30줄이 들어서면서부터 지금까지 치열하게 해온 것 같다. 그리고 다시 고3이 된 것처럼 인생 선배님들을 찾아보기 시작했다. 나의 인생 과외선생님을 찾는 것이다. 예전에는 모든 정보가 수면 아래에 있었다. 그런데 이제는 내가 의지만 있으면 찾을 수 있었다. 그리고 하나씩 내게 적용해보고 있다.

나의 경제적 자립과 그 능력을 연구하는 게 20대였다면 30대부터는 정신 차리고 돈의 우선순위를 매기는 일을 했다. 어디에 모으고 풀어야 할지 정했다. 특히나 가장 나의 큰 꿈인 그림 그리는 삶은 내가 어릴 때부터 하고 싶어서 목이 말랐지만 아무런 기반이 없어서 차마 시도도 못 했던 것들이 화석이 되어 이번 생에는 할 수 없는 것이라 여겼다. 그런데 그 화석이 아직 생명이 있었다. 그래서 다시 꺼내서 먼지를 털고 준비하는 과정이 싫지 않았다. 망가져도 더 다칠 자존심이 없었다. 그냥 그 선로에 서기만 해도 된다고 여겼다. 어쩌면 그 꿈에 대해 아예 내려놨기 때문에 다시 가질 수 있는 마음일지도 모르겠다.

그렇게 나는 첫 데뷔전을 하게 되었다. 내가 그림전시를 하게 될 때도 공모를 통해서 하고 싶다는 기준이 있었는데 그걸 지키게 됐다. 갤러리 측에서 마음에 들지 않으면 일부 그림만을 가지고 그룹전을 할 수도 있었다. 대학만 졸업했고 무명, 수상 한번 못해 이력이 전무한 전업주부, 육아하는 엄마가 전부인 내가 개인전을 하자고 제안을 늘었을 때 그 순간이 아직도 잊히지 않는다. '직접 작품

을 보고 파기하면 어쩌지?' 그런 자신감 없는 마음이 계속 올라왔
다. 그런데 일사천리 계약을 하는 것도 신기했고 그 과정도 전혀
모르는 나는 사실 아트디렉터님이 '작가님'이라고 듣는 것만으로도
엄청난 감동이었다. 너무나 갖고 싶었던 나 자신의 일, 나의 소명,
나의 꿈이 천천히 세워졌다.

새로운 내 직업을 찾기

현재 그림을 창작도 하고 미술심리상담 스터디도 같이 하고 있다. 그리고 생각의 정리를 위해 이렇게 글도 쓰고 있다. 나를 드러내고 내 그림이 어떻게 읽힐지 어떻게 사람들에게 보일지 궁금했다. 오해하면 나를 보호할 수 있는 글도 같이 배우고 싶었다. 생각이 많아 무슨 말부터 꺼내야 할지 모를 때마다 말을 잘하고 싶다는 생각을 했다. 그쯤 글쓰기 스터디 모임에 참여했다. 그리고 내 그림 창작과 함께 글과 다른 직업적인 새로운 변화를 기록하기로 했다. 내가 아파했던 과거를 철지히 분석해서 꼭 약으로 만들고 다른 사람들도 활용할 수 있도록 하고 싶었다. 나는 내향인이라 드러내겠다는 마음을 먹었음에도 많이 떨렸다. 나에게 관심이 없을 거라는 안심하는 마음과 그래도 내 그림에 대한 다양한 의견을 듣고 싶다는 마음이 동시에 들었다. 나는 부활의 김태원 씨만큼은 유명하지 않지만 김태원 씨가 그 많은 곡들에 대한 부끄러움을 느끼는 동시에 자식같이 아까운 곡이 비난받으면 어쩌지? 한순간에 누군가에게 베껴지면 어쩌지? 하는 고민을 했다고 한다. 그 고민이 내 것처럼 다가왔다. 그 즈음 유튜브라는 매체가 등장하기 시작했다. 사실 그 전부터 있었지만 그건 사실 내가 활용해야겠다는 생각은 아예 못 했기 때문이다. 난 뼛속부터 아날로그화 된 사람이라 그랬는지 손 그림을 고집하고 싶었다. 그래서 손 그림들을 과정 모두를 촬영했다. 영상에 대한 저작권도 그림에 대한 것도 내 과정에 대한 것을 계속 노출함으로써 정당한 연구 결과임을 공개적으로 드러내고 싶었다. 그 그림을 촬영한 영상은 사실 지겹고 처음 접하는 매체에 대한 어설픔이 그대로 올려져 있다.

그리고 나는 내가 '무엇을' 그리고 무엇을 '위해서' 그려야 하는지 고민을 했고 방향을 잡게 되었다. '함께 그리는 그림을 해야겠다'는 마음과 일회성이 아니라 그리는 '과정'에서 오는 몰입을 안내하고 싶었다. 계속 지적받았던 나의 태도 중 '넌 너무 진지해~, 넌 너무 무거워~, 넌 너무 생각이 많아~'였다. 내게 붙인 그 단점의 성격을 필요한 곳에 쓰기로 했다. 진지한 마음을 쓸 수 있는 상담을 하기로 했다. 창작자로만 살기로 했던 사람에게 치유자가 되기로 마음먹는 것은 사실 스스로 명분을 만들어야 하는 과정이기도 했다. 일상 대화가 너무 가벼워서 재미가 없었다. 사실 깊이 있는 이야기를 통해 답이 없는 토론을 하기를 좋아하고 각자의 답을 찾는 걸 좋아한다. 심리 상담 사기를 당하고 내가 직접 공부해서 나랑 우리 가족을 지켜야겠다고 생각하고 심리자격증 공부를 했다. 처음에는 이거 누구나 다 하는 거 아니야? 부정적 무의식이 올라왔다. 그런데 적어도 내 주변에는 그 누구나가 없었다. 또 부족한 면은 더 배우면 된다. 그림을 가르쳤던 경험으로 그림을 배우고 싶은 동기에 대해 충분히 알아보는 과정을 수업하기로 했다. 마음을 안전하게 드러내고 싶어서 그리고 싶은 건지 찬찬히 마음 그림을 안내해야겠다고 생각했다.

그림 치유라는 과정이 여러 가지 심리 상담과 그림으로 비교 분석하는 데 나는 미술학원에서의 경험이 약이 되었다. 완전히 생초보의 그림을 많이 봤는데 당연히 거기에는 심리에 대한 것도 같이 읽혔다. 그래서 그때는 그림에 대한 평가와 심리에 대한 평가도 같이 했었다. 그런데 그 과정이 정말 빛도 안 나고 아무리 해도 드러나지는 않았다. 남들은 만개하거나 이미 꽃봉오리라도 나와야 믿는다. '네가 꽃이었구나. 네가 열매가 생길 수도 있겠구나.' 그런데 내가 있었던 자리는 이리저리 치여 이름이 드러나지 않는 곳이었다. 한없이 높아진 시야에 더듬더듬 이제 그림을 그리는 시작은 한없이 느려 보이고 약하고 못한 것처럼 보인다. 그런데 내가 했던 일은 그런 일의 연속이었다. 그 경험이 그림으로 심리 상담을 할 수 있는 재료가 되어주었다.

그래서 내가 가장 실패했다고 여긴 순간의 아픔, 내가 가장 고치고 싶었던 성격적인 면, 나의 평범하다 못해 뚜렷한 결과도 없었던 커리어의 경험, 나를 살리기 위한 그림 그리기를 2년 넘게 꾸준히 해온 노력, 그 그림으로 전시를 기획하게 된 점을 이용해 붙이니 가장 나다운 직업을 발견했다. 이미 있던 직업이라도 나만의 감각과 스토리가 붙으면 색다른 직업이 된다. 그렇게 새로운 직업을 가지게 되었다.

'어디서 그림을 그려요?'
설거지하면서
마음을 비우고
식탁에서
그립니다.

일상의내면을그립니다
미술심리치유스터디

*태교 중인 예비엄마
*1~3살 아기를 키우는 전업 엄마
*독점육아하는 엄마

감성회복프로젝트

일상의내면을그립니다
미술심리치유스터디

나만의 기준으로 행복하기

아이가 찾아왔다. 기다렸던 아이였다. 1년 정도 남편과 전국에 기운 좋다는 산을 다니면서 기도를 했다. 가장 좋은 때에 보내달라고. 그때 우리 딸이 내게 찾아왔다. 그런데 기존에 내가 20대에 배운 상대적인 위화감은 정말 아무것도 아니었다. 30대 초반까지도 온갖 책과 강의로 쌓은 내 나름의 데이터는 여지없이 갱신되었다. 30대 중반에 아이를 가졌다는 것. 그리고 그 엄마들의 전투력은 정말 엄청났다. 난 이미 입시를 수없이 겪으면서 경험으로 알게 된 상식이 있었다. 아이의 자율성을 지켜주기. 사회성의 선은 알려주기. 딱 두 가지였다. 나머지는 내가 하기 나름이고 사회 변화에 맞추기로 했다. 그런데 내 귀와 눈이 이렇게나 팔랑 귀, 팔랑 눈이다. 엄마의 모성이 자부심에 붙는 순간 얼마나 생활이 피폐해지는지 몸소 체험했다. 그동안 나와 돈 한 푼 두 푼 아끼자며 절약하며 살림했던 사람들도 육아에서만큼은 너무나 과감했다. 그 모습을 보고 처음에는 '저건 사치야 나는 안 그래야지' 하는 기준이 있었다. 그런데 나보다도 타인이 내 아이를 보고 경제력을 평가하고 차별한다는 걸 알기 시작했다. 그걸 몇 번이나 몸소 체험하고부터 고민이 생기기 시작했다. 나는 남들의 시선을 의식하지 않지만 내 아이가 받을 보이지 않는 차별을 감당하게 두는 게 맞을까? 그리고 잘 키운다는 그 기준이 도대체 뭘까? 책을 아무리 찾아도 옷을 예쁘게 입혀라, 좋은 교구를 사라는 얘기는 없었다. 오로지 정신적인 것과 자세에 대한 것이었다. 그런데 현실은 좀 달랐다. 아니 사실 현실을 모른 척했다. 어느 정도는 내가 신경을 써야 한다는 걸 알게 되자 좀 피곤해지기 시작했다. 육아가 기쁨이기보다 내 안에 열등감이 자극 받게 되자 그걸 덮으면 안 보인다고 생각했을까? 그런데 내가 가장 알뜰하게 키운다는 애기 엄마들을 지켜봤다. 전부 각자 자신만의 기준이 너무 뚜렷했다. A엄마는 옷에 집중하고 B엄마는 육아 공부에 집중하고 C엄마는 앞으로의 육아에 대해 집중했다. 그러면서 소비패턴도 '내가 가장 가난하다'라고 얘기했던 D엄마도 여행은 곧잘 다녔다. '내가 가장 알뜰하게 육아해~' 하는 E엄마도 항상 자신의 머리와 손톱관리는 한 번도 빼놓지 않고 다듬었다. '내가 가장 힘들어~' 하는 F엄마도 항상 장난감, 교구, 책을 원 없이 새 것으로 사들였다. 다들 자신이 집중하지 않는 면에서 풍족한 사람을 가리키며 부러워하고 있었다. 그런데 사실 그건 나도 마찬가지였다. 자신의 우선순위가 있다는 걸 알게 되자 적어도 내 주변에는 진짜 힘든 사람이 없다는 진실을 알았고 또 나도 누군가에게 그렇게 비치겠구나 하는 마음이 생겼다. 그러자 마음이 가벼워졌다. 난 첫아이, 여자아이인데도 겉옷부터 내복까지 얻어 입힌 것도 많다. 특히나 장난감, 책도 전부 물려받았다. 난 그게 너무 당연했는데 그게 당연하지 않은 사람도 많이 만났다. '그래도 첫애인데~ 새것

입히지?', '백화점 브랜드로 입히지?' 그런 얘길 들었었다. 그런데 우린 집을 먼저 사려고 했었기 때문에 그럴 수 없었다. 지금 그때의 사진을 보면 충분히 반짝반짝 화려하다. 그때 나는 육아 책을 더 사 읽었고 내 그림을 더 그렸다. 내가 다시 복귀할 흐름을 놓치지 않으려고 끊임없이 집 밖의 환경에 대해서 공부했다. 뉴스에서 어렵고 힘든 기사만 보는 게 아니라 다른 부분을 많이 보고 들었다. 그리고 아이 이유식에 더 신경 쓰고 집중해서 먹였고 아이와 교감하려고 무지 집중했다. 그리고 맘스다이어리 어플을 이용해 아이에게 매일 사진 한 장에 일기 한 줄 써주는 무료포토일기장도 500일간 써줬다. 아이 돌잔치 영상도 직접 편집을 배워서 그걸로 만들었다. 그때 배운 기술로 유튜브를 하게 되기도 했다. 난 이 과정을 아이가 볼 거라고 생각했다. 내 기준의 육아는 이 정도다. 이 정도면 충분한 것 같다. 그런 경험을 나중에 아이가 크면 많이 알려주고 상기시켜 주고 싶다. 그렇게 육아 열등감의 도돌이표는 마침표를 찍었다. 그리고 행복의 기준으로 중심을 잡았다.

시지 않은 행복감

여기 도시 사람이 있다. 도시라고 하니 굉장히 영감 같고 꼰대 같은 오래된 단어 같다. 어김없이 편의점에 도착해서 값싼 캔 커피를 산다. 세상의 커피 배 속에 들어가면 다 똑같아. 그러면서 그 아쉬움을 마신다. 그러면서 조금 더 부유한 사람들의 삶을 살펴본다. 저 사람들은 나보다 여유 있을 거라 짐작한다. 여유가 있다면 이런 편의점 커피 따위는 먹지 않고 좀 더 근사한 곳에 가보고 싶다는 본심이 마구 올라온다. 그마저도 상상이 안 되면 갑자기 그들의 여유에 온갖 정의감으로 포장해 신 포도를 만든다. 저 성공의 모습은 온갖 거품과 허영일 뿐이라며 성공의 단면을 본다. 그 단면 중에 더 각이 진 일부를 주목한다. 그러면서 자신을 위로한다. '아, 그래. 이쪽은 이번 생은 아닌 거 같아.' 더 가질 수 없다면 차라리 마음을 놓고 살자며 시골로 마음을 바꿔본다. 그것이 마음을 놓는다고 욕심이 없다고 생각한다. 이 마음을 들고 시골에 산다면 '무위자연' 하는 삶을 살게 될 거 같아. 그러면 이렇게 복잡한 내 마음이 좀 느긋해지겠지. 그 도시의 사람들은 공허한 마음을 시골의 평화로움에 묻어 귀촌을 꿈꾼다.

또 다른 농사만 짓던 사람들은 무조건 이 시골만 뜨고 싶어 한다. 자신이 살아온 세계관이 너무 좁고 너무 심심하다. 이 시골에서는 바로바로 결과가 나오는 곳이 아니라서 미래가 보이지 않기 때문이다. 농사짓는 사람들의 특유의 사계절을 기다리며 키워온 인내심으로 시간을 순응하고 타협하는 변화를 기다려본다. 늘 흙과 바람, 하늘의 눈치를 보며 살아온 그들은 이미 그 키우는 작물의 모습과 매우 닮아진다. 그렇게 서로 다른 방향을 꿈꾸며 산다.

그러다가 각자의 열등감을 가진 채로 서로 더 좋을 거라 짐작한다. 그러면서 계속 서로가 가진 것을 높이 재단 위에 올려두고 그것을 탐한다. 나는 이 산만 넘어서 저걸 가져볼 거라고 저게 내 꿈이라며 이름표를 붙인다. 그런데 그 목표는 쫓을수록 더 멀어져 간다. 그게 잘 안 되니 포기한다. 그마저도 안 되면 그러면서 새로운 선택을 하는 사람들이 새로운 도전을 하는 사람들을 안쓰러워한다. 어차피 안 되는 거니까 너도 하지 말라며 말린다. 그렇게 반복하는 삶을 산다. 삶은 따분하다. 또 운이 좋은 사람은 그 운의 흐름을 타고서 그 성취감에 또 흠뻑 빠져본다. 이게 새로운 삶이라고 안내한다. 그리고 이만큼을 가지면 당신도 행복할 거라고 설득한다. 이런 흐름을 잘 탄 사람은 이게 전부인 것 같다. 그 삶도 어느 정도 살다 보면 전부가 아님을 느낀다. 그 허무함을 또 자부심으로 포장한다. 끊임없이 자신을 설득한다. 자부심과 온갖 자존심으로 자신은 감추고 다른 모습을 만든다.

이 두 사람 모두 행복할 수 없고 그 행복은 서로가 시어나만 뇌는 룰을 가졌다.

본질은 마음에 있다. 자꾸 서로를 바라보며 쫓았다면 그 길에는 답이 없고 그 길에는 서로가 허무하게 붙잡은 무늬만 성공인 삶이 남는다. 성공에 도착했든 실패에 도착했든 보이는 부분은 전부가 아니다.

사실은 마음자리에서 그걸 보는 눈이 나를 시지 않고 행복한 곳에 데려다준다. 자신의 기준을 가진다는 것은 자신의 존재의 이유를 찾는 것이다. 우리가 이곳에 온 존재의 이유를 스스로 답을 해야 하는 시기가 반드시 온다. 이 질문은 개똥철학도 아니고 싱겁고 재미없는 관념적인 질문이 아니다. 가장 나에게 먼저 물어봤어야 할 모든 것들이었는데 그걸 참 몰랐다. 그 기준은 굳어지는 정적인 것이 아니라 끊임없이 움직이는 사이클의 연속에 가깝다. 자신만의 시지 않은 행복감을 찾는 게 궁극적인 행복감이다. 이미 다 알고 있는 걸 나만 모르고 있었다.

내면에 아름다움을 심는다는 것

우리는 흔히 마음을 밭에 비유한다. 마음 밭에 어떤 것을 심을 수 있을까? 어떻게 쉽게 심을 수 있을까? 우리는 음악으로도 마음을 가꿀 수도 있고 따뜻한 대화로도 가꿀 수 있다. 그리고 내가 보는 것을 관리하면 된다. 우리의 눈은 보자마자 판독하는 힘을 가졌다. 그런데 너무 많이 그 판독의 힘을 타인의 힘, 유행의 힘, 관습의 힘으로 그 판독이 흐려진다. 마음 밭을 가꾸는 것은 책을 꾸준히 읽고 좋은 문장을 머릿속에 넣고 실천하는 일이다. 내가 정말 좋다고 생각하는 아름다움에 대한 방향을 정리하자니 가장 먼저 떠오른 것은 태교였다. 우리는 아이를 위해 좋은 것을 보라고 한다. 그렇게 기다리고 기다렸던 아이를 가지고서 갑자기 아이를 위한다는 마음으로 시작된 태교는 사실 마음공부의 첫걸음이기도 하다. 세상의 모든 태교 관련 책을 찾아보면 자극적이지 않고 자연적이고 마음이 편안한 것을 찾으라는 것이었다. 그래서 직접 골라서 보려고 찾아보니 책과 현실은 너무 심하게 달랐다. 그리고 그 '자극적인' 수준의 정도가 너무나 천차만별이었다. 그 태교를 위한 시각으로 이 세상을 바라보자 나의 뿌리 깊은 곳부터 찾아드는 완벽주의 결벽증이 다 나오는 것 같았다. 아이용 프로그램을 봐도 그건 너무 자극적이야. 너무 경쟁적이야. 저건 너무 야해. 저건 너무 공격적이야. 그런 마음을 먹을 수밖에 없었다. 아주 무난한 드라마를 봐도 꼭 중간에 교묘하게 야릇하고 힘들고 무섭고 두려운 장면을 넣어서 그 장면만 잔상이 남게 했다. 보면서도 이런 걸 보여줘도 될까? 그런 고민이 들었다. 나 스스로 올라오는 검열에 아주 혼란스러웠다. 그런 불안을 자극하는 프로그램은 계속 호기심으로 계속 보게 만든다. 그 프로그램이 끝날 때까지. 연예산업의 주축이자 근간이 되는 감정을 계속 보고 있으니 그런 감각만 발달하는 것 같았다. 어찌 보면 세련되어 보이고 최첨단 유행을 쫓는 기분이긴 한데 돌아서면 뭔가 헛헛하고 남는 게 없다고 느꼈다. 모든 감정에 예민해지는 임산부 시기에 어떤 것도 볼만한 게 없다는 걸 자꾸 발견하게 됐다. 그래서 생각하게 된 게 가끔 TV 채널 중에 눈이 쉴 수 있는 자연 풍경, 유적지를 보여주는 장면이 생각났다. 그래서 '직접 눈으로 보고' 그런 순간들을 수집하기로 했다. 주로 자연이 나에게는 가장 편했다. 아파트 앞 화단도 포함이다. 그런 작은 자연부터 나는 수집하기 시작했다.

마음의 창, 영혼의 창이라고 하는 시각매체는 삶을 이루는데 특히 상상력을 동원할 때 밑거름이 된다. 다들 보는 것 따로 상상은 따로라고 생각하지만 그렇지 않다. 그래서 역으로 조절하는 것이다. 스스로 그런 자연을 많이 봐주면 좋다. 눈으로 만난 수많은 장면들은 곧바로 시신경을 통해 뇌로 입력이 된다. 그런 과정을 꾸준히 해줬다. 한 번씩 감정이 마구 올라올 때 이런 장면을 눈에 담으면서 감정을 조절하는 방법을 알려주고 싶었다. 그래서 내가 직접 그렇게 살기로 했다. 그런 짧은 순간들을 유튜브에 올렸다. 처음에는 컷 편집도 안 했다. 그것은 자연이 아니라고 생각했다. 정말 눈으로 본 자연은 아주 느리고 아주 천천히 마음에 전달됐고 처음에는 너무 섬섬해서 뭘 봤는지 기억도 안 났다. 그런데 자꾸 자연의 느린 속도는 순식간에 변화로 다가오곤 했다. 그런 순간을 발견할 때마다 그 발 빠름에 감탄을 했다. 그런 관찰 가운데 인간의 질서, 인간 삶에서의 질서가 다르게 보였다. 자연의 흐름을 계속 보다 보니 인간으로서 반드시 느낄 수밖에 없는 감정에 대해 오히려 너그러워지는 마음을 발견했다. 아름다움을 수집하면서 '감동하는 순간'이라는 폭으로 좁아졌다. 이미 다들 알고 있는 심미안을 갖기 위해 한참을 둘러왔다. 이제야 그런 눈을 가지게 된 것이 멋쩍고 그동안 과거에 빠져 놓친 수많은 풍경이 아쉽기도 하다.

나만의 리듬, 속도를 체크하기

요즘 우리나라에서 가장 핫한 키워드는 아무래도 '성공, 1인 브랜딩, 무자본 브랜딩'이다. 우리나라 사람들은 사실 코로나가 오기 전부터 좀 지쳐 있었다. 과도한 관계중심적인 사회라 조금만 거리가 멀어지면 까칠한 사람이라고 여기고 조금만 가까이 다가가면 오지랖이라고 한다. 그 거리감이라는 게 각자 살고 있던 집에서의 분위기, 그리고 스스로 사회생활을 하면서 자각하는 거리감이다. 그래서 일정한 규칙이 있는 것이 아닌 것이다. 내가 정해둔 것이 유리천장인지 열심히 부딪혀보면서 자신의 바운더리를 체크하고 있다. 내 본성이 꿈꾸는 나와 내가 고집하는 나의 간극이 심하면 우울증이 온다. 감이 예리한 사람은 그 감을 계속 살핀다. 자신이 가진 결을 발견한다는 것은 자신의 조급함을 조금 내려놓을 수 있다.

양자역학에 대한 얘기는 이전부터 심심치 않게 들린다. 힉스입자라고 하는 광자의 단위는 가장 최소단위로 쪼개보면 우리는 하나의 파동입자라고 한다. 우리의 본질은 변화, 리듬이다. 항상 리듬을 가지고 일정한 파동으로 움직인다. 그건 단지 신체적으로 심장박동의 리듬과 같은 그런 리듬뿐 아니라 자신의 생각의 리듬까지도 지배하게 된다. 자신의 생각도 일종의 파동이라서 그 파동은 끊임없이 흔들거리다가 속도가 확확 붙을 때가 있다. 사실 속도가 붙어 보이지만 많은 점프를 하면서 그 점들을 연속으로 계속 찍고 있기 때문에 꾸준히 빨라 보이는 것이다. 그리고 우리의 영혼, 즉 본성은 쭉 직진한다. 그 어떤 장애물이 와도 바로 해야 하는 직성을 가졌다. 영혼은 엄청 힘이 강하다. 그런데 그 마음과 생각이 힘을 합쳐 리듬하고만 움직이려 들면 그 영혼은 불편해진다. 어떤 일의 결과가 그 리듬으로 인해 아주 약한 흐름으로 바뀌어버린다. 일의 진행이 잘 되거나 잘 되지 않을 때에도 우리의 생각과 마음은 끊임없이 리듬을 타고 움직인다. 이런 리듬은 본질이어서 당연한 거다. 이 리듬을 사람들은 가리키며 삶의 균형, 세상의 이치라고 하기도 한다. 그런 자연의 질서를 자신이 하고 싶은 일에 대입해보자. 산을 관리하기로 마음먹은 영혼의 계획은 꽃의 파동, 나무의 파동, 돌의 파동, 물의 파동을 모두 알고 있다. 그러나 그 파동이 다소 두려움을 가지고 있더라도 사계절을 굴려야 한다. 개나리의 파동이 예쁘다고 갑자기 개나리에게 우연한 행운을 주었다 해도 결국은 하나의 신비 체험에 불과하다. 그럼에도 불구하고 다시 하나의 사계절에 흘러간다. 우리의 꿈과 목표에 대한 계획도 마찬가지이다. 우리는 각자가 가진 성장의 리듬표가 있다. 남자들은 잘 모르겠지만 여자들은 배란일 주기가 있다. 우리는 끼니를 챙겨 먹는다고 먹지만 때로는 아침, 때로는 아점, 어쩔 땐 점저 등등 다양하게 먹는다. 그런데 내가 하는 행위와 상관없이 배란주기는 꼭 이어진다. 아주 사언스럽게 심장이 뛰고 소화가 되고 자신만의 일정 주기를 갖는다. 그런 것처럼 우리가 하나의 계획을 가지고 일을 진행할 때도 그 리듬이 자연의 주기와 맞아서 뭔가 큰 흐름을 탄 듯 편하게 승승장구 달릴 때가 있다. 그런데 그때 이 자연의 주기를 잊으면 안 된다. 내가 크고 작게 흔들려도 그 주기에 따라 될 일은 되어 있고 좀 쉬어야 할 때는 약한 리듬의 주기가 있다.

그런데 우리 사람은 동식물들의 생체주기와 또 다르게 자신만의 정신적, 영혼적인 성장주기가 있다. 사실 그건 본인만이 알 수 있다. 이것이 우리가 본성의 삶을 살아가는 가장 재미있는 숨바꼭질이다. 답을 다 알아도 각자 전혀 다른 해답이 나오고 답을 적용한다고 해도 각자 자신만의 결과가 나오는 정말 재밌는 곳에 살고 있다. 자신의 성장주기는 리듬의 본질을 알고 활용해야 한다. 시소 타기를 하듯 자신을 계속 담금질해봐야 한다. 때로는 달리고 때로는 걷다가 다시 쉬고 그런 리듬을 꼭 의식해야 한다. 그러면서 자신이 성장으로 가려는 의도를 내야 한다. 작은 것이든 리듬을 만들 준비를 하면 된다. 작은 리듬이라도 자신이 의도를 내야 탄성을 받는다. 아무것도 하지 않고 도돌이표로 리듬을 낸다면 자신이 우주의 근본인 '리듬, 즉 움직임'을 하지 않은 대가로 어마어마하게 무기력하고 그 무기력과 함께 중력의 힘으로 힘든 감정적, 심리적 보상을 맞이하게 되는 것이다. 힘이 없으면 약하게 움직이고 힘이 중간이면 중간만 움직이면 된다. 누구에게 보여준다기보다 자신이 움직이면 된다. 리듬을 유지하면 된다. 일상의 리듬에서 변화의 리듬을 만들고 계속 나아가면 된다. 가장 작은 단위로 움직이기만 해도 계속 탄성을 받아 어디로든 간다. 삶의 유연한 리듬을 인지하면 이제 작은 방향성을 가지는 것. 그것으로 속도를 가지게 된다. 이 모든 과정에 옆 사람의 에너지 파동은 상관이 없다. 옆 사람의 파동은 보일 뿐 억지로 쥐지 않는 한 영향을 주진 않는다. 하나의 인지 오류이다. 그저 작은 리듬을 계속 내보이면 어느 순간 내가 계획했던 목표에 완주해 있는 자신을 발견할 것이다. 의식성장을 경험하면 완주의 인식 또한 자신만이 알게 된다. 시공간이 초월해서 한 지점에 와 있는 그 순간을 맞이하게 된다.

일상의 내면을 그립니다

80년대 세대, 여러모로 혜택을 많이 받아 크게 어려움 없이 자라났지만 우리에게는 수많은 욕구 중에 식욕, 성욕, 수면욕만 있는 게 아니었음을 발견하게 되었다. 우리에게는 정서적 공감의 욕구, 긍정적으로 지지받고 싶은 욕구, 형제와 평등한 사랑을 받고 싶은 욕구, 나아가 나로 살고 싶은 욕구가 있음을 발견하게 되었다. 우리는 그저 생계를 위해 돈을 벌기에도 의식이 성장해 있고 꿈만을 좇자니 주변에서 후레자식 소리 듣는 그런 시대에 살고 있다. 이렇게 위태로운 시대(전 세계적으로 코로나 사태가 번졌다.)에 "가장 안전하게 생계를 책임지면서 창의적인 방법이 뭐가 있을까?" 엄마로서 아내로서 재취업을 위해 책을 읽으며 어떤 직업을 해야 오래 살아갈 수 있나 고민하고 있을 즈음, 가정의 핵심 지대가 흔들리고 있었다. 엄마인 '내가 정서적으로 무너지고 있었다.' 더 솔직히 남편으로부터 무너지고 있었다. 사회적으로 불안이 높아지면서 회사를 다녀온 남편은 점점 불씨가 꺼져만 갔다. 내가 우울증이라기에는 살고 싶은 의지가 강했다. 그것도 잘! 다만 이 기분 나쁜 음울한 터널에서 '어떻게' 빠져나갈까? 방법을 찾고 싶었다. 겉핥기식으로만 배웠던 진짜 마음공부와 심리, 영성, 육아 서적을 통해 예술적 삶과 어떻게 융화시켜야 하는지를 스스로 독학해 배우게 되었다. 남편의 흔들림과 상관없이 나만의 정신적 중심을 잡고 싶었고 흔들리지 않고 딸아이를 키우고 싶었다. 그때 나만의 돈벌이가 없었고 그렇다고 스펙이 화려해서 이 아이가 저절로 나만 생각해도 든든한 입장도 아니었다. 그리고 아이가 아직 어려서 어느 정도 키워야 했기에 고민을 해봤다. 생계적인 돈은 어디든 나가 벌 자신이 있었다. 그런데 코로나 사태가 벌어지면서 그마저도 불안한 시대가 되었다. **그럼에도 생계와 더불어 그림 하는 엄마인 나를 적극 활용해보고 싶었다.** 가장 나답게 행복하게 살고 있는 모습을 보여주면 그게 생계도 자아실현도 하는 엄마의 모습으로 각인되지 않을까? '나의 창작력을 지금 시대에 맞게 어떻게 활용할 수 있을까?' 고민을 했다. 아이에게도 어깨너머 교육이고 일종의 유산이 될 거라 생각했다. 그래서 나만이 할 수 있는 엄마이자 가장 나답게 오래 보여줄 수 있는 여성으로의 모습을 설정했다. 처음으로 나를 기준으로 일상에 가장 중요한 것을 모았다. 뚜렷한 목표를 설정한 것이 아니라 **어떤 자세로 살아야 하는지를 수정하고 설정했다.** 그렇게 나는 그림을 그리고 글도 쓰고 치유도 하는 그런 '관찰자의 자세'를 삶으로 가져오게 됐다. 처음엔 결혼 자체를 후회했다. 또 이런 시국을 탓했다. 그런 불평은 더 이상 그만하고 싶었다. 그런다고 역주행이 되지 않았다. 인생은 영화가 아니다. 재촬영이 안 된다. 그런데 어느 지점이 되니 후회할 필요가 없다는 자각이 일었다. 그때 나를 살리는 말이 있고 나를 숙이는 말이 있나는 걸 알았다. 나노 노트세 사리

잡은 묵은 신념을 들여다봐야 했다. 그렇게 외롭지만 힘든 터널 같은 시간을 지나왔다. 처음에는 투쟁이고 날마다 전투를 하는 기분이었다. 그렇게 투쟁 같은 시간을 지나고 나니 언제 그랬냐는 듯 일상의 내면을 온전히 살 수 있는 눈을 가지게 되었다. 그 방법은 첫 번째, 내 첫 감정에 솔직하기, 두 번째, 알아차린 감정 인정하고 해결해주기. 이 두 가지가 전부였다. 오늘의 기쁨을 온전히 느끼기 위해 묵은 감정도 충분히 공감해주고 알아주었다. 그래도 답답할 때는 그림을 그리면서 나의 감정을 해소했다. 여기저기 수많은 길잡이 사상가, 선생님들이 있다. 그분들 덕분에 내가 쥐고 있었던 고집했던 오랜 감정을 알아채게 된다. 그것이 큰 선물이다. 때론 불쾌하고 마주하고 싶지 않다. 그런 감정을 나부터 치워주었다. 눈앞에 얼마나 많은 과거와 수많은 사람들의 관념이 자리 잡고 있는지 아직도 사실 더 알아채야 할 게 많다. 어릴 때 가졌던 크게 힘들었던 마음이 놓아졌다. 그리고 사회생활을 하면서 겪게 된 여러 가지 일들도 한 번씩 곱씹고 돌아보는 계기가 되었다. 일상이 얼마나 다양하고 또 그 개인이 가진 시야가 깊은지 새삼 깨닫는 시간이 되었다. 그리고 아이를 돌보면서 창작자로 살아가는 기쁨을 처음 맞이하게 되었다. 나는 사실 글도 잘 쓰고 말도 조리 있게 잘 해야 된다는 생각이 많았다. 그 앞에는 이 말을 '잘' 전달해야 하는 압박이 있었다. '잘' 전달하고 싶은 마음을 내려놓기로 마음먹었다. '그냥 가볍게 툭툭 하자.' 그게 내 마음에는 편했다. 처음에 글을 쓰고 그림을 그리면서 전시 공모를 했다. 그리고 그 공모에 당선이 되었다. 공모에 합격하고 첫 개인전을 하기로 계약을 했다. 그 작은 기회가 은근히 나를 움직이게도 옴짝달싹 못 하게도 했다. 그런데 놓고 싶지는 않았다. 그래서 못하든 잘하든 이 일을 해내기로 마음먹었다. 전시 공간을 생각하면서 내 그림을 다시 보니 괜히 걱정이 앞섰다. 나에 대한 홍보를 괜히 하면 더 안 좋게 주목받지는 않을까. 아니면 그냥 그 정도로 만족하는 전시를 할까 고민이 되었다. 가장 조심스러웠던 마음은 "이 정도면 됐지, 뭐. 누가 본다고?" 하는 그 남을 의식해 물러서는 마음이었다. 그런데 이건 내 본심이 아니었다. 내 생각이 나를 '이만하면 됐지' 하는 방심을 계속 주입하고 있었다. 결과에서는 그런 마음을 내는 게 좋지만 하는 과정에서는 그런 마음이 오히려 나를 주저앉히는 태도가 되었다. 그래서 대학 때 크리틱(critic)을 했던 것을 상상하면서 그때보다는 좀 발전하자는 의지가 생겼다. 그러려니 참 많은 걸 준비해야 했다. 특히나 내 마음을 다스려야 했다. 다시 시작해야 하는 무한 경쟁 시대에 그리고 결혼과 동시에 남편, 자식을 만나는 과정에서 여자로서 겪는 다양한 격한 마음을 온전히 기록하기로 했다. 그래서 나의 크고 작은 아픔, 실패를 극복하는 과정을 나중에 보기로 했다. 그게 책이라는 형태가 될 것 같다. **뭘 더 가져서 만들어진 영웅담이 아니라 자존적으로 살아간 엄마에 대한 마음일기를 남기고 싶었다.** 운명이 도와준다면 "누군가에게는 도움이 되지 않을까?" 하는 투박하고 두루뭉술한 의지로 시작되었다. 딸아이가 있는데 사실 혼자서 아이를 돌보기로 마음먹은 그 당시 아이에게 물려줄 돈이 없었다. 그렇다고 스펙이 화려해서 이 아이가 저절로 부모님만 생각해도 든든한 입장도 아니었다. 그래서 고민을 해봤다. 내가 가장 나답게 살고 있는 모습을 보여주면 그게 교육이고 일종의 유산이 아닐까 생각했다. 그래서 나만이 할 수 있는 엄마이자 가장 나답게 오래 보여줄 수 있는 내 모습을 설정했다. 그림을 그리고 글도 쓰고 사람들을 가르치면서도 치유도 하는 그런 과정을 삶으로 살 것이다. 그리고 시간이 지나면 내가 마땅히 해야만 하는 그런 변화가 있을 것 같다는 예감을 해본다. 그게 무엇인지는 아직은 나도 잘 모른다.

칭찬받아 마땅한 상황만 잘 찾아다니는 사람과 정말 맨땅에서 헤딩하며 자란 사람의 시작점은 다르다. 난 서른 살까지도 엄청 바보같이 살았다고 자부한다. 편견을 깨보려고 무수히 두들겼던 것 같다. 적어도 두들겨봤다. 책을 보고 실험해보고 깨보고 다시 책을 찾으면서 방법을 찾았던 것 같다.

'내가 가장 많이 속이는 사람이 누구일까?'
'바로 나 자신이었다.'

사실 나는 엄청 겁쟁이다. 불편하면 도망가고 작은 공포에 용기를 내기 전에 회피한다. 남들이 부당하게 대해도 그저 맞추는 게 편하다고 스스로를 가장 먼저 설득했다. 그게 아직도 만만치는 않다. 적어도 내 감정에 스스로 부정하는 일은 현저히 적어졌다. 알아차리는 대로 내 마음을 받아주고 감정을 잘 다독여주었다. 그렇게 감정을 이해해주자 나를 사랑하는 마음이 점점 커졌다. 하고 싶은 일을 시도할 때 부담이 점점 적어졌다. 사실 시도도 많이 해보지만 1이 마음에 안 들면 그만 둬버리는 게 많았다. 느낌도 중요한데 가끔 그 느낌이라는 게 참 많이 나를 속인다. 내가 자꾸 내 마음을 쥐고 1을 해놓고 계속 인정받고 칭찬받기를 갈망했다. 가족 핑계를 제일 많이 댔다. 특히 엄마, 우리 엄마에게 가장 많이 내 약함을 투사했다. 뭐가 조금만 잘 안 돼도 뭐가 조금만 금방 결과가 나지 않아도 너무 당연하게 우리 엄마니까 엄마는 내 편이니까 모두 투정 부리고 아기처럼 대했다. 처음에는 비장했다. 결국은 우리 가족이 다 틀렸고 내가 다 옳다고 주장하고 싶었다. 사실 관계라는 것은 모두 주고받는 거라 나 하나만 잘되어야 되는 것은 아니다.

그런데 나라는 **한 사람이 한 사람의 몫을 잘 해내기만 해도 적어도 새로운 질서의 씨앗이 될 수 있다고 믿었다.** 나는 정말 소심하고 절대 실수하고 싶지 않은 마음을 가졌다. 사실은 나 스스로 가장 많이 검열하고 가장 많이 귀찮아했다. 그 게으름, 귀찮음, 힘듦을 항상 모르게 저장하고 있다가 누군가가 앞서나가면 정의감이라는 이름으로 자부심을 느끼고 만족했다. 특히 수많은 열등감, 수치심, 사랑이 부족하다고 믿는 집착적인 생각, 나만 주목받고 싶은 이기심, 질투 같은 부정적 감정은 사회적으로 용인되지 않는다. 사실 엄청 배척당하고 싫어한다. 감정에 대해 어떻게 극복해나가는지를 직접 용기를 내어 대면해보면 좋겠다는 진심을 담아본다. 나의 시선이 닿는 곳, 감정이 닿는 곳, 즉 마음속에 답이 있다. 자신의 내면을 들여다보는 것이다. '내 내면에 무엇이 있기에 그렇게 그 무엇을 보는지' 그런 관찰의 여정을 계속 맞이하며 살 것이다. 오늘을 온전히 즐기는 기쁨을 나누고 싶다.

'나는 오늘도 아주 편안하고 고요한 내면으로부터 시작된 큰 눈으로 일상을 바라본다.'

[Inner forest, 26x18cm, water on paper 2020]

저만의 바운더리를 찾고 싶어 한참을 헤맸던 것 같아요.
그런데 그 바운더리라는 건 제가 고집하는 동굴이었던 적이 많아요. 경계를 치고 방어적인 자세가 전부라고 고집했었어요. 이제는 지키고자 하는 그 무엇을 더 내려놓게 되자 그 모든 날 선 자세가 저절로 허물어졌습니다. 저를 지키는 큰 바운더리는 단단한 바위가 아니라 포용적인 큰 시야를 한 뼘 더 얻는 것이라는 걸 배우게 되었습니다. 마음속 가장 편하게 쉬는 그 자리에서 오늘의 일상을 봅니다. 그게 가장 안전한 우리의 바운더리였습니다.

홍유미

현재 온라인 그림화실인 '미니작업실'을 운영하고 있으며 '일상의 내면을 그립니다.
project', '아름다움을 수집합니다. project'를 중점적으로 활동 중이다.
미술작가, 브런치 에세이스트로도 활동 중이다.
전업주부로 일을 쉬고 있었을 때 점점 인간관계가 좁아지고 오로지 나와 아이, 아이 엄
마가 전부가 되자 마음을 딱히 털어둘 데가 없었다. 각자 나름대로 힘든 거 너무 잘 아
니까. 육아에 대한 육체적인 힘듦과 심적인 책임감, 그리고 자꾸 올라오는 무기력감, 우
울감 등이 꼬리에 꼬리를 물고 더 이상 이렇게는 살 수 없다고 생각했을 때, 드로잉 북
을 꺼내고 답답함을 그리기 시작했다.

일상의 내면을 그립니다

초판인쇄 2020년 12월 1일
초판발행 2020년 12월 1일

지은이 홍유미
펴낸이 채종준
펴낸곳 한국학술정보㈜
주소 경기도 파주시 회동길 230(문발동)
전화 031) 908-3181(대표)
팩스 031) 908-3189
홈페이지 http://ebook.kstudy.com
전자우편 출판사업부 publish@kstudy.com
등록 제일산-115호(2000. 6. 19)

ISBN 979-11-6603-229-5 03810